古典詩歌研究彙刊

第二九輯

龔鵬程 主編

第 9 冊

齊白石題畫詩探析

蘇于喬 著

國家圖書館出版品預行編目資料

齊白石題畫詩探析／蘇于喬 著 -- 初版 -- 新北市：花木蘭文
化事業有限公司，2021〔民110〕
目 6+214 面；17×24 公分
（古典詩歌研究彙刊 第二九輯；第 9 冊）
ISBN 978-986-518-327-1（精裝）
1. 齊白石 2. 題畫詩 3. 詩評
820.91   110000265

ISBN-978-986-518-327-1

9 789865 183271

古典詩歌研究彙刊
第二九輯　第 九 冊   ISBN：978-986-518-327-1

齊白石題畫詩探析

作　　者　蘇于喬
主　　編　龔鵬程
總 編 輯　杜潔祥
副總編輯　楊嘉樂
編　　輯　許郁翎、張雅淋　美術編輯　陳逸婷
出　　版　花木蘭文化事業有限公司
發 行 人　高小娟
聯絡地址　235 新北市中和區中安街七二號十三樓
　　　　　電話：02-2923-1455／傳真：02-2923-1452
網　　址　http://www.huamulan.tw 信箱 service@huamulans.com
印　　刷　普羅文化出版廣告事業
初　　版　2021 年 3 月
全書字數　122984 字
定　　價　第二九輯共 12 冊（精裝）新台幣 25,000 元　　版權所有・請勿翻印

作者簡介

蘇于喬，台灣高雄人，1987 年生，父母畢生從事水墨畫創作，因此引發對中國文藝的興趣。國立臺灣師範大學雙主修美術系國畫組暨國文系，國立高雄師範大學國文系碩士，曾任高中國文教師，現就讀高雄師範大學國文系博士班。

提　要

　　齊白石（1864～1957）是中國二十世紀藝壇中，頗負盛名又充滿傳奇色彩的藝術家。以其九十七歲（實為九十五歲）高壽，歷經清末、國民政府與共產政權的遞嬗，一生大半光陰投注在文藝創作，無論在詩文、書法、繪畫、篆刻上皆有所成，產生的作品質量俱可觀。尤其經過十年自覺的變法創造，齊白石的繪畫大約在七十歲後真正達到藝術的高峰，其大寫意紅花墨葉的花鳥畫與生動靈活的魚蝦水族堪稱一絕，為人矚目，晚年更是畫名揚譽海內外，榮獲諸多藝術頭銜與獎項，門人三千，桃李天下，對中國藝術的承先啟後有重要的地位。

　　齊白石既是中國近代詩、書、畫、印兼擅的大家，惟其畫廣為人知，其詩至今論者不多，而他本人數次向門生自言「詩第一」，卻可惜沒有進一步說明原因，不禁讓筆者省思：是齊白石的詩名為畫名所掩？還是讀者與作者角度有所不同？原因為何？因此本文欲就其詩與畫兩者共通的媒介、觀者與作者溝通的橋樑──題畫詩，具體分析主題、內容意涵與形式技巧，掌握齊白石詩作的特質，由此回應齊白石的論點，以期給予合理的詮釋和定位。

目

次

第壹章　緒　論

第一節　研究動機與目的

　　齊白石是中國二十世紀藝壇中，頗負盛名又充滿傳奇色彩的藝術家。以其九十七歲（實為九十五歲）高壽，歷經清末、國民政府與共產政權的遞嬗，一生大半光陰投注在文藝創作，無論在詩文、書法、繪畫、篆刻上皆有所成，產生的作品質量俱可觀，晚年更畫名揚譽海內外，榮獲諸多藝術頭銜與獎項，門人三千，桃李天下，對中國藝術的承先啟後有重要的地位，其在文化界留下豐碩的遺產，值得後人繼續保存與研究。

　　經過十年自覺的變法創造，齊白石的繪畫在大約七十歲後展現截然不同的面貌，真正達到藝術的高峰，其大寫意紅花墨葉的花鳥畫與生動靈活的魚蝦水族堪稱一絕，為人矚目，但觀其於逝世前一年（1956）在《齊白石作品選集》自序中總結自己的藝術歷程：〔註1〕

> 予少貧，為牧童及木工。一飽無時，而酷好文藝。為之八十
> 餘年，今將百歲矣。作畫凡數千幅，詩數千首，治印亦千
> 餘。國內外競言齊白石畫，予不知其究何所取也。印與詩則
> 知者稍希。予不知知者之為真知否？不知者之有可知者否？

〔註 1〕齊白石著，朱天曙編選：《齊白石論藝》，頁 227。

將以問天下後世，然老且無力。吾兒良已裒印老人自喜之作，罕示人者，友人黎劭西先生並為審訂，以待眾評。予之技止此，予之願亦止此。世欲真知齊白石者，其在斯，其在斯，請事斯。

文中懇切地提出了寄望真知者的評議，然以他在畫壇的地位和名聲，何以尚殷殷期待真知？可見世人對他的藝術評價與他的想法有所不同，因此才有「國內外競言齊白石畫」的現況與「印與詩則知者稍希」的對比和遺憾。再看他與胡絜青說過：「我的詩第一、印第二、字第三、畫第四。」〔註2〕的自評，對其詩的高度評價，與世人的認知是有落差的。

因此不禁讓筆者省思：是大眾不夠瞭解他的詩，以致詩名為畫名所掩蓋？還是齊白石高估了自己的詩？如果是前者，那應將其詩作重新客觀的、全面的探討；若是後者，那原因為何？是否觀者與本人的視角不同，抑或有其他的因素？凡此，都值得我們去思考，並給予他的詩相對公正的評價。

齊白石一生所寫之詩不下三千首，題畫之詩逾千首，〔註3〕作為一個能詩的畫家，題畫詩無疑是能同時展現他詩才與表現畫意的最好方式。欲了解他的題畫詩，不能不知曉他的畫與詩，而他的畫與詩，又與他的人格特質和生命境遇息息相關，因此本文第二章先介紹齊白石重要的生平事蹟，多著墨在對他的性格養成與其文藝歷程相關的事件；第三章進一步討論他在畫與詩兩方面的創作概況與思想理論；第四章聚焦題畫詩，從主題內容、形式技巧與風格等角度分析，期望可以更加周全的了解齊白石的題畫詩，有助於我們審視與定位他的詩作。

齊白石以傑出的藝術成就受到各界廣泛的喜愛與國家的表彰，不

〔註2〕王振德：〈齊白石的詩文與題跋〉，頁2～3。收錄於《齊白石全集》，卷10。
〔註3〕王振德：〈齊白石的詩文與題跋〉，頁8。

僅藝術品在拍賣市場上炙手可熱，其留下的豐碩的作品也在文藝界、學界興起研究的風潮。只是，現有的研究仍多偏重藝術領域，相較之下關於詩的研究少得多，或只做為畫的陪襯，雖近年來有逐漸受到重視的趨勢，但專論其詩的著作亦不多見。因此，本文預期達到的目的為：

一、審視齊白石的題畫詩，客觀的詮釋其「詩第一」的自評。

二、了解他的畫作與題畫詩如何恰當的結合，並展現更高的藝術境界。

三、期待透過本文的探討，讓更多人了解齊白石和產生興趣，進而發現其詩的價值和意義。

第二節　文獻回顧與研究概況

自齊白石於 1957 年逝世至今逾六十年，近年來更加受到專家學者注目，累積的研究成果相當豐富，對本文的研究有所裨益，茲將部分相關的著作與論文分三方面列舉。

一、專書

（一）郎紹君、郭天民主編《齊白石全集》（十卷）〔註4〕

收錄齊白石的繪畫（1892～1949）共 2036 幅、書法 262 件、早年雕刻、篆刻等作品與詩文題跋，展示齊白石不同時期、各類風格的作品。這些作品經過鑑定考證，依年代排列，為來源可靠及內容齊全的大規模叢書。所收文章有：郎紹君〈齊白石傳略〉、郎紹君〈齊白石早年的雕刻〉、郎紹君〈齊白石早期的繪畫〉（1864～1957）、郎紹君〈齊白石的衰年變法〉（1919～1927）、郎紹君〈齊白石盛期的繪畫〉（1928～1948）、李松〈齊白石晚年的繪畫〉（1949～1957）、羅隨祖〈齊白石的篆刻〉、李松〈齊白石的書法〉（約 1902～1956）、王振德〈齊白石的詩

〔註 4〕郎紹君、郭天民主編：《齊白石全集》（共 10 卷）（長沙市：湖南美術出版社），1996 年。

文與題跋〉、徐改〈齊白石年表〉等。本文所引齊白石的繪畫及款識即出於此，也是筆者研究齊白石題畫詩的主要根據與來源。

（二）齊璜《白石老人自述》〔註5〕

齊白石七十一歲時口述其生平，門人張次溪先生筆錄，提供了解其成長背景、求學歷程、創作想法的根據，為研究其生平事蹟的重要參考資料之一。

（三）王方宇、許芥昱合著《看齊白石畫》〔註6〕

揀擇46件齊白石的各類題材畫作，並配上以畫為主的說明，呈現對作品的個別賞析。

（四）徐改編著《中國名畫家全集（2）：齊白石》〔註7〕

結合齊白石的生平與藝術，按時間分期詳加敘述、圖文並茂，並摘錄其藝術論點與其他名家評論，可對齊白石有完整輪廓的認識。

（五）李祥林編著《中國書畫名家畫語圖解：齊白石》〔註8〕

將齊白石論畫的文句統整歸納為：創造、涵養、類別三大類，有助於了解齊白石的畫論和繪畫思想。

（六）齊良遲主編《齊白石文集》〔註9〕

作者齊良遲為齊白石第四子，蒐集齊白石遺留文字匯集成冊。內容分五個部分，涵蓋自述、序文與題辭、日記（1903～1945）、書信、款識等，為研究其生平、題跋與藝術思想的文獻紀錄。

〔註5〕齊璜：《白石老人自述》（台北：傳記文學出版社），1967年。

〔註6〕王方宇、許芥昱合著：《看齊白石畫》（台北市：藝術圖書公司），1979年。

〔註7〕徐改編著：《中國名畫家全集（2）：齊白石》（台北市：藝術家出版社），2001年。

〔註8〕李祥林編著：《中國書畫名家畫語圖解：齊白石》（北京：中國人民大學出版社），2003年。

〔註9〕齊良遲主編：《齊白石文集》（北京：商務印書館），2010年。

（七）齊白石《齊白石詩集》〔註10〕

內容包含齊白石生前親手付梓的兩本詩集：《借山吟館詩草》與《白石詩草》（共八卷），從中可了解他的生活情感與詩藝成就。

（八）齊白石著，朱天曙編選《齊白石論藝》〔註11〕

輯錄齊白石論書畫篆刻的內容，涉及日記、題跋、印章邊款、批語、潤例、詩文等，系統的整理齊白石別談藝術、論藝術的文獻，展示齊白石對藝術和對人生的感悟和追求。

（九）劉金庫《齊白石的尚真畫意》〔註12〕

選錄齊白石的繪畫作品，依題材分山水人物、水族果蔬、飛禽走獸和花卉等四部分，介紹畫作的主題內容、題跋，分析版本數量與收藏，最後以分期的方式介紹篆刻。

（十）劉繼才《趣談中國近代題畫詩》〔註13〕

整理從晚清延續到近代的題畫詩家，不僅呈現近代題畫詩在整體時代性，也分別介紹各家的風格特色，能使讀者對近代題畫詩有整體概念。

（十一）王明明主編《北京畫院品讀經典系列・齊白石》（第一、二輯）〔註14〕

精選北京畫院收藏的齊白石畫作，分花木、水族、蔬果、禽鳥、草蟲等類，經院內研究人員以由畫及人、深入淺出的方式撰寫介紹。

〔註10〕齊白石：《齊白石詩集》（廣西：灕江出版社），2012年。
〔註11〕齊白石著，朱天曙編選：《齊白石論藝》（上海：上海書畫出版社），2012年。
〔註12〕劉金庫：《齊白石的尚真畫意》（北京：中國畫報出版社），2012年。
〔註13〕劉繼才：《趣談中國近代題畫詩》（瀋陽：遼寧人民出版社），2012年。
〔註14〕王明明主編：《北京畫院品讀經典系列・齊白石》（南寧：廣西美術出版社），2013年。

（十二）馬明宸《借山煮畫：齊白石的人生與藝術》〔註15〕

此書從齊白石的人生、藝術兩方面論述，前者涉及遊歷、交友、弟子、在藝壇的活動等事蹟，後者全面討論其詩、文、書、畫、印的藝術與思想，對其人與成就有完整的認識。

（十三）郎紹君《齊白石研究》〔註16〕

作者是研究齊白石的專家，書中分別對齊白石其人的情思性格、藝術歷程與精神特質（著重繪畫）、篆刻藝術有深入考究。

（十四）北京畫院《自家造稿：北京畫院藏齊白石畫稿》〔註17〕

收錄北京畫院的齊白石各類畫稿 280 餘件，與相關作品 120 餘件，畫稿按畫科分類，透過畫稿與作品的對照研究，展現齊白石創作從草圖到成品的軌跡，體會其吸收前人傳統、感受生活、自我創造及反覆推敲至完善的過程。

二、學位論文

（一）章蕙儀《齊白石山水畫之研究》〔註18〕

研究齊白石的山水畫藝術，討論其崛起藝壇的背景和因素，分期說明風格和發展，依其山水畫作品歸納特色，並述及齊白石山水畫在中國畫史上的地位與意義。

（二）崔峻豪《齊白石篆刻藝術的研究》〔註19〕

從清末民初印壇概況觸及齊白石篆刻學習淵源與歷程，將其篆刻

〔註15〕馬明宸：《借山煮畫：齊白石的人生與藝術》（南寧：廣西美術出版社），2013 年。

〔註16〕郎紹君：《齊白石研究》（北京：人民美術出版社），2014 年。

〔註17〕北京畫院：《自家造稿：北京畫院藏齊白石畫稿》（南寧：廣西美術出版社），2014 年。

〔註18〕章蕙儀：《齊白石山水畫之研究》，台北：藝術研究所碩士論文，1980 年。

〔註19〕崔峻豪：《齊白石篆刻藝術的研究》，台北：國立臺灣師範大學美術研究所碩士論文，1991 年。

藝術分期介紹風格演變並與別家比較分析，加之探討其印譜版本與篆刻觀點，與對後世的正反影響。

（三）洪建宏《齊白石以農村生活經驗為題材的繪畫之研究──以雛雞畫為例》〔註20〕

敘述齊白石的農村出身與其繪畫題材的關係，並以歷代雛雞繪畫與齊白石雛雞作品比較分析，將後者做分期與風格的介紹。

（四）劉劍峰《解讀齊白石文人山水畫的文人情懷》〔註21〕

從中國文人畫的角度著手，論述齊白石轉向文人的歷程與文人山水畫的藝術特點，並從詩學、哲學兩方面探討齊白石文人山水畫的意涵，總結其價值和意義。

（五）林幼賢《齊白石書法藝術之研究》〔註22〕

介紹齊白石的書法學習歷程和風格特徵，賞析其行草、楷、篆各體作品，並統整齊白石書學理論、他人相關的交往與評價及藝術價值。

（六）杜佳穎《齊白石書法藝術之線條探究》〔註23〕

從介紹齊白石的書法藝術，特別是某些重要人物與碑學發展對他書法的影響，到探討其書法線條的風格演變，及對後人的影響和在現代的意義。

（七）梁云瞻《齊白石繪畫題款書法研究》〔註24〕

旨在分析題白石繪畫題款的風格。先將齊白石的學書過程分期，

〔註20〕洪建宏：《齊白石以農村生活經驗為題材的繪畫之研究──以雛雞畫為例》，彰化：大葉大學造形藝術學系碩士在職專班碩士論文，2006年。

〔註21〕劉劍峰：《解讀齊白石文人山水畫的文人情懷》，湖南：湖南師範大學碩士論文，2007年。

〔註22〕林幼賢：《齊白石書法藝術之研究》，台北：華梵大學工業設計學系碩士班碩士論文，2008年。

〔註23〕杜佳穎：《齊白石書法藝術之線條探究》，台北：國立臺灣藝術大學書畫藝術學系碩士論文，2011年。

〔註24〕梁云瞻：《齊白石繪畫題款書法研究》，高雄：高雄師範大學國文學系書法教學碩士班碩士論文，2012年。

論述其書法藝術,再從題款的文人畫精神、內容和表現形式等方面,分析與畫巧妙結合、隨畫的意境不同而變化的特色。

(八) 邱伯儒《從水墨寫意到 3D 寫實之擴實境創作──以齊白石的魚蝦畫作為例》〔註25〕

將齊白石的魚蝦畫應用到 3D 動畫創作,目的透過動畫達到與觀者直接互動,並傳遞東方水墨畫的哲學與美感。

(九) 劉安妮《齊白石花鳥畫研究》〔註26〕

以齊白石的花鳥畫作品為主題,蒐羅 1,061 幅的齊白石花鳥畫為資料庫,歸納出齊白石筆下的 24 種禽鳥題材與 83 種植物題材,並進行年代分布、題材組合與技巧風格的歸納與分析。

(十) 毛知勤《傳神寫照──齊白石人物畫美學內涵之研究》〔註27〕

將《齊白石全集》中之人物畫整合與分類,進行圖像分析及研究。從人物畫創作發展脈絡及人物畫內在意義,闡釋齊白石藉畫抒感、以畫載道的生活美學觀,並總結齊白石人物畫的精神、風格與成就。

(十一) 韓小林《現代題畫詩研究》〔註28〕

對中國現代題畫詩進行整體性研究,從語言、題材與藝術風格三方面分析其傳承與創新,對現代題畫詩的創作群體、創作概況、歷史傳承、時代新變以及價值等問題進行重點研究和探討,釐清現代題畫詩壇的整體面貌。

〔註25〕邱伯儒:《從水墨寫意到 3D 寫實之擴實境創作──以齊白石的魚蝦畫作為例》,台北:明志科技大學視覺傳達設計系碩士班碩士論文,2014年。

〔註26〕劉安妮:《齊白石花鳥畫研究》,台北:國立臺灣師範大學藝術史研究所碩士論文,2016 年。

〔註27〕毛知勤:《傳神寫照──齊白石人物畫美學內涵之研究》,台北:中國文化大學美術學系碩士論文,2016 年。

〔註28〕韓小林:《現代題畫詩研究》,湖南:湖南理工學院碩士論文,2017年。

　　整體而論，國內外學術論文以研究齊白石的繪畫（包含人物、山水、花鳥）最多，次為書法、篆刻藝術，韓小林的《現代題畫詩研究》儘管著眼於詩的範疇，也只將齊白石放在時代整體的脈絡下概述其詩，本文期望能透過對齊白石的題畫詩的探析，稍微彌補對其詩的研究相對不足的現況。

三、期刊

　　國內外期刊與單篇論文與齊白石藝術相關的論述不勝枚舉，在此以其詩文為爬梳重點，其中有依繪畫題材和內容主題分類，有以時間為主軸分期，雖兩者並非涇渭分明，隨個別的著重討論範圍有所不同，但仍有輕重主從之別，大抵整理為三類：第一類「依主題分類」可以從齊白石繪畫類別、詩的內容、作者的情感等不同角度橫向切入；第二類「依時間分期」可以縱向呈現作者的學詩歷程、詩風演變、作品、人生境遇與思想情感在不同階段的風貌；第三類「其他」則在前二者之外從特定角度詮釋，或擇取某個主題討論。

（一）依主題分類

1. 韓曉光、王茜〈自有心胸甲天下──齊白石的題畫詩情感蘊涵淺析〉〔註29〕

2. 李松石〈畫外乾坤大──齊白石題畫詩研究〉〔註30〕

3. 苗連貴〈詩人齊白石〉〔註31〕

4. 盛永年、洪孝俠〈齊白石的詩比他的畫還好〉〔註32〕

5. 牟建平〈齊白石的「自作詩」與畫〉〔註33〕

〔註29〕韓曉光、王茜：〈自有心胸甲天下──齊白石的題畫詩情感蘊涵淺析〉，《景德鎮高專學報》，2009年3月，第24卷第1期。

〔註30〕李松石：〈畫外乾坤大──齊白石題畫詩研究〉，《佳木斯職業學院學報》，2016年，第五期。

〔註31〕苗連貴：〈詩人齊白石〉，《福建文學》，2011年。

〔註32〕盛永年、洪孝俠：〈齊白石的詩比他的畫還好〉，《文化》，2018年。

〔註33〕牟建平：〈齊白石的「自作詩」與畫〉，《收藏》，2019年。

6. 齊延齡〈齊白石的詩題畫〉〔註34〕

（二）依時間分期

1. 王振德〈劌心鉥肝，超妙自如——略談齊白石詩文題跋〉〔註35〕

2. 毛序竹〈自主性靈：齊白石詩藝美學的核心觀念〉〔註36〕

3. 夏中義〈從《白石詩草》看齊白石「詩畫同源」——兼談藝術史的「百年公論」〉〔註37〕

4. 郎紹君〈讀齊白石手稿——詩稿篇〉〔註38〕

（三）其他

1. 宋湘綺〈人，即自然——齊白石詩詞美感探源〉〔註39〕

2. 王德彥〈齊白石：題跋如其人〉〔註40〕

3. 吳長江、黎克明〈「看汝橫行到几時」——抗戰時期白石老人的畫和詩〉〔註41〕

4. 王振德〈談齊白石全集詩文卷〉〔註42〕

　　由以上所引文獻可知目前的研究大致都認同齊白石的詩作題材親切豐富、語言平易、情感真摯、風格雅俗共賞的特點，並肯定他題畫詩的成就，惟通常僅舉幾幅畫作、幾首詩以供佐證，稍嫌籠統，本文在此

〔註34〕齊延齡：〈齊白石的詩題畫〉，《水墨丹青》，2015 年。

〔註35〕王振德：〈劌心鉥肝，超妙自如——略談齊白石詩文題跋〉，《北方美術》，1997 年，總第 17、18 期。

〔註36〕毛序竹：〈自主性靈：齊白石詩藝美學的核心觀念〉，《江漢論壇》，2017 年。

〔註37〕夏中義：〈從《白石詩草》看齊白石「詩畫同源」——兼談藝術史的「百年公論」〉，《文藝研究》，2018 年，第 12 期。

〔註38〕郎紹君：〈讀齊白石手稿——詩稿篇〉，《讀書》，2010 年。

〔註39〕宋湘綺：〈人，即自然——齊白石詩詞美感探源〉，《詩人論析》，2012 年 7 月。

〔註40〕王德彥：〈齊白石：題跋如其人〉，《中國書法》，2014 年 7 月，總 255 期。

〔註41〕吳長江、黎克明：〈「看汝橫行到几時」——抗戰時期白石老人的畫和詩〉，《新文化史料》，1950 年。

〔註42〕王振德：〈談齊白石全集詩文卷〉，《精品薈萃》，2014 年。

研究基礎之上加以擴充，希望透過更完整的詩畫作品對照，並系統的數據分析其題畫詩的形式、內涵與藝術教巧，盡量避免有所疏漏偏頗或人云亦云的缺失。

第三節　研究範圍與方法

一、研究範圍

　　本文探討齊白石的題畫詩，是最狹義的題畫詩，即自畫自題之詩。因其畢生創作之詩不下三千首，題畫詩逾千首，〔註43〕至今尚無具公信力、完整收集齊白石題畫詩的專門著作，而坊間相關圖冊選輯眾多駁雜，目前僅個人之力難以周全的考證整理。又齊白石以畫聞名，相對於書畫藝術，研究他的詩作者少，近代畫家能詩者已屬難得，齊白石作為延續傳統文人畫精神又能在近代開創個人風格的畫家，他的題畫詩是文化瑰寶，若忽略甚為可惜。綜合以上條件，考量自身侷限，將研究範圍鎖定在《齊白石全集》第一卷至第七卷收錄的兩千多件畫作，刪除部分題畫詞、律聯、聯語或借題他人詩句者，以及一詩多題（同一首詩多次出現在不同的畫作上）、或經比對發現某些詩作僅更易一、兩個字或一、二句，意思相似而重題者，共尋得自畫自題詩共 168 題 165 首（全部詩作參見本論附錄）。因此本文研究齊白石的題畫詩與傳統定義的題畫詩概念不同（傳統題畫詩的定義在第四章第一節有進一步的說明），是最狹義的自題自畫之詩，意即在他自己的畫作上，題寫自作之詩（題他人畫或借題他人詩句不算），如此則能詩與畫同時欣賞，互相參照，圖版、釋文也有較可靠的依據。儘管齊白石全數的題畫詩數量不只於此，管窺蠡測，不免有所失，期望能達拋磚引玉之效，讓更多的人欣賞到齊白石的藝術之美，或注意到他的詩，本文也許可做為他晚年期待有真知者的一點回音。

〔註43〕王振德：〈齊白石的詩文與題跋〉，頁 8。收錄於《齊白石全集》，卷10。

二、研究方法

本文使用的研究方法如下：

（一）文獻分析法

參考國內外與中國詩、畫、題畫詩相關的專著、論文與期刊等文獻資料，透過分析與歸納掌握現有的研究狀況，及確立本文的研究方向。

（二）選本分析法

以《齊白石全集》的資料來源為基礎，進一步研究此書中的題畫詩，和題畫詩與畫的藝術性。

（三）分體研究法

統計《齊白石全集》中的 165 首題畫詩並進行體裁分析，深入了解齊白石題畫詩的藝術形式與特性。

（四）分期研究法

對齊白石的生平經歷、作詩與繪畫的歷程與風格分期論述，透過了解來龍去脈更能掌握縱向的整體輪廓與橫向的階段面貌。

（五）主題研究法

將齊白石的詩畫依繪畫題材分九類，並研究其詩畫內的思想與詩畫結合後的藝術性。

（六）造型風格比較分析法

同類題材的繪畫作品，因創作背景、創作時間、思想情感、畫法或組合的不同，藝術造型與視覺效果亦不同，分析比較繪畫的表現方式也是本文需要的研究方式。

第貳章　齊白石的生平

　　齊白石的一生都在從事藝術創作，尤為人稱道的是他晚年的藝術成就，但家庭背景和生長環境是孕育他思想和人格的基礎，成長後的學習歷程和身世遭遇則更是與他的創作密不可分，所以若想要深入探討齊白石的文藝思想，須先了解他的歷史脈絡，才能知其然，也知其所以然。

　　齊白石的一生走過了清朝帝制、國民政府和中共時期三個時代，親身經歷了軍閥割據的混亂、家鄉土匪的橫行和對日抗戰的艱辛，對於出身平凡農村、身雖貧卻擁有家人豐厚關愛的他來說，只想透過藝術追求身心的和平、遠離政治和是非。從另一個角度來說，有這些殘酷紛亂的戰事，才有他為此避居北京，及日後的衰年變法，成就他一代大家的契機。可以說他用一生成就了藝術，他的藝術也反映了人生。本章為避免過於瑣碎以方便聚焦，筆者擇取與他文藝生涯和思想相關連的內容，分期略述他一生的重要事蹟，以了解他不同時期的重要經歷、師友關係與詩文藝術的創作歷程。

第一節　家世與出生

　　齊白石先祖於明朝永樂年間，從江蘇省碭山縣〔註 1〕徙至湖南湘

〔註 1〕按：碭山現屬安徽省。

潭。清乾隆年間,高祖齊添鎰從曉霞峰的百步營搬到杏子塢的星斗塘〔註2〕,齊家世代務農。曾祖齊黃命,排行第三,人稱命三爺;祖父齊萬秉,生於清嘉慶十三年(1808),卒於清同治十三年(1874),號宋交,排行第十,人稱齊十爺,得年六十七歲。性情剛直,富正義感,曾經歷太平天國的興衰,敢直言批評湘軍的胡作非為,歿時齊白石十二歲;祖母姓馬,生於清嘉慶十八年(1813),卒於清光緒廿七年(1902),享年八十九歲。人稱齊十娘,溫順賢慧,能耐勞苦,經常揹著幼年的齊白石下田,逝世時齊白石三十九歲。祖父母只生一子,所以對他這個長孫特別疼愛,去世後總令他思念不已。父親齊貰政,生於清道光十九年(1839),卒於民國十五年(1926),號以德,享年八十八歲。個性與其父齊萬秉大不相同,老實怕事,凡事寧可吃虧也不與人爭。

外祖父周雨若,家住離星斗塘不遠處的周家灣,是教蒙館的村夫子,家境亦寒苦。母親周氏,生於清道光廿五年(1845),卒於民國十五年(1926),享年八十二歲。個性則剛強能幹,待人有禮又能勤儉持家,裡裡外外都得到好名聲。種麻織布、養雞鴨豬,補貼家用,凡事翁姑、丈夫在先,自己最後,一家人靠著她克勤克儉的度日,日子雖窮卻很和順。〔註3〕齊白石自小受到祖母、母親的照顧最多,影響其性格和處事甚鉅,在他往後的文藝創作中也經常顯露對家鄉、對親人的孺慕之情。

〔註2〕 星斗塘,曾有塊隕星掉製塘內,因此得名。《白石老人自傳》收錄於齊良遲主編:《齊白石文集》(北京:商務印書館),2010年,頁7。按《齊白石全集》所言:「白石老人寫自己生平的材料,除了《齊璜生平略自述》、《白石自狀略》等短篇文章外,較詳的是《白石老人自傳》和幾種不同版本的《白石老人自述》。……《自傳》和兩種《自述》均是白石老人口述,張次溪筆錄。《自傳》出得最早,出版時張次溪還健在,而兩種《自述》可以說是《自傳》的刪改本。」見於郎少君、郭天民主編:《齊白石全集》(長沙市:湖南美術出版社),1996年。第十卷第二部分,頁5。本章內容主要參考《自傳》。本文參考《自傳》來源有《齊白石文集》與《齊白石全集》二種。

〔註3〕 《白石老人自傳》,收錄於齊良遲主編:《齊白石文集》(北京:商務印書館),2010年,頁12~16。

　　1864年1月1日，齊白石出生於湖南省湘潭縣白石鋪杏子塢星斗塘的農民家庭。出生時祖父母、父母皆在堂，共五口人，家中只有一畝水田，靠祖父、父親打零工，以及上山打柴賣錢，維持極其清貧的生活。祖父給他起名純芝，「純」字是按齊家宗派的排法，字渭清，又字蘭亭。二十七歲時（1889）老師又取名璜，號瀕生，因星斗塘與白石鋪相近，又號白石，別號白石山人，後以號行稱齊白石。另號「木居士」、「木人」、「老木」、「老木」，以示不忘木工出身；「杏子塢老民」、「星塘老屋後人」、「湘上老農」為紀念家鄉所在；「齊大」為戲用齊大非偶的成語。別號「寄園」、「寄萍」、「老萍」、「萍翁」、「寄萍堂主人」、「寄幻仙奴」，乃因自慨頻年旅寄似萍飄。「借山吟館主者」、「借山翁」表示隨遇而安；「三百石印富翁」是收藏許多石章的自嘲。〔註4〕雖然別號如此之多，但人多只識「齊璜」、「齊白石」，原名「純芝」則僅家鄉親友知道。〔註5〕

第二節　童年──農村生活（1864～1876，
　　　2～14歲）〔註6〕

　　齊白石出生後體弱多病，靠著母親與祖母到處燒香求神、形影不離的照顧，至四歲（1866）終於病癒，祖父始教識字啟蒙，拿著通爐子的鐵鉗子在松柴灰堆上寫「芝」字起，每隔兩三天教一個字，天天溫習，他也因此用心識字不曾忘記。待八歲時（1870），祖父把他認得的字全教完了，開始到三里外楓林亭的蒙館隨外祖父周雨若讀書，從此祖父每天清晨和傍晚帶著齊白石走著黃泥路上下學，《送學圖》（1930）詩與畫中洋溢的慈愛之情可溯源於此。他天資聰穎，先後讀了《四言雜字》、《三字經》、《百家姓》、《千家詩》，尤其喜愛《千家詩》，

〔註4〕《白石老人自傳》，收錄於齊良遲主編：《齊白石文集》，頁17～18。
〔註5〕《白石老人自傳》，收錄於《齊白石全集》，卷10，頁10。
〔註6〕按徐改：〈齊白石年表〉：「齊白石生日為農曆癸亥同治二年（1863）的十一月二十二日。按生年即一歲的傳統計歲法，至甲子年稱二歲。」引自《齊白石全集》，卷10，〈齊白石年表〉，頁2。

自言爾後讀《唐詩三百首》能一讀就熟，是小時候《千家詩》打好的根基。〔註7〕然而讀書不到一年，就因田稼欠收而中斷，這段兒時記憶保存在畫作《楓林亭外》（1902）中。

　　同時，讀書習字的描紅紙也開啟了齊白石繪畫的興趣。從描摹鄰居的雷公畫像起，畫了一位在星斗塘常見的釣魚老翁，接著也畫起花卉、草木、飛禽、走獸、蟲魚等等眼前常見之物。齊白石在《自傳》中說：

> 尤其是牛、馬、豬、羊、雞、鴨、魚、蝦、螃蟹、青蛙、麻
> 雀、喜鵲、蝴蝶、蜻蜓這一類眼前常見的東西，我最愛畫，
> 畫得也最多。雷公像那一類從來沒人見過真的，我覺得有點
> 靠不住。〔註8〕

可見他從小展現不愛故弄玄虛、實事求是的性格，在往後的繪畫生涯中，不論題材還是繪畫態度都保持了一貫的精神。

　　幼年的齊白石要幫忙到田裡刨芋頭，拿回家用牛糞煨來吃，芋頭刨完了就掘野菜吃，〔註9〕有題畫詩〈芋魁〉：「一丘香芋暮秋涼，當得貧家穀一倉。到老莫嫌風味薄，自煨牛糞火爐香。」〔註10〕也有題《畫菜》詩：「充肚者勝半年糧，得志者勿忘其香。」〔註11〕芋頭野菜是屬於窮苦人家才能體會的滋味，也成為他往後題詩作畫的素材。除了刨芋頭，也要幫忙挑水、種菜、掃地、打雜，爾後又帶著二弟上山放牛砍柴。祖母擔憂他體弱，聽了算命的話，買一小銅鈴掛其脖子上避邪，母親又取一刻有佛號的銅牌繫在一起，每天傍晚祖母備好飯在門口聽著鈴聲由遠而近才能安心，這份關愛之情一直陪伴著他，日後刻了一方印，自稱「佩鈴人」。亦題過一首畫牛詩：「星塘一帶杏花風，黃犢出欄東復東。身上鈴聲慈母意，如今亦作聽鈴翁。」〔註12〕以感念祖母和

〔註7〕《白石老人自傳》，收錄於《齊白石全集》，卷10，頁13。
〔註8〕《白石老人自傳》，收錄於《齊白石全集》，卷10，頁14。
〔註9〕《白石老人自傳》，收錄於《齊白石全集》，卷10，頁15。
〔註10〕齊白石：《齊白石詩集》，頁194。
〔註11〕齊白石：《齊白石詩集》，頁108。
〔註12〕齊白石：《齊白石詩集》，頁206。

母親的一番苦心。忙著家務的同時仍利用時間讀書，上山時總帶書掛在牛犄角上偷空讀書，亦藉放牛之便繞道外祖父家請教，如此讀完了在蒙館沒學完的《論語》。〔註13〕日後畫牧牛、柴筢也是根源於這段幼年記憶，且飽含情感。

　　出身務農家庭的齊白石儘管幼年生活貧苦又體弱，但有著家人飽滿的愛和期待，祖母和母親悉心照料，祖父和外祖父教導其習字讀書，齊白石自己也在砍柴放牛做雜活之外努力自學，間以透過描畫農村生活景物啟發繪畫興趣。農村生活養成齊白石刻苦自勵、平實純樸的性格，農村經驗也成為往後藝術創作最重要的養分和題材。

第三節　啟蒙──民間畫師（1877～1901，15～39歲）

　　齊白石因體弱力小，難以負擔家中田事，為了將來可以餬口養家，於十五歲（1877）時先後拜了叔祖齊仙佑和齊長齡為師，學做「粗木作」。不久又因力氣小，遂轉向在白石鋪出名的雕花木匠周之美學「小器作」。由於學得又快又好，出師後人稱「芝木匠」、「芝師傅」。〔註14〕做雕花木匠期間，他不斷改良、創新原來陳陳相因的樣式。例如在花籃上加些果子花木；人物一改傳統的麒麟送子、狀元及第等樣式，勾摹繡像小說的插圖和歷史人物；或將平日畫的鳥獸蟲魚加上布景，構成圖稿。二十歲時（1882）從雇主家借得《芥子園畫譜》〔註15〕

〔註13〕《白石老人自傳》，收錄於《齊白石全集》，卷10，頁16。
〔註14〕《白石老人自傳》，收錄於《齊白石全集》，卷10，頁20。
〔註15〕《芥子園畫譜》，一名《芥子園畫傳》，是清代最重要的繪畫技法圖譜，共三集。為清代戲曲家李漁的女婿沈心友委託王概、王蓍、王臬兄弟和其他諸人編繪並多解說。因李漁在南京的別墅名為「芥子園」，故名為《芥子園畫譜》。初集為山水畫譜，於清康熙十八年（1679）以木版彩色套版印行；第二集為蘭竹梅菊譜，第三集為花卉草蟲譜及花木禽鳥譜，均於康熙四十年（1701）已木版彩色套印。沈心友原擬編第四集，但終未成書。《芥子園畫譜》有系統地介紹中國畫的基本畫法和傳統流派，圖文結合，簡要明瞭，是初學畫者的入門教科書，流行甚廣。參見薛永年、杜娟：《中國繪畫斷代史──清代繪畫》（北京：人民美術出版社），2004年，頁78。

勾影後，「朝為木工，暮歸，以松油柴火為燈，習畫，凡十餘年。」
〔註 16〕花樣更是推陳出新，也避免了不相勻稱的缺失。鄉人開始請他
畫「神像功對」〔註 17〕，為了掙錢也就接受請託，樣式大底出自《芥
子園畫譜》，畫名也逐漸傳開。二十六歲（1888）時拜了湘潭畫師蕭薌
陔〔註 18〕為師學畫像，並經文少可〔註 19〕指點，於是在畫像這方面打
下了基礎。

　　十多年的木匠生涯，是白石藝術歷程中不可或缺的部分。雕花刻
木，使其熟悉民間傳統題材，也能鍛鍊構圖、造型能力，和對材質、體
積、空間、情調等處理能力，更造就深厚的腕力、手指靈活性，對於後
來的篆刻和繪畫中拙重的用筆風格，產生深遠的影響。〔註 20〕

　　二十七歲（1889）時，因到賴家壠做活，見到改變人生道路的恩
師胡沁園，〔註 21〕胡沁園以《三字經》中蘇老泉發奮讀書的典故鼓勵
他學習，將來能賣畫養家。於是拜了湖沁園和他家延聘的夫子陳少蕃
〔註 22〕為師，住在胡家學畫讀書。陳少蕃認為畫畫要會題詩才好，所

〔註 16〕胡適、黎錦熙、鄧廣銘：《齊白石年譜》，頁 5。

〔註 17〕「神像功對」，即成雙數的功德神像，神像少則四幅，多則二十幅，這
　　　　種題材在當時的廣大農村頗為流行。參見馬寶杰：〈齊白石繪畫藝術簡
　　　　述〉出自巴東主編：《人巧勝天：齊白石書畫展》（台北市：史博館），
　　　　2011 年，頁 12。

〔註 18〕蕭薌陔，名傳鑫，號一拙子，湘潭朱亭（今朱洲）花鈿人。紙扎匠出
　　　　身，熟讀經書，能詩，畫像稱「湘潭第一名手」，亦能畫山水人物。齊
　　　　白石從其學畫人像和裱畫。齊良遲主編：《齊白石文集》，頁 42、龍龔：
　　　　《齊白石傳略》（北京：人名美術出版社），1959 年，頁 20～21。

〔註 19〕蕭薌陔之友，亦為畫像名手。《白石老人自傳》，收錄於《齊白石全
　　　　集》，卷 10，頁 24。

〔註 20〕徐改編著：《中國名畫家全集（2）：齊白石》（台北市：藝術家出版
　　　　社），2001 年，頁 9。

〔註 21〕胡沁園（1847～1914），名自倬，字漢槎，號沁園，乃湘潭韶塘一帶風
　　　　雅之士。能詩，善工筆花鳥，長於漢隸，富收藏。性情慷慨，喜交友，
　　　　雅好助人，人比為孔北海。書房名「藕花吟館」，常邀集朋友在內舉行
　　　　詩會。徐改編著：《中國名畫家全集（2）：齊白石》，頁 14。

〔註 22〕陳作塤，號少蕃，湘潭名士。徐改編著：《中國名畫家全集（2）：齊白
　　　　石》，頁 25。

以教他熟讀了《唐詩三百首》、《孟子》，也讓他在閒暇時看《聊齋誌異》一類小說，並常講唐宋八大家古文。

　　跟陳少蕃讀書的同時，也向胡沁園學畫工筆花鳥草蟲。他教齊白石要仔細觀摩古今名人字畫，且常說：「石要瘦，樹要曲，鳥要活，手要熟。立意、布局、用筆、設色，式式要有法度，處處要合規矩，才能畫成一幅好畫。」〔註23〕重視「法度」、「規矩」，強調「觀摩前人」之法，將珍藏的名人字畫讓他觀摩，為他指出了學畫門徑。此外，湖沁園又介紹譚荔生〔註24〕教其畫山水，並十分鼓勵他學做詩，說：「光會畫，不會作詩，總是美中不足。」〔註25〕這段時間白石在胡家讀書學畫，開闊了眼界，胡、陳二師成為他往文人畫師方向前進的關鍵引導。

　　為顧及家中經濟，接受了胡沁園提出的「賣畫養家」的建議，改行專做畫匠。在不盛行照相的時代，畫像的生意很好，報酬也比雕花多，有了先前從蕭薌陔、文少可二位學畫像的基礎，自己又琢磨出一種精細畫法，能在畫像的紗衣裡，透現出袍掛上的團龍花紋，成為他的一項絕技。後來除了畫像，也畫山水人物、花鳥草蟲，尤其「仕女」畫得美，遂得到「齊美人」〔註26〕的稱號。1890～1894年，齊白石以賣畫為生，也改善了家中經濟。他的祖母因此高興的說：「從前我說過，哪見文章鍋裡煮，現在我看見你的畫，卻在鍋裡煮了！」〔註27〕。

　　三十二歲（1894）這年，除了畫畫，也與黎雨民〔註28〕談詩、向

〔註23〕齊良遲主編：《齊白石文集》，頁46。
〔註24〕譚荔生，名溥，字仲牧，號荔生，又作荔仙，別號甕塘居士，湘潭諸生，工詩善畫，著有《四照堂詩文集》，畫則以山水著稱。《齊白石全集》，卷1，1996年，頁62。
〔註25〕齊良遲主編：《齊白石文集》，頁46。
〔註26〕《白石老人自傳》，收錄於《齊白石全集》，卷10，頁27。
〔註27〕《白石老人自傳》，收錄於《齊白石全集》，卷10，頁27。
〔註28〕黎雨民（1873～1938），別名澤潤、丹，字雨民，一字蕭山。湘潭泉山黎家後人，曾任清海省政府秘書長，南京政府監察委員。其母與胡沁園姊妹，黎為胡沁園外甥，年輕時與齊白石友好。徐改編著：《中國名畫家全集（2）：齊白石》，頁14。

王仲言〔註29〕借讀白香山《長慶集》。此事在他七十歲回憶時做詩曰：「村書無角宿緣遲，廿七年華始有師。鐙盞無油何害事，自燒松火讀唐詩。」〔註30〕感嘆窮人家想讀書，卻沒有讀書環境的辛苦不易。同年與王仲言、羅真吾、羅醒吾兄弟〔註31〕、陳茯根〔註32〕、譚子荃〔註33〕、胡三立〔註34〕等七人共組「龍山詩社」〔註35〕，人稱「龍山七子」，時相談詩論文。科舉時代為了應試，詩友對試帖詩多有鑽研，齊白石做詩則忠於自己的性情，自言：

> 我是反對死板板無生氣的東西的，做詩講究性靈，不願意像
> 小腳女人似的扭捏作態。……。他們能用典故、講究聲律，
> 我是比不上的，若說作些陶寫性情，歌詠自然的句子，他們
> 也不一定比我好了。〔註36〕

話中指出他不隨主流作風，寫詩為能表現自我性情的態度。

　　書法初學館閣體，後跟著胡、陳二師寫何紹基體，又因想學刻印章，也寫鐘鼎篆隸。黎松安〔註37〕和黎薇蓀〔註38〕先後送給白石丁龍

〔註29〕王訓（約1867～1937），字仲言，號退園，與白石同鄉，乃當地名儒，熟讀經史，尤長詩文，著有《退園詩文集》。後與齊白石成兒女親家。徐改編著：《中國名畫家全集（2）：齊白石》，頁15。

〔註30〕齊白石：《齊白石詩集》，頁224。

〔註31〕羅真吾，名天用，弟醒吾，名天覺，胡沁園姪婿。《白石老人自傳》，收錄於《齊白石全集》，卷10，頁28。

〔註32〕陳茯根，名節。《白石老人自傳》，收錄於齊良遲主編：《齊白石文集》，頁52。

〔註33〕譚子荃，羅真吾的內兄。《白石老人自傳》，收錄於齊良遲主編：《齊白石文集》，頁52。

〔註34〕胡三立，胡沁園姪子。《白石老人自傳》，收錄於齊良遲主編：《齊白石文集》，頁52。

〔註35〕「龍山詩社」借五龍山大杰寺為社址，大杰寺明代即有，環境清靜優雅，齊白石因年紀最長被推為社長。《白石老人自傳》，收錄於《齊白石全集》，卷10，頁29。

〔註36〕《白石老人自傳》，收錄於齊良遲主編：《齊白石文集》，頁51。

〔註37〕黎松安（1870～1953），名培鑾，又名德恂，是黎雨民的本家。《白石老人自傳》，收錄於齊良遲主編：《齊白石文集》，頁51。

〔註38〕黎薇蓀，名承禮，號鯨庵。光緒甲午翰林，改官四川，庚子年辭官歸

泓和黃小松兩家〔註39〕刻印的拓片和印譜，從此對於丁、黃兩家精密
的刀法就有軌可循。因為有這些師友的幫助和切磋，使齊白石踏入了
詩、書、畫、印的門徑，開始了他的藝術生涯。

　　三十七歲（1899），經張仲颺〔註40〕的介紹拜名儒王湘綺〔註41〕
為師，王湘綺讚賞他的畫、印，卻評論他的詩似《紅樓夢》裡呆霸王薛
蟠的味道，〔註42〕對此，他也回應：「我做的詩，完全寫我心裡頭要說
的話，沒有在字面上修飾過，自己看來，也有點呆霸王那樣的味兒
哪！」〔註43〕入王門下後更擴大了他的社交圈，逐漸從一民間畫師跨
入地方的文人藝術家之屬。

　　三十八歲（1900），白石以賣畫所得，帶著妻子陳春君和兩兒兩女
典住了「梅公祠」〔註44〕，取名「百梅書屋」〔註45〕，並在梅公祠內
空地添蓋了一間書房，取名「借山吟館」〔註46〕。這一年白石在借山
吟館裡開始了他所嚮往的鄉間文人兼畫師的生活，讀書學詩，所做的

田。徐改編著：《中國名畫家全集（2）：齊白石》，頁28。

〔註39〕丁龍泓、黃小松為清代著名篆刻家，浙派創始人。齊良遲主編：《中國
　　　名畫家全集（2）：齊白石》，頁28。

〔註40〕張仲颺，湖南湘潭人，名登壽，一號正陽。早年為鐵匠，後為王湘綺
　　　弟子，傳其經學，亦能詩。後為齊白石親家。《白石老人自傳》，收錄
　　　於《齊白石全集》，卷10，頁69。

〔註41〕王湘綺（1832～1916），名闓運，字壬秋，號湘綺。書齋名為「湘綺樓」。
　　　湖南湘潭人，清咸豐舉人，今文學派重要領袖。民國二年受袁世凱聘
　　　入京，任國使館館長，編修國史，兼任參議院參政，復辟聲潮中辭歸。
　　　學生眾多，在教育上頗有成就，著名弟子有楊度、夏壽田、廖平、楊
　　　銳、劉光第、齊白石等。著作豐富，後人將之合刊《湘綺樓全集》。參
　　　見惲茹辛編著：《民國書畫家彙傳》（台北：台灣商務印書館），1986
　　　年，頁30。

〔註42〕徐改編著：《中國名畫家全集（2）：齊白石》，頁16。

〔註43〕《白石老人自傳》，收錄於《齊白石全集》，卷10，頁33。

〔註44〕梅公祠在離白石鋪不遠的獅子口，蓮花砦下。《白石老人自傳》，收錄
　　　於《齊白石全集》，卷10，頁33。

〔註45〕蓮花砦離餘霞嶺有二十多里，一路都是梅花，遂取名「百梅書屋」。《白
　　　石老人自傳》，收錄於齊良遲主編：《齊白石文集》，頁61。

〔註46〕齊白石：「山不是我所有，我不過借來娛目而已。」《白石老人自傳》，
　　　收錄於《齊白石全集》，卷10，頁34。

詩有幾百首之多。〔註47〕

　　總之，為了生計，齊白石從粗木作轉作雕花木匠，再到賣畫養家。此階段主要的藝術活動是畫像，旁及人物、山水、花鳥，兼學詩文篆刻。白石因胡沁園恩師，得識以胡黎兩姓親友為主的一批鄉村文化人，引導他讀書吟詩作畫的門徑，也走入地方文化人的圈子，這對他往後以藝術創作為生活的主要道路，和文人習氣風骨、生活情趣都產生了重要影響。再加上成為王湘綺門生，擴大了眼界和交遊，更標誌著齊白石由湘潭地方文人圈進入到湖南文人圈的身分認同。

第四節　壯遊——五出五歸（1902～1909，40～47 歲）

　　四十歲（1902）以前的齊白石，從未離開過湘潭家鄉，直到夏午詒〔註48〕改官陝西，從西安來信，請齊白石前去教其夫人姚如雙學畫。在西安的郭葆生〔註49〕也來信鼓勵：

> 無論作詩作文，或作畫刻印，均須於遊歷中求進境。作畫尤應多遊歷，實地觀察，方能得其中之真諦。古人云：「得江山之助」，即此意也。……關中夙號天險，山川雄奇，收之筆底，定多傑作。〔註50〕

　　由於郭、夏兩位好友的邀約，為了使畫境有所進益，開啟了齊白石的遠遊之行。至 1909 年為止的八年，共五次遠行，是開拓他心境、畫境的重要轉折點，是為「五出五歸」。

一、一出一歸

　　1902 年十月初啟程往西安，沿途畫了很多寫生畫，體會到：「前

〔註47〕《白石老人自傳》，收錄於《齊白石全集》，卷 10，頁 34。
〔註48〕夏午詒（1870～1935），名壽田，字午詒，號天畸，為桂陽名士，晚清翰林。《齊白石全集》，卷 1，頁 20。
〔註49〕郭葆生（？～1922），名人漳，字葆生，號憨庵，是著名湘軍將領郭松林之子。《齊白石全集》，卷 1，頁 20。
〔註50〕《白石老人自傳》，收錄於齊良遲主編：《齊白石文集》，頁 64。

人的畫譜，造意布局，和山的皴法，都不是沒有根據的。」〔註51〕至西安在教畫之餘也遊覽諸多名勝。陝西臬台樊樊山〔註52〕欣賞其藝術才華，親筆為他訂了一張刻印潤利，齊白石在遠遊期間一直掛他的潤利單，受益匪淺。

　　樊樊山原想在進京時向慈禧太后推薦齊白石當內廷供奉，被淡泊名利無意仕進的他拒絕了好意，〔註53〕後來在遊雁塔時留下「無意姓名題上塔，至今人不識阿芝。」〔註54〕的詩句。齊白石第一次到北京是在 1903 年隨夏午詒進京，賣畫刻印的閒暇就到琉璃廠〔註55〕賞古玩字畫、至大柵欄聽戲，結交了張翊六〔註56〕、曾熙〔註57〕、李瑞荃〔註58〕等不少名士，但仍不願與一般勢利的官場中人來往。樊樊山對此有感：「齊山人志行很高，性情卻有點孤僻啊！」〔註59〕王湘綺為齊白石的印章拓本所寫的序文有言：「白石草衣，起於造士，畫品琴德，具入名域，尤精刀筆，非知交不妄應。朋座密談時，有生客至，輒逡巡

〔註51〕《白石老人自傳》，收錄於齊良遲主編：《齊白石文集》，頁65。

〔註52〕樊樊山（1846～1931），名曾祥，字嘉父，號雲門，又號樊山。湖北恩施人，光緒丁丑進士，以詩聞名於清末民初。徐改編著：《中國名畫家全集（2）：齊白石》，頁30。

〔註53〕《白石老人自傳》，收錄於齊良遲主編：《齊白石文集》，頁67。

〔註54〕〈雁塔〉詩。《齊白石詩集》，頁161。

〔註55〕清朝被推翻後，大批前朝官員喪失經濟來源，故而變賣家中收藏的古董字畫，於是大批的古董、書籍、以及書畫流入市場，素有文化街市之稱的琉璃廠成為重要的藝術品交易所，全國各地都有人來收購。參考李晉鑄、萬青力：《中國現代繪畫史：民初之部》（台北：石頭出版股份有限公司），2001 年，頁57。

〔註56〕張翊六，湖南湘潭人，號賈吾，善詩文。《白石老人自傳》，收錄於齊良遲主編：《齊白石文集》，頁68。

〔註57〕曾熙（1861～1939），字子緝，號農髯，湖南衡陽人。光緒年間進士，曾主講石鼓書院。1915 年起在上海賣字，其書法蒼勁道遠自開生面，與李瑞清並稱「曾、李」。徐改編著：《中國名畫家全集（2）：齊白石》，頁30。

〔註58〕李瑞荃，號筠庵，江西人。清末民初書法家、教育家，李瑞清之弟，善書畫、鑑賞。齊良遲主編：《齊白石文集》，頁68、徐改編著：《中國名畫家全集（2）：齊白石》，頁30。

〔註59〕《白石老人自傳》，收錄於齊良遲主編：《齊白石文集》，頁70。

避去，有高士之志，而恂恂如不能言。」〔註60〕此言正切合齊白石的性情為人。

　　1903年六月離京，經天津乘海輪繞道上海，再乘江輪轉漢口回湘潭，此為一出一歸。藝術上齊白石四十歲以前在家鄉所畫以工筆為主，此次遠遊西安後拓展格局，畫風漸轉，趨向大寫意畫法。〔註61〕

二、二出二歸

　　1904年春，王湘綺約齊白石和張仲颺同遊南昌。沿途過九江，遊廬山，到南昌後訪滕王閣、百花洲等名勝。七夕時，王湘綺邀王門三匠〔註62〕一同聯句，卻無人能對，白石甚覺慚愧，不敢以詩人自詡，回鄉後就把書室「借山吟館」的「吟」字刪去，痛下決心讀書。

　　是年秋日還家，此為二出二歸。出了兩次遠門，成為白石書、畫、印風格改變的大樞紐。〔註63〕見到趙之謙〔註64〕的《二金蝶堂印譜》後，刻印就以此體為主了；繪畫也從原來的工筆，改用大寫意畫法；在北京跟李筠庵學魏碑後，從原來的何紹基改臨爨龍顏碑了。

三、三出三歸

　　1905年七月，應廣西提學史汪頌年〔註65〕之約遊桂林、陽朔，期間以賣畫刻印為生。廣西山水天下知名，境內奇峰峻嶺，目不暇接，於此行開了眼界，有《獨秀山圖》為此遊紀念，期間認識了蔡鍔

〔註60〕《白石老人自傳》，收錄於齊良遲主編：《齊白石文集》，頁72。

〔註61〕徐改：〈齊白石年表〉，頁8，收錄於《齊白石全集》，卷10。

〔註62〕「王門三匠」即齊白石（木匠出身）、張仲颺（鐵匠出身）和曾招吉（銅匠出身），皆師從王湘綺。曾招吉，湖南衡陽人。《白石老人自傳》，收錄於齊良遲主編：《齊白石文集》，頁71。

〔註63〕參考《白石老人自傳》，收錄於《齊白石全集》，卷10，頁39。

〔註64〕趙之謙（1829～1884），字益甫，號撝叔，浙江紹興人。咸豐己未舉人，官江西鄱陽、奉新知縣。能書善畫，尤工刻印。徐改：〈齊白石年表〉，頁25，收錄於《齊白石全集》，卷10。

〔註65〕汪頌年，名詒書，長沙人。壬辰光緒十八年翰林。徐改：〈齊白石年表〉，頁10，收錄於《齊白石全集》，卷10。

〔註66〕和黃興〔註67〕。隔年在欽州教郭葆生如夫人畫，也為他捉刀應酬畫件。郭葆生所收藏的八大山人〔註68〕、徐青藤〔註69〕、金冬心〔註70〕等真跡都讓他臨摹，得益匪淺，至八月還家，此為三出三歸。

　　這時因梅公祠典期屆滿，在茹家沖買了一所舊房和二十畝水田。這一帶四山圍抱，風景優美，翻新舊屋後，取名「寄萍堂」〔註71〕。堂內造一書室，將遠遊得來的八塊硯石置於室中，名為「八硯樓」，心境更為舒展。〔註72〕

　　齊白石晚年與學生胡佩衡論畫時說：「我在壯年時代遊覽過許多名勝，桂林一帶山水，形式陡峭，我最喜歡。」〔註73〕說明了他一生獨鍾桂林山水的原因，桂林山水也成為他往後山水畫的主題之一。

〔註66〕蔡鍔（1882～1916），湖南邵陽人，字松坡。1898 年入長沙時務學堂，詩從梁啟超、譚嗣同，後赴日學軍事。武昌起義後任雲南軍政府都督，後組討袁護國軍，任第一司令。蔡曾請齊白石到巡警學堂教畫，齊白石怕招惹是非而婉拒。徐改：〈齊白石年表〉，收錄於《齊白石全集》，卷 10，頁 25。

〔註67〕黃興（1874～1916），湖南長沙人，字克強。曾留學日本，與孫中山在日本建立同盟會，武昌起義後被推為副元帥，後任南京政府陸軍參謀總長。時化為張和尚，齊白石為他畫過四條屏。徐改：〈齊白石年表〉，頁 25，收錄於《齊白石全集》，卷 10。

〔註68〕八大山人，即朱耷（1624～1705），清代書畫家、詩人，明寧王朱權後裔，明亡後為僧，書畫多署八大山人，別號雪個、個山、刃庵、破雲樵等，「清初四高僧」之一，影響後世畫壇甚大。參考《齊白石全集》，卷 10，第三部分「齊白石題跋」，頁 74。

〔註69〕青藤，即徐渭之號。徐渭（1521～1593），明山陰人，字文清，更字文長，號天池、青藤老人、山陰布衣，又號青藤道人。山水花卉人物畫皆精，行草書仿米氏亦有特色，並擅詩文，有《徐文長詩文全集》。參考《齊白石全集》，卷 10，頁 119。

〔註70〕金冬心，即金農（1687～1764），字壽門，號冬心、司農，別號稽留山民，浙江錢塘人，「揚州八怪」之一。楊昊成編著：《中國書法攬勝》（南京：江蘇教育出版社），1998 年，頁 227。

〔註71〕由於賣畫生意佳，齊白石的經濟狀況漸寬裕，又經過幾年的遠遊，身心思安定。此時能置地蓋房，名「寄萍堂」應是有感於生命如漂泊的浮萍有所寄託，也是心境上的轉變。

〔註72〕齊璜：《白石老人自述》（台北：傳記文學出版社），1967 年，頁 82。

〔註73〕齊白石：《齊白石談藝錄》（長沙：湖南大學出版社），2009 年，頁 59。

四、四出四歸

　　1907 年，到欽州教郭葆生如夫人畫，兼給葆生代筆。不久後到肇慶，由鼎湖山，觀飛泉潭。又往高要縣，遊端溪，謁包公祠。欽州轄界與越南接壤，到了東興遊覽越南山水，沿路見到數百株的野蕉映天成碧，因畫《綠天過客圖》。回欽州時正值荔枝產期，田裡的荔枝樹結實纍纍，飽滿艷紅的果實甚是好看，曾有人以荔枝換畫、歌女為他纖手剝荔枝的風雅事，於是荔枝就成為他日後詩畫中常見的題材了。〔註74〕

　　這一年冬天返家，此為四出四歸。

五、五出五歸

　　1908 年，應羅醒吾之邀遊廣東，仍以賣畫刻印為生，但當時廣州人喜的是「四王」一派的畫法，〔註75〕不喜齊白石偏冷逸的寫意畫風，所以求畫的人少，但求印的多。齊白石也幾次受羅醒吾之託，假借賣畫的名義，替同盟會將秘密文件夾在畫件之內傳遞。秋日返家。1909年，再應郭葆生之招請赴欽州，遊廣州、上海至年底方歸，是為五出五歸。〔註76〕

　　遠遊的八年之間，遊歷了西安、北京、南昌、桂林、廣州、欽州、香港、上海、蘇州等地，途經湖南、湖北、河南、陝西、河北、江西、安徽、江蘇、廣東、廣西各省，及渤海、黃海、東海、南海，走遍了半

〔註74〕《白石老人自傳》，收錄於《齊白石全集》，卷10，頁41。

〔註75〕四王，即王時敏、王鑑、王翬、王原祁，「四王」一脈的繪畫講究筆墨技巧和情趣，崇尚古人的筆法、氣韻和構圖方法，對筆下的山水並不追求描繪實地實景，極少去體察山川勝景實景，只是坐在書齋裡臨摹古人名跡，研究揣摩筆墨技巧，苦心構思，一意追求形式美和與古代作品相似，藉著臨摹自然山川來抒發胸中的情思、逸氣，寄託某種感情，他們所要表現是自己的「胸中丘壑」，這些強調師承傳統的文人畫家對之反覆描繪，是試圖在紛爭現實中尋找一塊心中樂土。參見楊新、班宗華等：《中國繪畫三千年》（北平：商務印書館），1999年，頁258～261。

〔註76〕按：《自傳》裡齊白石稱「五出五歸」，是將最後兩次廣東之遊合做一次計算。

個中國，觀覽名山大川，領略各地民俗風情，結交各界朋友，觀賞臨摹名人字畫，開闊了眼界和胸懷，也改善家中生計，是齊白石認為平生最可紀念之事。

第五節　沉潛——鄉村幽居（1910～1918，48～56歲）

歷時八年的遠遊漂泊後，身心俱倦的齊白石只希望終老家鄉，不再作遠遊之想。他最後一次遠遊臨行時，作了一首七律表達這樣的心情：

> 嫁人針線誤平生，又賦閒遊萬里行。
>
> 庾嶺荔枝懷母別，瀟湘春雨憶兒耕。
>
> 非關為國輪蹄愧，無望於家詩畫名。
>
> 到老難勝漂泊感，人生最好不聰明。〔註77〕

這段期間，已無衣食之憂的齊白石，為自己營造了一個幽靜安逸的生活環境，過著半農民半文人的鄉居生活，專心讀書作畫、刻印寫字，消化遠遊收穫的同時致力傳統的深入學習。閒暇時則帶著兒孫種樹蒔花、挑菜掘筍、養魚養蝦，這幾年的時光誠如與齊白石為世交的黎錦熙所言：「鄉居清適，一生最樂的時期。」〔註78〕

有感於行過萬里路，卻無讀萬卷書，有所不足，所以天天讀古人詩詞，「青燈玉案，味似兒時。晝夜讀書，刻不離手，如渴不離飲，飢不能離食。」〔註79〕並與詩友分韻鬥詩，一字未妥則刪改再三，不肯苟且。〔註80〕他作詩向來不求藻飾，自主性靈，尤其反對模仿他人。尤其喜讀宋詩，愛其清朗閒淡，與他性情相近。〔註81〕

〔註77〕〈應郭觀察人漳相招東粵舊遊口占〉，齊良遲主編：《齊白石文集》，頁166。

〔註78〕胡適：《齊白石年譜》（台北：胡適紀念館），1972年，頁22。

〔註79〕〈《白石詩草二集》自序〉。齊白石著，朱天曙編選：《齊白石論藝》，頁224。

〔註80〕《白石老人自傳》，收錄於《齊白石全集》，卷10，頁43。

〔註81〕《白石老人自傳》，收錄於《齊白石全集》，卷10，頁45。

　　還將遊歷得來的山水畫稿，重畫一遍，編成借山圖卷，一共五十二幅（現存二十二幅）。為友人胡廉石﹝註82﹞精心構思，換了好幾次稿，費時三個多月所畫成的〈石門二十四圖景〉﹝註83﹞，也被王仲言和胡廉石稱讚境界比往昔開展。同時也應親朋好友之約畫肖像畫和古裝人物畫，但花鳥畫最多，多可見八大山人的影響：物象殊少，布局奇特，筆墨極簡，一些小鳥造型和石頭畫法更直接取法八大山人。有意識的向疏簡、冷逸的文人畫靠攏，其作品格趣也逐步的雅化。除此之外，幽居其間從不間斷寫生，養花捕蟲，觀山禽野鳥，常畫的大型禽鳥是鷹與鶴，他曾反覆觀察一隻「立於大楓之枝常年不去」的鷹，畫了上千張寫生畫稿，﹝註84﹞這些都為他下個階段的衰年變法奠定了豐厚基礎。

　　儘管這段時期中國發生了革命風潮，卻是齊白石人生最愜意的時光。在近十年的幽居求索中，心靈平靜自足，吟詩作畫，潛心學習傳統，提高修養，在生活、感情、藝術趣味上，從民間畫家走向了文人藝術家的身分定位。﹝註85﹞

第六節　創造──衰年變法（1919～1928，57～66歲）

　　辛亥革命後，軍閥割據，內戰不休，連齊白石的家鄉也兵事不斷。1917年，原不再作遠遊之想的他，不得已辭別親人，隻身赴京避難，這是他第二度來到北京。

　　住在北京法源寺期間仍賣畫刻印，只是其偏向八大山人的冷逸畫風不被時人接受，生意冷淡。陳師曾﹝註86﹞因欣賞齊白石所刻的印章

﹝註82﹞胡廉石（1877～1950），名光，自號石門山人。湖沁園之堂侄。徐改：
　　　　〈齊白石年表〉，頁25，收錄於《齊白石全集》，卷10。
﹝註83﹞胡廉石把他自己住在石門附近的景色，請王仲言擬了二十四個題目，
　　　　再請齊白石畫成。
﹝註84﹞徐改編著：《中國名畫家全集（2）：齊白石》，頁106。
﹝註85﹞徐改編著：《中國名畫家全集（2）：齊白石》，頁59。
﹝註86﹞陳師曾，名衡恪，江西義寧人，時任教育部編審員，能畫大寫意花卉，

遂成莫逆，看過他的《借山圖卷》後，題了詩評議其印畫，詩中以「畫吾自畫自合古，何必低首求同群？」〔註87〕勸他應勇於自創風格，不必媚世求俗。兩人談畫論世所見相同，交誼日深。此時結交的朋友還有畫家凌直支、汪藹士、王夢白、陳半丁、姚茫父；詩人兼書法家羅癭公、羅敷庵兄弟；名醫兼詩人蕭龍友，及張次溪的父親張篁溪。還認識了法源寺的道階、衍法寺的瑞光兩位和尚。加上在京的舊友郭葆生、夏午詒、樊樊山、楊潛庵、張仲颺等，舊雨新知常在一起聚談，客中不覺寂寞。樊樊山很欣賞白石的詩，為他的詩作了一篇序文，〔註88〕認為他的詩堪與金農相比，讀之淡而有味。

待家鄉亂事稍定，返家時見宅內已被搶劫一空。次年（1918）家鄉兵匪更嚴重，只好帶著家人悄悄匿居紫荊山下親戚家，隱姓埋名避亂，他描述當時的苦況是：

> 吞聲草莽之中，夜宿於露草之上，朝餐於蒼松之陰。時值炎
> 夏，汗流浹背，綠蟻蒼蠅共食，野狐穴鼠為鄰。殆及一年，
> 骨如柴瘦，所稍勝於枯柴者，尚多兩目而能四顧，目睛瑩瑩
> 然而能動也。〔註89〕

爾後凡齊白石詩文中所見「草莽吞聲」之語即指這段日子的辛酸。

於是隔年（1919）決心定居北京。第三次到北京，仍住法源寺以賣畫刻印維生。但想起遠隔千里的父母妻子、親戚朋友不能聚首，憂憤之餘，只能藉小詩抒解，懷念故舊。

當時他的畫風，追步八大山人冷逸一路，自謂頗得神似，卻不為北京人所喜愛，乏人問津，〔註90〕於是聽了陳師曾的話，決定自出新

　　　筆致矯健，氣魄雄偉，在北京頗負盛名。祖父寶箴，號右銘，當過湖
　　　南撫台，官聲很好。父親三立，號伯嚴，又號散原，詩人。《白石老人
　　　自傳》，收錄於齊良遲主編：《齊白石文集》，頁88。
〔註87〕《白石老人自傳》，收錄於《齊白石全集》，卷10，頁46。
〔註88〕齊白石：《齊白石詩集》，頁3。
〔註89〕《《白石詩草二集》自序》。齊良遲主編：《齊白石文集》，頁91。
〔註90〕民國初年，北京也循著上海的發展模式，走上商業書畫之路，鬻畫風
　　　氣逐漸興盛。除了原在北京的宮廷畫家，為數不少的外地畫家也到北

意，變通畫法，曾記：「獲觀黃癭瓢畫冊，始知余畫過於形似，無超凡之趣。決定大變。人欲罵之，余勿聽也；人欲譽之，余勿喜也。」〔註91〕可知他欲擺脫形似、創造超凡之趣，不計毀譽的變法決心。變法的過程取法了吳昌碩的畫法，但呈現了不同的風格，尤其是以鮮紅顏料畫花，酣墨淋漓寫葉的「紅花墨葉」畫法，和結合工筆草蟲與寫意花草的「工蟲花卉」，都成為他最具特色的創造。

此時還結識了徐悲鴻、賀履之、朱悟園、林琴南等名人，也曾到梅蘭芳的「綴玉軒」畫草蟲，梅蘭芳親自磨墨理紙，並唱了一段「貴妃醉酒」。綴玉軒種了許多花木，單牽牛花就有百來種，從此齊白石也畫牽牛花。後來梅蘭芳正式拜師學畫草蟲，成為藝林佳話。〔註92〕

1922年，陳師曾帶著齊白石的幾幅花卉山水，參加東京府廳工藝館的中日聯合繪畫展覽會，最後所有的畫皆以豐厚的價格賣出。不久有在東京的法國人，選了齊白石和陳師曾的畫，加入巴黎藝術展覽會，畫名揚譽國外，賣畫生涯隨之興盛。

1927年，藝術專門學校校長林風眠請齊白石教授中國畫。隔年國民革命軍北伐成功後，北京改名北平，學校改稱北平藝術學院，齊白石改稱教授。除了藝術學院學生之外，還有門人蓮花寺住持瑞光和尚、京華美術專門學校校長邱石冥、趙羨漁、方問溪、孔賀才、楊泊盧、羅祥止、王雪濤、于非闇等，桃李天下。

綜上所述，雖本因家湘兵匪之亂不得以離鄉赴京，起先在京謀生不易，後又遭遇父母於同年（1926）相繼去逝，卻因戰事無法回家奔喪，諸多愁苦。但也因此結識諸多在京文化名士畫家，特別是得到陳師曾的提攜和鼓勵，沉澱了過往長期觀察寫生及學習古人畫法和精神的功力，以自身生活經驗和性格為主軸，再力圖變法後創造凝練、概括性

京謀求機會、一試長才，齊白石為其中之一。參見李晉鑄、萬青力：《中國現代繪畫史：民初之部》（台北：石頭出版股份有限公司），2001年，頁72～73。

〔註91〕徐改：〈齊白石年表〉，頁13，收錄於《齊白石全集》，卷10。

〔註92〕《白石老人自傳》，收錄於《齊白石全集》，卷10，頁50。

強，又充滿活潑鄉土氣息的大寫意風格，於藝術境域上超脫前人，不僅求畫、學藝者眾多，並揚譽國際。

第七節　圓熟──一代大家（1929～1957，67～97歲）

七十五歲（1937）時，齊白石相信算命所言，於是用「瞞天過海」法，改七十五歲為七十七歲。這一年發生盧溝橋事變，北平、天津相繼淪陷後，他辭去藝術學院和京華美術專科教職，決定閉門家居，不予外界接觸。儘管深居簡出，但登門求見、拉攏接近之人非常多，只好乾脆在大門貼告示：「白石老人心病復作，停止見客。」〔註93〕雖然為了生計仍須賣畫刻印，亦非來者不拒，有：「畫不賣與官家，竊恐不祥」〔註94〕、「從來官不入民家，官入民家，主人不利。謹此告之，恕不接見。」〔註95〕等聲明。對於那些給日人當翻譯的，另有「與外人翻譯者，恕不酬謝。」〔註96〕等拒絕字條，顯見他有所不為的民族氣骨。直到1943年，無法再有精力與那些以買畫為名義騷擾的人周旋，遂貼出「停止賣畫」四個大字。淪陷後，各學校的大權都操在日籍顧問之手，當任教過的藝術專科學校，發通知讓他去領配給煤時，他立即回信退了通知。對此曾言：「煤在當時，固然不易買到，我齊白石又豈是沒有骨頭，愛貪小便宜的人。」〔註97〕有詩云：「壽高不死羞為賊，不醜常安作餓饕。」〔註98〕表示自己寧可挨餓受凍，也不肯取媚日人的氣節。

雖然停止賣畫，作畫仍是天天不間斷，大寫意花鳥魚蟲及猛禽小獸更加精彩，物象更趨簡鍊、花卉色彩對比強烈，筆墨老辣天成。也經常在畫上題感慨時局、諷刺日人、漢奸的句子，以吐不平之氣。例如畫

〔註93〕《白石老人自傳》，收錄於齊良遲主編：《齊白石文集》，頁121。
〔註94〕《白石老人自傳》，收錄於齊良遲主編：《齊白石文集》，頁122。
〔註95〕《白石老人自傳》，收錄於齊良遲主編：《齊白石文集》，頁122。
〔註96〕《白石老人自傳》，收錄於齊良遲主編：《齊白石文集》，頁122。
〔註97〕《白石老人自傳》，收錄於齊良遲主編：《齊白石文集》，頁128。
〔註98〕〈答家鄉故人〉詩〈其二〉。齊白石：《齊白石詩集》，頁214。

作《鸕鷀舟》，題詩：「大好江山破碎時，鸕鷀一飽別無知。漁人不識興亡事，醉把扁舟繫柳枝。」〔註99〕說漢奸與鸕鷀鳥一樣一飽別無知，又諺云：「鸕鷀不食鸕鷀肉」，此鳥尚且不自戕同類，諷刺漢奸的無恥。〔註100〕又如《群鼠圖》題詩：「群鼠群鼠，何多如許！何鬧如許！既齧我果，又剝我黍。燭炸燈殘天欲曙，嚴冬已換五更鼓。」〔註101〕以及題畫《螃蟹》詩：「處處草泥鄉，行到何方好。去歲見君多，今年見君少。」〔註102〕以老鼠和螃蟹諷刺敵軍的日暮窮途就在眼前。此時期的作品新的題材樣式雖不多，但更加簡潔自如。

1945 年，八年抗日結束，齊白石高興的作了首七律，其中有云：「莫道長年亦多難，太平看到眼中來。」〔註103〕但等來的卻不是真正的太平日子，1946 年在南京和上海的展覽，帶去兩百多張畫全數賣出的所得，回北平後遇到通貨膨脹，連十袋麵粉都買不到，作詩云：「北房南屋少安居，何處清平著老夫？」〔註104〕勝利初期滿懷希望的歡欣早已煙消雲散，對於一位八十多歲的長者而言，只求安享餘年。

晚年的齊白石在藝壇更為活躍。1946 年，在重慶舉行〈齊白石畫展〉。同年，中華全國美術會在南京舉辦齊白石作品展，在南京期間，蔣介石接見他並有意薦他為國大代表候選人，被他謝絕。于右任〔註105〕設家宴款待，張道藩〔註106〕拜他為師，隔年李可染也拜他為

〔註99〕齊白石：《齊白石詩集》，頁 150。

〔註100〕《白石老人自傳》，收錄於《齊白石全集》，卷 10，頁 67。

〔註101〕齊良遲主編：《齊白石文集》，頁 367。

〔註102〕齊白石：《齊白石詩集》，頁 278。

〔註103〕〈侯且齋、董秋崖、余個覘余，即留飲〉詩。齊白石：《齊白石詩集》，頁 279。

〔註104〕〈題泊廬山水〉詩。齊白石：《齊白石詩集》，頁 160。

〔註105〕于右任（1879～1964），陝西三原人，著名書法家。1928 年起歷任國民黨中央常務委員、國民政府常務委員、監察院院長等職。曾有「家慶國光」橫幅送齊白石，齊亦有「關中于氏」印相贈。徐改：〈齊白石年表〉，頁 26，收錄於《齊白石全集》，卷 10。

〔註106〕張道藩（1897～1968），貴州盤縣人。早年留學英、法，學美術。歷任國民黨中央組織部秘書、副部長、宣傳部副部長、國民政府立法

師。1949 年後，齊白石有書畫印章贈與同為湖南湘潭人的毛澤東，毛
皆報以豐厚潤金。中共給與他崇高的地位和榮譽，文化部還授予「人
民藝術家」稱號，周恩來總理和文化界著名人士都前來祝壽。〔註107〕
1956 年又榮獲國際和平獎，〔註108〕在隆重的授獎儀式中，齊白石的答
詞中說：

> 正因為愛我的家鄉，愛我的祖國美麗富饒的山河土地，愛大
> 地上的一切活生生的生命，因而花費了我畢生精力，把一個
> 普通中國人的感情畫在畫裡，寫在詩裡。直到近幾年，我才
> 體會到，原來我所追求的就是和平。〔註109〕

和平的精神直接體現在以鴿子為創作題材的作品，「和平鴿」就一再的
出現在他晚年的作品中。

　　1957 年，高齡九十七歲（實為九十五歲）的齊白石身體日漸衰
弱，行動不便，但一有精神仍揮筆作畫。後來病情加重，於 9 月 16 日
與世長辭，中共國家領導人及他的門生、友人共四百餘人參加公祭，結
束他精彩的一生，為世人留下豐厚的文化藝術資產。齊白石晚年的書
畫作品風格更樸質純真，筆墨隨意揮灑而自如，他在《齊白石作品選
集》的自序中說：

> 作畫凡數千幅，詩數千首，治印亦千餘。國內外競言齊白
> 石畫，予不知其究何所取也。印與詩則知者稍希。予不知知
> 者之為真知否？不知者之有可知者否？將以問天下後世。
> 〔註110〕

對於「知者稍希」的詩與印，顯然感到有些遺憾，連續拋出的詰問，不
僅是問他自己，也是欲與無盡時空永恆的對話。

　　　　院院長等職。徐改：〈齊白石年表〉，頁 26，收錄於《齊白石全集》，
　　　　卷 10。
〔註107〕徐改：〈齊白石年表〉，頁 20～22，收錄於《齊白石全集》，卷 10。
〔註108〕徐改：〈齊白石年表〉，頁 23，收錄於《齊白石全集》，卷 10。
〔註109〕徐改：〈齊白石年表〉，頁 24，收錄於《齊白石全集》，卷 10。
〔註110〕齊白石著，朱天曙編選：《齊白石論藝》，頁 227。

　　本章述及齊白石的生平略歷，世代務農及清貧的出身，讓他體驗農事的辛苦，砥礪出在藝術領域的追求上刻苦自勵的精神，不論是早期承擔家中經濟的壓力或是中晚年遭逢國事的紛亂，都能在夾縫中求生存，堅持在藝術道路上前行。幸好有家人給予他無私豐厚的關愛，帶著這份感恩和幸福感，童年生活雖辛苦卻能讓他發自內心的欣賞、喜愛鄉村的一景一物，描寫農村風物、回憶幼年往事成為文藝創作的重要素材。

　　在讀書、木匠、繪畫等各領域學習上，因其天資的聰敏加上樸實勤學、真誠待人的特質，在不同階段都能值遇良師益友的提攜和扶助，先是胡沁園、陳少蕃領其詩文書畫入門，胡、黎兩姓的地方仕紳提供他學習環境，王湘綺以其身分地位幫助他擴展交友，又因朋友夏午詒、郭葆生的欣賞和資助完成壯遊，在北京生活時也有諸多貴人照應和切磋，並受到陳師曾的鼓勵而有變法，所以齊白石一生不必攀附權貴、走仕進之路也能靠著自己的努力改善生活。

　　齊白石的「有所不為」表現在個性上的看似孤高木訥、取捨是非的處世原則，在藝術上是堅持不隨主流「四王」畫風的我行我法；「有所為」則展現在文藝的學習和創造上，齊白石的性格裡有農村的單純平樸和追求安定的本質，卻沒有農村的保守和自卑性格，他不斷地在所學上精益求精，力求突破，當木匠時如此，遠遊的動機如此，到北京後的變法創造更是如此，從追求生計與興趣的平衡，到追求藝術上形式與內涵兼具的平衡，遭遇離亂也不改其志，最後造就一位超越自己也超越前人，從一介農民子弟、雕花木匠、地方文人到成為詩、書、畫、印贏得眾人尊敬的一代大家。

第參章　齊白石的詩畫概論

　　齊白石九十六歲（1956）時在《齊白石作品選集》自序開篇言：
「予少貧，為牧童及木工。一飽無時，而酷好文藝。為之八十餘年，今
將百歲矣。」〔註1〕窮畢生精力追求文藝，在質或量上皆十分可觀。作
為「畫家」的成就已舉世公認，但作為「詩人」卻鮮少被述及，也許
是畫名過盛掩蓋了詩名，抑或是人的精力終究有限，力有未逮，難以
各項兼得。但藝術有其融通與互補的特性，尤其齊白石創作了許多的
題畫詩，若只知其一而不知其二，將無法周全的體認他的藝術世界。
因此本章分兩節，分別探討「齊白石的畫與畫論」和「齊白石的詩與
詩論」，對他的詩與畫有全面性的認識，以期進一步了解其題畫詩的內
涵和價值。

第一節　齊白石的畫與畫論

　　齊白石畫作總量超過三萬幅，〔註2〕是一位認真而多產的畫家，
一生中超過十天沒有作畫的次數只有三次，逝世前半個月還畫了最後
一幅〈牡丹〉。〔註3〕他在藝術創作上是一位辛勤的實踐者，雖然沒有

〔註1〕齊白石著，朱天曙編選：《齊白石論藝》，頁227。
〔註2〕馬明宸：《借山煮畫：齊白石的人生與藝術》（南寧：廣西美術出版
　　　　社），2013年，頁209。
〔註3〕齊佛來：《我的祖父白石老人》（西安：西北大學出版社），1988年，頁
　　　　83～84。

留下完整的理論著述，但他的詩文、繪畫題跋、教學中，留下許多珍貴的創作心得，串綰起來亦可得到完整的面貌。本節介紹齊白石的畫與畫論，了解其藝術形式與思想。

一、齊白石的畫

郎紹君先生曾經針對齊白石畫作的題材做過統計，他畫過的花草約 70 多種、蔬果約 36 種、樹木約 15 種、魚蟲約 51 種、禽鳥約 31 種、走獸約 13 種、人物鬼神約 50 多種，工具物什約 30 多種、具名風景約 34 種，〔註 4〕這些呈現他豐富的生活世界，也構成他完整的繪畫世界。以下分三個時期介紹他的作品在不同階段的風格樣貌和成就，並匯歸這些畫作的主軸和情思。

（一）早期（1902，40 歲以前）

齊白石對繪畫的興趣和天分從小就顯露，自八歲摹拓人生第一幅畫──「雷公像」起，便引發了濃厚的繪畫興趣，於是用寫字的描紅紙和舊帳本畫了許多常見的人物、動植物等熟悉題材。十五歲（1877）後學雕花木工，雕花設計也和繪畫有密切關係，但直到二十歲（1882）勾摹了明、清著名繪畫教本《芥子園畫譜》，學習的方向才導向了文人繪畫，日後他也一再述及繪畫技法受《畫譜》的恩惠和影響良多。

齊白石作雕花木匠的同時兼賣畫，參考《畫譜》中的古裝人物、戲台上或現實人物形象，靠著自學畫能賣錢的古裝人物和功德神像。真正踏上傳統文人畫的學習是拜蕭薌陔和文少可為師學畫像後，特別是二十七歲（1889）得到鄉紳兼文人畫家的胡沁園教導工筆花鳥、湘潭名士陳少藩為其講讀詩書，此後以替人畫像的專職民間畫家身分活動於湘潭各地，除了擅長畫的「仕女」，也逐漸轉向兼畫山水、人物、花鳥的文人藝術家。

總體而言，齊白石四十歲以前以畫人物肖像為主兼及花鳥草蟲，畫法得自於臨摹畫本、學習老師的技巧和寫生，山水畫尚在模仿階段，

〔註 4〕馬明宸：《借山煮畫：齊白石的人生與藝術》，頁 193。

並不突出。

（二）中期（1902～1917，40～55歲）

齊白石在八年間遠遊間，眼界始大、胸次更廣，繪畫技法和觀念也大幅提升。早先學習的山水畫程式畫法終於與眼中的「真山水」結合，透過寫生在內心產生了深刻的聯結和領會，因此在《自傳》中說：「到此境界，才明白前人的畫譜，造意布局，和山的皴法，都不是沒有根據的。」〔註5〕這時期的山水寫生畫稿成為他後來一畫再畫的底稿，齊白石尤其鍾愛桂林山水，晚年與學生胡佩衡論畫時就說：

> 我在壯年時代遊覽過許多名勝，桂林一帶山水，形式陡峭，
> 我最喜歡。……桂林山水既雄壯又秀麗，稱得起「桂林山水
> 甲天下」，所以我最喜歡畫桂林一帶風景，奇峰高聳，平灘捕
> 魚，即或畫些山居圖等，也都是在漓江邊所到的。〔註6〕

說明了他喜愛桂林山水的原因在其「形式陡峭」、雄壯與秀麗兼得，也可知在他山水畫中常見的奇峰、平灘或山居圖，題材和構圖皆得自於此。透過細緻的觀察，使齊白石能脫離早期的模仿，從師法造化進而有所創造，例如對桂林山的印象產生了「筍狀山」的畫法，〔註7〕中晚年的山水畫也多明快簡潔的「一山一水」、「一丘一壑」形式，奠定了日後山水畫的基本樣貌。

遠遊時期的花鳥畫也有所變化，臨摹過八大山人、徐渭、金冬心等名家作品，加上書法由學何紹基改學魏碑、金冬心和爨龍顏碑，書體影響線條，工筆畫法轉為寫意。總體而言，這個階段透過寫生、臨摹，以山水畫轉變最大，畫風從工筆改向以寫意為主，他也視此為「改變作風的一個大樞紐」。〔註8〕

遠遊結束後的八、九年間，有了較充裕的經濟和時間讀書、寫

〔註5〕《白石老人自傳》，收錄於《齊白石全集》，卷10，頁35。
〔註6〕齊白石：《齊白石談藝錄》（長沙：湖南大學出版社），2009年，頁59。
〔註7〕郎紹君：《齊白石研究》，頁108。
〔註8〕《白石老人自傳》，收錄於《齊白石全集》，卷10，頁39。

詩、作畫、刻印，過著亦士亦農的鄉居生活，有時「獨坐杜門，頗似枯衲。」﹝註9﹞心境上的沉澱對藝術的影響是深刻的，此時完成了兩套重要的山水組畫，一是將遠遊畫稿重新加工繪製的《借山圖》，二是據題創作，比前者更具想像力和創造性的《石門二十四景》。花鳥畫延續從遠遊時對八大山人的喜愛，開始追求筆墨，疏簡的風格，也傾心石濤、金農，臨摹過周少白、張叔平的作品。﹝註10﹞他選擇的學習對象與當時的背景、交友和心理因素有關，由於民國初年後，一些具革新思想的畫家批判清代以來的仿擬之風，推崇創造性的畫家和畫派，朋友中樊增祥推崇金農，李瑞荃、曾農髯、陳師曾推崇八大山人、石濤，使他有更多的機會接觸這些畫作，這些畫家不被繩墨的「非正統」作風與他的身世、性情相契，而且他們身上所具備的「創造」精神也是他所追求的。再者，意識到民間繪畫和文人畫的區別，雅與俗的不同，使他有意擺脫工匠氣，追求文人畫家的身分認同，所以八大山人的冷逸氣息成為他向文人化轉變的重要參考。

　　齊白石在幽居的幾年中，以詩書涵養性情，繪畫上持續寫生、深入臨摹，筆墨功力加深，風格偏向八大山人的冷逸疏簡，無論在生活方式還是藝術趣味上，都已確立了文人畫家的定位。

（三）盛期（1917～1957，55～97歲）

　　齊白石藝術上的大突破在「衰年變法」後，自謂「衰年變法」意味在衰老之年對自己的畫法進行大改變。促生變法的原因主要有二：一是初到北京謀生時，似八大山人的冷逸畫風不受時人所喜，單靠刻印尚不足以維持生計，加上當時北京已有許多頗負盛名的大寫意畫

﹝註9﹞齊白石：〈與黎大培鑾書〉。齊佛來：《我的祖父白石老人》，頁44。
﹝註10﹞周少白（1806～1876），名棠，字召伯，一字紹白，號蘭西，浙江紹興人。官光錄寺署正。寫意花卉酷似徐渭、陳淳，山水師石谿、石濤，晚年專畫石，張之萬稱之為清代畫石第一。張叔平，名世准，湖南省永綏人（今花壇縣），道光二十三年（1843）年舉人。擅書法、篆刻，尤長於墨梅，與周少白齊名。參考俞劍華編：《中國美術家人名辭典》（上海：上海美術人名出版社），1981年，頁493。

家，他必須在這樣的環境下謀求出路。〔註11〕二是在北京聲譽甚高的好友陳師曾也勸其自立畫格。在他1945年的畫冊題跋說明此事：「余五十歲後之畫，冷逸如雪個，避鄉亂竄于京師，識者寡。友人師曾勸其改造，信之，即一棄。」〔註12〕於是開啟「十載關門始變更」〔註13〕的藝術突破。

十年變法（1917～1928）的過程大致可分為三個階段：

1. 擺脫「形似」

從齊白石變法初期所寫的文字可以推知其動機和心態：

> 余作畫數十年，未稱己意。從此決定大變，不欲人知，即餓死京華，公等勿憐。乃余或可自問快心時也。〔註14〕

> 余昨在黃鏡人處，獲觀黃癭瓢畫冊，始知余畫猶過於形似，無超凡之趣，決定從今大變。人欲罵之，余勿聽也；人欲譽之，余勿喜也。〔註15〕

> 故東坡論畫不以形似也。即前朝之畫家不下數百人之多。癭瓢、青藤、大滌子外，皆形似也。〔註16〕

可見他想擺脫做木匠以來數十年追求「形似」的畫家習氣，轉向追求「超凡之趣」，過去傾慕的八大山人也列在他所認可的癭瓢、青藤、大滌子三人之外。他開始汲取當代各家優點，尤其在當時很受歡迎的吳昌碩，〔註17〕經過仔細鑽研他的構圖、色彩、筆墨後，吸收他概括力

〔註11〕胡佩衡、胡橐：《齊白石畫法與欣賞》，見於郎紹君：《齊白石研究》，頁135。

〔註12〕《庚申花果畫冊》題款。齊良遲主編：《齊白石文集》，頁372。

〔註13〕〈題畫〉詩。齊白石：《齊白石詩集》，頁212。

〔註14〕〈為方叔章作畫記〉。齊良遲主編：《齊白石文集》，頁190。

〔註15〕己未（1919）日記。齊良遲主編：《齊白石文集》，頁190。

〔註16〕同上註。

〔註17〕吳昌碩（1844～1927），名俊，俊卿，字昌碩，也署倉碩、蒼石，別號缶廬、老缶、苦鐵等。浙江省孝丰縣（今安吉縣）人。曾任江蘇省安東縣（今漣水縣）知縣，篆刻、書法、繪畫三藝精絕，「後海派」藝術的開山代表，近代中國藝壇承前起後的一代巨匠。劉繼才：《趣談中國

強、精簡而突出重點的畫法。〔註18〕

2.「似」與「不似」的矛盾

雖然確立了轉向闊筆大寫意的畫法，過程卻遇到了技法和心理上的衝突：

> 粗大筆墨之畫難得形似；纖細筆墨之畫難得神似。此二者余常笑人，來者有欲笑我者，恐余不得見，身後恨事也。〔註19〕

> 塗黃抹綠再三看，歲歲尋常汗滿顏。幾欲變更終縮手，舍真作怪此生難。〔註20〕

為了擺脫過去「形似」的保守路線，欲以粗大筆墨追求「神似」，卻又恐流於「舍真作怪」，有違本心。雖然感受到兩種畫法的矛盾，但他仍鍥而不捨地尋求突破和平衡，在下個階段終於得到答案。

3.「形神俱見」的創造體悟

變法後期，繪畫上形神兼備的理想終於在他不斷地實踐中得到落實，也總結出了途徑：

> 善寫意者，專言其神；工寫生者，只重其形。要寫生而後寫意，寫意而後復寫生，自能形神俱見，非偶然可得也。〔註21〕

他認為作畫不能只偏重「形似」或「神似」，要想兩者兼得，必須在「寫意」和「寫生」上反覆下功夫，才能心領神會，意到筆隨，這樣的境界絕非唾手可得的。

其花鳥畫吸收吳昌碩的優點，保留自己剛健挺拔的特色，自創了大寫意的「紅花墨葉」，結合下了寫生功夫的工筆草蟲，成為他的獨特創造；山水畫脫離模仿，平樸自然，充滿生活氣息，代表作為《山水十二屏》；人物畫結合民間趣味，出現了「不倒翁」、「鍾馗搔背」等寫意、

近代題畫詩》（瀋陽：遼寧人民出版社），2012 年，頁 68～69。
〔註18〕胡佩衡、胡橐：《齊白石畫法與欣賞》，見於郎紹君：《齊白石研究》，頁 136。
〔註19〕《蠅》題款（1921）。齊良遲主編：《齊白石文集》，頁 263。
〔註20〕〈畫葫蘆〉詩。齊白石：《齊白石詩集》，頁 102。
〔註21〕《其奈魚何》題款（1925）。齊良遲主編：《齊白石文集》，頁 291。

簡練、富幽默感的題材。

　　此階段學習對象主要從八大山人到吳昌碩，畫法從簡筆寫意到闊筆大寫意，風格從冷逸單薄到濃烈樸厚，以花鳥為中心擴及山水、人物的變革，變法成功的近因與畫家本身的求變、陳師曾的勸告和整體文化環境有關，但若沒有前面數十年藝術生涯的累積，及恆以寬闊的心胸廣博吸收他人經驗，最終能不掩蓋自己的個性，亦難以在數年內有如此的飛躍，呈現他獨特的藝術風格。如同郎紹君所言：

　　　不論文人的，民間的，古人的，今人的，齊白石都納入自己
　　　強烈個性的統馭。「法」是外在的，可學的，氣質個性是內在
　　　的，學不來的。一個相對流動，一個相對恆定。沒有兩者的
　　　完美契合，永遠不會有藝術上的大成功。〔註22〕

　　隨著變法的成功，畫名遠播日、法，齊白石成為國內外舉足輕重的畫家，直至晚年仍揮毫不輟，絕筆畫〈牡丹〉用筆用色大膽老辣，渾然天成，早已超越形似或神似的較量，感動人心，標誌著中國近代畫壇無可取代的地位和成就。

　　前文述及齊白石畫作的題材內容多樣豐富，概括而言，他畫的是他心中的感情，意即他不畫不能觸動他內心的題材，他說不畫沒見過的東西可以從這個角度解釋，相反的，只要對之有情思，就無物不可入畫，由此看齊白石的畫將顯得更加單純，筆者將他的繪畫主題統攝為三類：

　　其一、在他多情溫柔的眼光之下，他的畫要保留和再現他所感受到的人世美好，因此大千世界的花草蟲魚都是精神活潑的，山水風光多是一派自然安詳的；他所珍惜的故鄉、親情、友情也被他溫暖的描繪，例如《遲遲夜讀圖》畫小兒伏案睡去而不忍苛責，與好友的軼事畫成《西城三怪圖》；他願意善良的對待他人，因此不吝於畫有吉祥祝願寓意的畫贈人，例如畫松竹、壽桃祝壽，畫柿子取音諧「事事如意」；

────────────

〔註22〕郎紹君：《齊白石研究》，頁 161。

他也賦予所畫之物感情和意義，例如陪伴他的筆硯書本、他所熟悉的竹簍、柴筢，認為算盤「欲人錢財而不施危險，乃仁具耳。」〔註23〕，成為齊式風格的「發財圖」。

其二、對於社會中那些破壞美好秩序的人事物，他也在畫中洩其不平之鳴，例如畫老鼠偷油、螃蟹橫行、猴子偷桃諷刺那些不直道而行的小人，或寄託民族精神；同時表達對弱者的關懷和惻隱之心，例如畫《漁翁》關心人民生計、以《燈蛾圖》表露憐惜生命之心。

其三、有時他也藉畫表達內心的想法感受和獨特的思考角度，例如面對他人的詆毀，他畫了《人罵我我也罵人》回敬；作畫感到累了的時候，畫《也應歇歇》自我勸慰；創造一系列「鍾馗搔背」題材，有為人搔背始終「搔不到癢處」的詼諧，也暗喻無法被旁人理解的心理，這類題材或詼諧幽默或引人深思，意味雋永。

齊白石繪畫歷程的學習是全面的，題材涵蓋山水、花鳥、人物，畫法兼具工筆和寫意，有著文人畫的底蘊，在變法成功後開創更多題材與思想性兼具的多元面貌，他的自然直率和世俗性也因此貼合更多人的心。

二、齊白石的畫論

齊白石留下來的文字，除了出版詩集是視為作品有意為之，其他多是實用性的日記、書信、題跋、悼文、紀念文章等，沒有專門的藝術理論著述，但他畢生在藝術領域上實踐且卓然成家，自有一套他實踐創作的心得和見解，這些理論大多散存在他的詩文、繪畫題跋、教學談論中，筆者整理後分為修養論、方法論、形神觀、具體技法等四大類：

（一）修養論

1. 讀書交友

齊白石好讀書，幼時牛角掛書也要讀。讀書能涵泳道德性情，提

〔註23〕《發財圖》（1927）題款。齊良遲主編：《齊白石文集》，頁301。

升審美知能和人品，他在詩中表明：「讀書然後方知畫，卻比專家迥不同。刪盡一時流俗氣，能不能事是金農。」〔註 24〕認為讀書有助於畫道，能讓人從根本透脫流俗之氣，也是中國文人畫講求的內在氣韻。自年輕時結識一批以湘潭胡、黎兩姓為主的地方文士後，隨年歲遊歷交遊廣闊，但他始終謹慎交友，能被他視為好友知己的無論在人品、文藝上皆有所造，也成為能患難扶持，影響深遠的至交，如〈與黎松庵書〉中有言：「竊以為物各有儔，得與有道君子游，安知其不造君子之域？」〔註 25〕於道德學藝上切磋有所進益方可為「君子之交」。還有能談詩的知己樊樊山〔註 26〕、有伯樂之恩的陳師曾〔註 27〕、最欽佩的畫友徐悲鴻〔註 28〕等，都是他一生感念珍惜的靜友知交。

2. 行路閱歷

古人云：「得江山之助。」先有好友郭葆生勸其應「於遊歷中求進境」開啟遠遊之行，知見結合，於其畫境大有裨益。後有離家至北京人文薈萃之地，接受現實環境、文化思潮的衝撞，在思想和藝術層面上都有質與量的昇華，所以有「余自三游京華，畫法大變。」〔註 29〕的感

〔註 24〕〈題曾默躬畫二首〉（其二）。齊白石：《齊白石詩集》，頁 248。

〔註 25〕〈與黎松庵書〉，齊良遲主編：《齊白石文集》，頁 209。

〔註 26〕1902 年第一次遠遊結識陝西臬台樊樊山，樊樊山為齊白石親筆題定第一張篆刻潤利，於 1917 年為他的詩集撰寫序文，齊白石學金農字體也是受其影響。樊樊山過世後齊白石說：「我又少了一位談詩的知己。」梁云矖：《齊白石繪畫題款書法研究》（高雄：國立高雄師範大學國文學系書法教學碩士論文），2013 年，頁 85。

〔註 27〕陳師曾促成齊白石的衰年變法和幫助他名揚海外。齊白石曾說：「窮苦的日子裡，朋輩對我幫助最大、對友情最深摯的莫過於陳師曾，他是第一個勸我改造畫風和幫助我開畫展的人。」齊良憐：〈白石老人藝術生涯片段——追憶父親的教誨〉，《湘潭文史資料》第三輯（湘潭：湖南省湘潭市委員會文史資料研究委員會），1984 年，頁 174。

〔註 28〕1928 年徐悲鴻三顧茅廬請齊白石任教北平藝術學院，不惜遭受保守派的批評。為齊白石辦畫展、賣畫、印畫集，私底下對其生活也照顧有加。齊白石說：「余畫友之最可欽佩者，惟我悲鴻。」齊白石：〈觀徐悲鴻小型畫展後留言〉，齊良遲主編：《齊白石文集》，頁 157。

〔註 29〕《墨牡丹》題款（1920）。齊良遲主編：《齊白石文集》，頁 252。

想。雖然遠遊後的疲倦使其有不如歸家之想，在京謀生的晚年時常有游子之思，倘若隨其性情終老家鄉，也許一生安逸自適，能在地方文獻畫史上尋其姓字，卻難能鍛鍊出一位在畫壇上舉足輕重的藝術家。

3. 淡泊心境

《圖畫見聞志》云：「人品既已高矣，氣韻不得不高。」〔註30〕說明「氣韻」之高，在於「人品」，不在技巧。在齊白石的文藝作品中，常見他以梅、菊等物或巢父、許由、陶潛等人物典故暗喻自己清白的操守，出身貧窮並不讓他因此積極鑽營，反而排拒仕途，常流露「欲勸相將叱犢去，扶犁樂趣勝風流。」〔註31〕的自足和自豪，更對樊樊山直言：「我平生以見貴人為苦事。」〔註32〕在藝術上他更深信人品之於畫品的直接關係，他認為畫家應具備的心理素質是：

> 夫畫者，本寂寞之道，其人要心境清逸，不慕官祿，方可從事於畫。見古今人之所長，摹而肖之，能不誇。師法有所短，舍之而不誹。然後再觀天地之造化，來腕底之鬼神，對人方無羞愧。不求人知而天下自知，猶不矜狂，此畫界有人品之真君子也。〔註33〕

文中說當一位畫家心無雜染，無所求而為之，才能從事於畫，且面對古今畫家的態度要不誇、不誹，就算自己有所成就也能謙下不矜狂，這才是畫界中的君子，此中還未言及繪畫本身，如此嚴格的標準已近於道，這正是他一生律己的準繩，毋怪他自稱「心出家庵僧」，〔註34〕可以說齊白石的成就得之於他專心致志的精神，有純淨的心靈才有最純粹的藝術，贏得身前身後的尊敬。

〔註30〕陳傳席：《中國繪畫美學史》（北京：人民美術出版社），上冊，1998年，頁222。

〔註31〕〈次韻羅君贈黃山桃〉詩。齊白石：《齊白石詩集》，頁22。

〔註32〕〈四十歲對樊樊山語〉。李祥林編著：《中國書畫名家畫語圖解：齊白石》，頁81。

〔註33〕〈三友合集序〉。齊良遲主編：《齊白石文集》，頁149。

〔註34〕《四方古佛圖》題款（1932）。《齊白石文集》，頁320。

4. 業精於勤

　　齊白石一生辛苦，筆耕硯田，日日揮毫，少年因貧而忙，中年為精進畫藝而不懈，晚年被盛名所累而不能歇。他對自己的要求是「不叫一日閑過」，〔註35〕曾有一日未作畫，隔日仍不忘「補」之。〔註36〕他經常對同一題材的作品反覆琢磨、修改，因此留下許多標註作畫技法的畫稿，他曾對婁師白說：「古人說，行萬里路，讀萬卷書，我看還要有萬石稿才行。」〔註37〕可見得他的畫工絕非一朝一夕可成。儘管如此，仍會有感到辛苦的時候，於是戲稱自己「一身畫債」，〔註38〕或是寫詩自嘲：

　　〈木床二首〉（其二）〔註39〕

　　早起遲眠懶未能，百年居此只三分。

　　鄰翁福厚終朝睡，好在無人識姓名。

比起夙興夜寐不得閒的他，竟羨慕起鄰翁有可以飽睡的「厚福」，語氣幽默，卻令人更加敬佩他精勤不怠的精神。

（二）方法論

1. 師造化而奪天工

　　齊白石的繪畫靈感多數取之於經驗世界和現實生活，所以對學生說「我絕不畫我沒見過的東西。」〔註40〕不僅如此，還要深刻觀察，

〔註35〕〈對胡絜青語〉。李祥林編著：《中國書畫名家畫語圖解：齊白石》，頁87。

〔註36〕〈七十歲前後題畫〉：「昨日大風雨，心緒不寧，不曾作畫。今朝制此補充之，不叫一日閑過也。」李祥林編著：《中國書畫名家畫語圖解：齊白石》，頁87。

〔註37〕〈對婁師白語〉。李祥林編著：《中國書畫名家畫語圖解：齊白石》，頁87。

〔註38〕〈因外客索畫，一日未得休息，倦極自嘲〉詩：「一身畫債終難了，晨起揮毫夜睡遲。晚歲破除年少懶，誰教姓字世間知。」齊白石：《齊白石詩集》，頁222。

〔註39〕齊白石：《齊白石詩集》，頁81。

〔註40〕〈對胡絜青諸門人語〉。李祥林編著：《中國書畫名家畫語圖解：齊白石》，頁10。

他清楚觀察對象的形態細節，例如螳螂翅上的細筋有幾根、〔註41〕玫瑰的刺是朝哪個方向長的、〔註42〕菊花的花蕊和牡丹的花蕊有何不同；〔註43〕知道其生長過程，例如南北方紫藤的花與葉生長的順序；〔註44〕也須了解同一對象有不同的狀態表現，例如一段畫蟋蟀的紀錄：

> 余嘗見兒輩養蟲，小者為蟋蟀，各有賦性。有善鬥者，而無人使，終不見其能。有未鬥之先，張牙鼓翅，交口不敢再來者；有一味只能鳴者；有緣其一雌，一怒而鬥者；有鬥後觸髭須即捨命而跳逃者。大者乃蟋蟀之類，非蟋蟀種族，既不善鬥，又不能鳴，頭面可憎。有生於庖廚之下者，終身飽食，不出庖廚之門。此大略也。若盡述，非丈二之紙不能畢。〔註45〕

不僅觀其形、更得其神、其情，小者如草蟲，大者如山水亦是如此，「胸中富丘壑，腕底有鬼神。」〔註46〕真山水觸動了心靈，再由巧筆賦予靈魂，其畫之所以生動，得之於「寫生」，絕非標本式的死板複製。

　　畫家能將廣大的天地裝進尺寸畫幅中，也能顛倒時序創造不可能，想像世界可以在畫面上盡情建構，全憑畫家的主宰，這也是齊白石感到得意的地方。畫芭蕉時頃刻間一樹挺拔援筆立成，作詩云：「頃刻芭蕉生庭塢，天無此工筆能補。」〔註47〕不捨韶光易逝，荷花將

〔註41〕〈對婁師白談畫草蟲〉。李祥林編著：《中國書畫名家畫語圖解：齊白石》，頁8。

〔註42〕〈1952年對胡絜青語〉。李祥林編著：《中國書畫名家畫語圖解：齊白石》，頁8～9。

〔註43〕〈對婁師白談話牡丹〉。李祥林編著：《中國書畫名家畫語圖解：齊白石》，頁9。

〔註44〕〈1927年遊園對胡橐語〉。李祥林編著：《中國書畫名家畫語圖解：齊白石》，頁9。

〔註45〕〈畫蟋蟀記〉（1921）。齊良遲主編：《齊白石文集》，頁155。

〔註46〕〈贈胡佩衡篆書對聯〉。李祥林編著：《中國書畫名家畫語圖解：齊白石》，頁3。

〔註47〕〈畫雨裡芭蕉〉詩。齊白石：《齊白石詩集》，頁179。

殘，用畫筆為其寫照並作詩：「丹青卻勝天工巧，留取清香雪不知。」
〔註48〕捕捉秋日剡藤的姿態時，語帶自豪表示：「老年筆勝并州剪，剪
取秋光上剡藤。」〔註49〕齊白石以充滿好奇和欣賞的眼光仔細觀察，
用功寫生，加上想像力和剪裁的素養，讓客觀世界成為主觀寫意的再
造，再現美好，所謂「外師造化，中得心源」、〔註50〕「巧奪天工」，所
畫原之於生活，卻能高出於生活，才是能打動人心的藝術。

2. 轉益多師而無師

　　齊白石的學生陳子莊說：「齊白石是畫史上最善學的人。」〔註51〕
齊白石學習的對象廣泛多元，不論古人、今人，甚至門生，只要有所
長，都可以成為他學習的對象，因此無名氏、贗品偽畫、乃至瓷瓶上的
圖案，他都樂意揣摩勾臨。〔註52〕前人中他最心服，影響也最大的是
八大山人、徐渭、石濤、金農、李鱓和黃慎等人，〔註53〕近人則是吳
昌碩，他在書畫題跋中不只一次的表達他對這些人的傾慕：

> 青藤、雪個、大滌子之畫，能橫塗縱抹，余心極服之。恨不
> 生前三百年，或求為諸君磨墨理紙，諸君不納，余於門外餓
> 而不去，亦快事也。〔註54〕

> 瘦瓢、青藤、大滌子外，皆形似也。惜余天姿不若三公，不
> 能師之。〔註55〕

〔註48〕〈畫殘荷〉詩。齊白石：《齊白石詩集》，頁124。
〔註49〕〈秋藤〉詩。齊白石：《齊白石詩集》，頁212。
〔註50〕唐畫家張璪語。王進祥編：《中國美學史資料選編》（台北：漢京文化
　　　　事業有限公司），1983年，頁341。
〔註51〕出自《石壺論畫語要》。李祥林編著：《中國書畫名家畫語圖解：齊白
　　　　石》，頁68。
〔註52〕〈五十歲題一童一隻畫稿〉：「丁巳（1917）客漢上，有瓷瓶賣者，余
　　　　見其雕瓷甚有天趣，因戲鉤其稿，將付兒輩，他日為有用本也。」李
　　　　祥林編著：《中國書畫名家畫語圖解：齊白石》，頁56。
〔註53〕郎紹君：《齊白石研究》，頁166。
〔註54〕庚申（一九二〇）日記。齊良遲主編：《齊白石文集》，頁193。
〔註55〕己未（一九一九）日記。齊良遲主編：《齊白石文集》，頁190。

〈天津美術館來函徵詩文，略告以古今可師不可師者，以示
來者〉（其四）〔註56〕

清藤雪個遠凡胎，老缶衰年別有才。

我欲九原為走狗，三家門下轉輪來。

他選擇的學習對象特質為脫俗有別才，「能橫塗縱抹」，非工細畫法的
「匠家」，可知他借鑒他人畫法時仍有意或無意的趨向自己的個性氣
質，找尋與自己相契、能化為己用的繪畫語言。

齊白石在臨摹上用心鑽研且講求方法，胡佩衡描述他學習八大山
人的過程是：

……都仔細反復研究過，如怎樣下筆，怎樣著墨，怎樣著色，
怎樣構圖，怎樣題識等。明確以後，他還要正式臨摹。臨摹
又分「對臨」、「背臨」、「三臨」。「對臨」是一邊看著原畫一
邊臨，「背臨」是不看原畫一氣寫成……之後，將原畫與臨摹
的作品掛在一起，進行研究，如果發現還有對筆墨體會不到
的地方，就要進一步「三臨」。〔註57〕

其用功之深，令人嘆服，也因此在傳統筆墨上打下深厚的基礎。

但學習並非照單全收的模仿和依附，他提出三項觀點：其一，學
習重在學其「筆墨精神」，而非畫得像，〔註58〕因此說：「畫中要常有古
人之微妙在胸中，不要古人之皮毛在筆端。」〔註59〕其二，不認同有些
人以自己是某宗某派而標榜「正統」，沽名釣譽的作風，直言：「吾畫不
為宗派拘束，無心沽名，自娛而已。人欲罵之，我未聽也。」〔註60〕

〔註56〕齊白石：《齊白石詩集》，頁226。

〔註57〕胡佩衡、胡橐：《齊白石畫法與欣賞》，見於郎紹君：《齊白石研究》，
頁126。

〔註58〕〈對胡橐談臨摹〉：「我是學習人家，不是模仿人家，學的是筆墨精
神，不管外形像不像。」李祥林編著：《中國書畫名家畫語圖解：齊白
石》，頁59。

〔註59〕齊良遲主編：《齊白石文集》，頁153。

〔註60〕〈吾畫不為宗派拘束，無心沽名，自娛而已。人欲罵之，我未聽也〉
詩。齊白石：《齊白石詩集》，頁136。

其三，要有超越前人的膽識，「學古人，要學到恨古人不見我，不要恨時人不知我耳。」〔註61〕、「竊意好學者無論詩文書畫刻，始先必學于古人或近代時賢，大入其室，然後必須自造門戶，另具自家派別，是謂名家。」〔註62〕前人畫法是參照，不是圭臬，是創造的助力，不是使人因襲而囿限創造力。

如同李可染所言，繪畫要「以最大的功力鑽進去，用最大的勇氣攻出來」，〔註63〕齊白石師古而不泥於古，博採眾長而獨創，正是他善學之處。

（三）形神觀

《爾雅》：「畫，形也。」〔註64〕繪畫的初始意在摹形，是客觀世界的反映，因此齊白石會說「不似為欺世」。〔註65〕但其實不一定就能感動人，否則攝影即可何用繪畫？又人人皆會照相，難道人人都是藝術家？因此畫家開始自覺的重視形似背後高於形似的精神意蘊，晉代畫家顧愷之提出「以形寫神」的傳神論，〔註66〕成為中國繪畫自覺的關鍵；宋代蘇東坡提出「詩畫一律」的觀點，說：「論畫以形似，見與兒童鄰；賦詩必此詩，定知非詩人。」〔註67〕認為詩與畫一樣重在傳神。此觀點經齊白石更清楚的解釋「太似為媚俗，不似為欺世」後，〔註68〕廣泛影響和流傳於中國畫界，指出了藝術應是對生活的提煉、概括與超越，神似比單純的形似更能深刻的掌握事物的本質和顯現作者的內在情感。

〔註61〕〈作畫記〉。齊良遲主編：《齊白石文集》，頁153。
〔註62〕〈與李立書〉。齊良遲主編：《齊白石文集》，頁213。
〔註63〕李可染：《李可染畫論》（台北：丹青圖書有限公司），1985年，頁127。
〔註64〕郝懿行：《爾雅藝書》（台北：藝文印書館），上冊，1980年，頁459。
〔註65〕〈與胡佩衡等人論畫〉。李祥林編著：《中國書畫名家畫語圖解：齊白石》，頁18。
〔註66〕出自〈魏晉勝流畫贊〉。王進祥編：《中國美學史資料選編》，頁208。
〔註67〕同上註，頁41。
〔註68〕〈與胡佩衡等人論畫〉。李祥林編著：《中國書畫名家畫語圖解：齊白石》，頁18。

　　繪畫如何臻於神似？齊白石說：「形似未真，何能傳神。」〔註69〕又說：「善寫意者，專言其神；工寫生者，祇中其形，要寫生而後寫意，寫意而後復寫生，自能形神俱見，非偶然可得也。」(〈四十六歲題畫雛雞小魚〉)〔註70〕可見欲達到「傳神」的境界，基礎根於「形似」，因此他一再強調從寫生中透過眼見手摹、心領神會的重要。所以反復說：「凡大家作畫，要胸中先有所見之物，然後下筆有神。」〔註71〕「我對雞仔細觀察和研究的時間比畫雞的時間多得多，所以才能有神。」〔註72〕至於傳神的具體技法和表現方式，筆者歸納為四點：其一、「化繁為簡」，以簡筆、減筆高度濃縮事物的形象，掌握最關鍵的特色。其二、為最能表達事物的精神特質，不一定要符合事實，可自主的增減、變形、或巧妙採用「移花接木」手法，創造新的形態。例如他畫了數十年工夫成就的蝦，畫法上增加短鬚強調頭部的份量，誇張的長鬚突顯在水中的動勢，並刪減足部和身體節數使其更顯靈活，又將青蝦的長鉗和白蝦的透明感完美結合，所以創造出現實世界沒有，卻活潑潑比真蝦更令人喜愛的「白石蝦」。其三、運用構圖上的巧思呈現事物的神韻風采。例如畫藤花時加上蜜蜂數隻，如聞其香；畫梅花以雪襯之，益見精神。其四、胸中要有如詩般的「畫意」，心中所感能見之筆端。例如他記述某次在雨中賞荷，回家後畫荷竟感到「有雨氣從十指出」。〔註73〕

　　所謂「作畫妙在似與不似之間」，〔註74〕齊白石的畫作整體呈現粗枝大葉、簡筆大寫意的風格，是他在不斷地實踐中體會的創作美學，是

〔註69〕〈乙丑詩草雜記〉題跋。齊良遲主編：《齊白石文集》，頁155。

〔註70〕李祥林編著：《中國書畫名家畫語圖解：齊白石》(北京：中國人民大學出版社)，2003年，頁17。

〔註71〕同上註。

〔註72〕〈對胡橐語〉。李祥林編著：《中國書畫名家畫語圖解：齊白石》，頁7。

〔註73〕〈五十五歲題畫荷花〉。李祥林編著：《中國書畫名家畫語圖解：齊白石》，頁23。

〔註74〕〈與胡佩衡等人論畫〉。李祥林編著：《中國書畫名家畫語圖解：齊白石》，頁18。

審美境界的高度似之，是心手合一、意到筆隨的心靈產物，內涵是東方藝術獨特的「傳神表意」，不是套用西方「抽象」或「寫實」可以一概而論的。

（四）具體技法

1. 筆墨

在傳統中國畫中，用筆用墨是基本功，勾勒以筆，濃淡明暗用墨，下筆有分側鋒、中鋒，運筆有疾徐、輕重、頓挫的不同，筆法有皴、擦、點、染等，又所謂「墨分五色」，墨與水分的掌控得宜可形成濃、淡、乾、溼、焦等不同變化，以墨色取代固有色也成為中國畫獨特的表現方式之一。齊白石一生並未正式學習西畫技巧，其筆墨、題材、精神上均是屬於傳統中國韻味的，是在傳統文人畫的基礎上的再突破。雖然齊白石的畫一度被人稱為不正宗的「野狐禪」，﹝註75﹞但這些特色說明他不規步舊法，勇於探索創新、表現自我的風格，而且也不能以此論斷他不重視筆墨，因從他留下的文字中可了解他對筆墨的講究。

齊白石論用筆之法可歸納三點：其一、心態上要細心與膽大兼具。他說：「用筆前要和小兒女一樣細心，要考慮是中鋒還是偏鋒，還要注意疾、徐、頓、挫來描繪對象，下筆時要和風雲一樣大膽揮毫。」﹝註76﹞也就是要仔細布局，一筆一畫要用心經營，下筆時則可任筆為之。其二、筆法上要粗、細皆能，工、寫結合。「工者如兒女之有情致，粗者如風雲變幻不可捉摸也。」﹝註77﹞細筆與粗筆的情致、趣味各有不同，而他認為以粗筆寫意畫傳神寫照，表現物象的精神更

﹝註75﹞ 李海峰：《齊白石密碼》（北京：中國人民大學出版社），2013 年，頁 33。

﹝註76﹞ 〈八十歲對胡橐語〉。李祥林編著：《中國書畫名家畫語圖解：齊白石》，頁 29。

﹝註77﹞ 〈題藝術學堂學生畫刊，兼謝學堂贈余泥石二像三首〉（其一）詩並註。齊白石：《齊白石詩集》，頁 270。

難；〔註78〕工、寫結合的方式最常運用在描繪草蟲上，他對弟子們談論畫草蟲：「既要工，又要寫，最難把握。」〔註79〕「粗中帶細，細裡有寫。」〔註80〕其三、主張「要我行我道，下筆要我有我法。」〔註81〕反對「死拘皴法失形神」。〔註82〕齊白石筆力剛健，線條受到金石和書法影響甚大，晚年取秦權「縱橫平直，一任自然」的特色，〔註83〕體現在健康活潑，充滿生命力的動植物上、在「咫尺天涯幾筆塗，一揮便了忘工粗。」〔註84〕的不具複雜皴法的山水畫上，都有他自成一格的筆法。

用墨上，黃賓虹嘗讚：「齊白石作花卉草蟲，深得破墨之法」，〔註85〕破墨法展現在晚年濃淡數筆的蝦蟹上更是精妙，他對墨的深刻了解呈現在〈用色經驗論〉〔註86〕一文中，文中詳述墨中成分的多寡、陳墨時間的長短、地域乾溼的差別等因素對墨色的影響，並破斥謠言之非，這都是他數十年筆耕硯田的親身經驗談。

「一花一葉掃凡胎，墨海靈光五色開。」〔註87〕習畫者不乏筆墨佳者，但得精神者少，齊白石意不在於追求筆墨本身，而能以筆墨寫形神，原因在其始終未忘失目標。

2. 色彩

中國繪畫早期是重視色彩的，以「丹青」直接代稱繪畫，南朝謝

〔註78〕〈對胡橐語〉：「畫粗筆寫意畫，能表達物象的精神，是極難的工作。」李祥林編著：《中國書畫名家畫語圖解：齊白石》，頁33。

〔註79〕〈與于非闇談畫草蟲〉。同上註。

〔註80〕〈與胡佩衡論畫草蟲〉。同上註。

〔註81〕〈遇邱生石冥畫會〉。齊白石著，朱天曙編選：《齊白石論藝》，頁127。

〔註82〕〈天津美術館來函徵詩文，略告以古今可師不可師者四首〉（其一）詩。李祥林編著：《中國書畫名家畫語圖解：齊白石》，頁30。

〔註83〕〈白石印草自序〉。《齊白石全集》，卷10，頁79。

〔註84〕李祥林編著：《中國書畫名家畫語圖解：齊白石》，頁37。

〔註85〕出自《黃賓虹畫語錄》。李祥林編著：《中國書畫名家畫語圖解：齊白石》，頁39。

〔註86〕李祥林編著：《中國書畫名家畫語圖解：齊白石》，頁36。

〔註87〕〈墨荷〉（1936）題款。齊良遲主編：《齊白石文集》，頁342。

赫提出完整的繪畫理論「六法」中就有「隨類賦彩」，〔註88〕唐以後一派以水墨為主的繪畫形式興起，文人畫追求筆墨氣韻的淡雅風格也使色彩的地位式微，〔註89〕直到清末民初的畫壇興起革新思潮，海派畫家如趙之謙、吳昌碩等人以鮮豔的色彩在商業市場上受到喜愛，齊白石也受其影響。但不同於吳昌碩的色墨融合，有渾厚且艷麗的視覺效果，齊白石別有民間藝術的強烈和單純特性，以墨為主調，鮮明的色彩與之相襯搭配，形成張力和對比，這些都對中國畫壇產生影響。〔註90〕

　　他有〈用色經驗論〉一文詳述他對經常使用的顏料的認識和運用，文中提到的顏料和成分名稱有朱砂、胭脂、西洋紅、藤黃、石青、石綠、靛青膏（花青膏）、赭石、盧干石、鉛粉等及其細分，除了西洋紅外都是中國傳統顏料，並述其來源、色澤、製法、膠水比重和環境溫度的影響，以及可相互摻入調配的顏料，其中也透露他的用色偏好，如西洋紅「其色奪胭脂，余最寶之。」〔註91〕可見他喜愛鮮豔的顏色。

　　齊白石常用明亮的暖色調，尤其是鮮豔熱烈的紅，經常使用在花鳥畫上，如茶花、牡丹、紅梅、紅菊、朱竹、雁來紅、荷花、荔枝、櫻桃、壽桃、紅蘿蔔、辣椒……等，大寫意紅花與墨葉相襯予人精神飽滿的審美享受，在民間藝術上，紅色也多伴隨著吉祥、喜氣的祝願，這也是他樂意為之的。另外，在這些題材的繪畫題跋或詩作中也可以見到他透過討論顏色抒發個人看法，例如《紅菊》的題畫詩：「黃花正色未為工，不入時人眾眼中。草木也知通世法，捨身學得牡丹紅。」〔註92〕

〔註88〕陳傳席：《中國繪畫美學史》，上冊（北京：人民美術出版社），1998年，頁93。

〔註89〕高永隆：〈礦物顏料與現代重彩〉，《兩岸重彩畫學術研討會論文集》（台北：國立臺灣藝術大學），2009年3月，頁50～52。

〔註90〕李祥林編著：《中國書畫名家畫語圖解：齊白石》，頁48～50。

〔註91〕李祥林編著：《中國書畫名家畫語圖解：齊白石》，頁41～43。

〔註92〕〈紅菊〉詩。齊白石：《齊白石詩集》，頁119。

〈紅梅〉詩的首二句:「本真不易入時誇,故買胭脂點點加。」〔註93〕表示為了迎合時人多愛討喜的紅色,賣畫維生的他有時也必須隨順眾人眼光。但在〈山茶〉一詩中說:「朱砂研細色方工,豔不嬌妖眾豈同。自與群芳相隔離,等閒桃李媚春風。」〔註94〕表明自己不同於一般桃李群芳,別有氣骨與不俗,「豔不嬌妖」一語可以概括他在現實與理想中的分寸和原則。

在他的諸多畫稿中也可以見到註記用色心得,例如《鳳仙》(圖稿)上記錄:「花蒂淡洋紅色,花瓣辛洋紅和朱砂色。」〔註95〕單一紅色就有許多細節的變化用法,不僅是珍貴的經驗論,也得見謹慎態度。

早年受民間藝術的影響使他在繪畫上用色大膽而熱烈,而且容易被一般民眾接受,後來經過文人畫的薰陶使他的顏色單純而和諧,在中國畫壇上別具意義,也是齊白石的畫之所以雅俗共賞的原因之一。

第二節　齊白石的詩與詩論

齊白石是中國近代藝術史上少數集詩、書、畫、印成就於一身的名家,世人多將他定位於書畫家或篆刻家,鮮少視之為詩人。但他生前不只一次的述及他對自己藝術成就的排序,如對胡絜青說:「我的詩第一、印第二、字第三、畫第四。」又對胡佩衡父子說過:「詩第一、印第二、繪畫第三、寫字是第四。」對于非闇則說自己「刻印第一、詩詞第二、書法第三、繪畫第四。」〔註96〕以上三種說法,排列雖有出入,但總歸是詩、印在前,書、畫在後,可見他對自己的詩相當自信,本節概括說明他的詩作與風格。

〔註93〕李祥林編著:《中國書畫名家畫語圖解:齊白石》,頁45。

〔註94〕同上註。

〔註95〕齊良遲主編:《齊白石文集》,頁397。

〔註96〕王振德:〈齊白石的詩文與題跋〉,頁2～3。收錄於《齊白石全集》,卷10。

一、齊白石的詩

齊白石在文字創作上的熱忱和好樂可以直接從數量上看到，由郎紹君、郭添民主編的《齊白石全集》第十卷「詩文」部分，收入了齊白石詩詞聯語二千一百七十餘首；書畫篆刻題跋九百餘條；自傳、文章序跋、書信日記、潤利告白等文字計二十萬字，總共約五十餘萬字。〔註97〕與傳統文人相比，對於一輩子以賣畫刻印維生的職業畫家而言，能堅持在文學上的學習和創作是更加難得的。

齊白石的學詩、作詩歷程約可分為三個時期：

（一）從師初學時期（1889～1909）

齊白石幼年只上過半年村塾，僅讀過《四字雜言》、《千家詩》等啟蒙讀物，直到二十七歲拜胡沁園、陳少蕃為師後才真正接觸到詩。陳少蕃為他講讀《唐詩三百首》，並認為以齊白石的年齡已具備充分的理解能力，所以也為他講解《漁洋詩話》、《隨園詩話》等作詩理論。〔註98〕齊白石白天要工作養家，晚上才有空暇讀書背詩，他有一首詩回憶當時的學詩情景：

〈往事示兒輩〉〔註99〕

村書無角宿緣遲，廿七年華始有師。

鐙盞無油何害事，自燒松火讀唐詩。

記錄他讀書雖晚，經濟上也買不起油點燈，但憑著燃燒松枝的火光，一樣可以讀唐詩，以此勉勵兒輩用功。

某天胡沁園邀集親友至偶花吟館賞花賦詩，齊白石作了〈詠牡丹〉七絕一首，其中「莫羨牡丹稱富貴，卻輸梨橘有餘甘。」〔註100〕意外得到眾人的稱讚，這開啟了他作詩的興趣。而後於三十二歲（1894）加入「龍山詩社」並成為社長，隔年又加入「羅山詩社」，頻

〔註97〕王振德：〈齊白石的詩文與題跋〉，頁1。收錄於《齊白石全集》，卷10。
〔註98〕王振德：〈齊白石的詩文與題跋〉，頁4。收錄於《齊白石全集》，卷10。
〔註99〕齊白石：《齊白石詩集》，頁224。
〔註100〕《白石老人自傳》，收錄於《齊白石文集》，頁46。

繁的藝文活動對創作產生積極的作用。齊白石與年紀較輕的詩友始終「以師兼友」待之，砥礪人品、作詩唱和，從中學習作詩要領。

三十七歲（1899）拜王湘綺為師，王湘綺是知名的詩人，[註101]當時以「薛蟠體」批評他，此語激勵了齊白石，為提升創作品質，他廣泛閱讀漢魏六朝詩，且受到王湘綺「作詩必先學五言」的影響，寫五言古詩和絕句。爾後在多次遠遊時，得樊樊山、夏午詒等善詩之友的鼓勵後，讀唐宋諸家詩詞，並大量寫七言律詩和絕句。[註102]

齊白石在〈借山館記〉說道：「余少工木工，蛙灶無著處，恨不讀書。工餘喜讀古詩，盡數十卷。」[註103]可見他學詩歷程的辛苦和用功，而喜讀古詩也反映在他有不少以古體詩創作的題畫詩上。與為求取功名而讀書、為科舉考試而作詩，或附庸風雅的傳統文士不同，他最初學詩的動機是為在畫面上書款與題詩方便，繼而引發了濃厚的興趣，加深擴展學習範疇。其後詩與書畫篆刻相結合，技術與學養兼得，遂從藝匠提升至文人身分。

（二）自我充實時期（1909～1917）

四十一歲（1903）的七夕當天，王湘綺招弟子「王門三匠」一起飲酒聯句，首出「地靈勝江匯，星聚及秋期。」兩句，卻無人能聯，時在南昌，故稱「南昌聯句」，此事給齊白石很大的衝擊和自省，深覺「作詩這一門，倘不多讀點書，打好根基，實在不是容易的事。」[註104]還把書房「借山吟館」的「吟」字刪去，表明自己尚不足以稱為詩人。

〔註101〕王湘綺（1832～1916），名闓運，字壬秋，號湘綺。書齋名為「湘綺樓」。湖南湘潭人，清咸豐舉人，今文學派重要領袖。民國二年受袁世凱聘入京，任國使館館長，編修國史，兼任參議院參政，復辟聲潮中辭歸。學生眾多，在教育上頗有成就，著名弟子有楊度、夏壽田、廖平、楊銳、劉光第、齊白石等。著作豐富，後人將之合刊《湘綺樓全集》。參見惲茹辛編著：《民國書畫家彙傳》（台北：台灣商務印書館），1986年，頁30。

〔註102〕王振德：〈齊白石的詩文與題跋〉，頁4～5。

〔註103〕齊白石著，朱天曙編選：《齊白石論藝》，頁219。

〔註104〕《白石老人自傳》，收錄於《齊白石全集》，卷10，頁39。

行過萬里路後要讀萬卷書，在遠遊之後的鄉居期間努力自我充實，自言：「余年四十至五十，多感傷，故喜放翁詩。所作之詩，感傷而已。雖嬉笑怒罵，幸未傷風雅，十年得一千二百餘首。」〔註 105〕期間喜愛陸游之詩，並以感傷為詩，力學苦吟，可惜多數詩稿在遭人竊去和佚失後僅剩百餘首，於 1928 年刊為《借山吟館詩草》。這時期的詩作頗受詩人樊樊山〔註 106〕的稱讚，並為他的詩寫了一篇序文，〔註 107〕其中說：

> 凡此等詩，看似尋常，皆從劌心鉥肝而出，意中有意，味外
> 有味，斷非冠進賢冠，騎駱金馬，食中書省新煮餹頭者所能
> 知。惟當與苦行頭陀，在長明燈下讀，與南宋前明諸遺老，
> 在西湖靈隱朝慶諸寺中，相與尋摘而品定之，斯為雅稱耳。

樊樊山描述齊白石此時期的詩風因為造語平淡所以「看似尋常」，卻皆是發自肺腑，意味深長，有清寂冷雋、遺世獨立之感。

（三）直抒胸臆時期（1917 之後）

1917 年齊白石離鄉定居北京之後，面對國難當頭，親人分離的現實，詩多愁苦，白天賣畫刻印，夜則不能安寐，自言：「誰使垂暮之年，父母妻子別離，戚友不得相見？枕上愁餘，或作絕句數首，覺憂憤之氣，一時都隨舌端湧出矣。平時題畫，亦多類斯。」〔註 108〕此時詩作內容以抒寫內心情意為主，尤多憂憤愁思，風格上「大半直抒胸臆，何暇下筆千言。苦心錘煉，翻書搜典，學作獺祭魚也。」〔註 109〕本來就不好藻飾文辭、堆砌典故的他，更加隨心揮灑，常以白話、方

〔註 105〕　《借山吟館詩草》自序）。齊白石著，朱天曙編選：《齊白石論藝》，
　　　　　　頁 223。
〔註 106〕　樊樊山（1846～1931），名曾祥，字嘉父，號雲門，又號樊山。湖北
　　　　　　恩施人，光緒丁丑進士，以詩聞名於清末民初。徐改編著：《中國名
　　　　　　畫家全集（2）：齊白石》，頁 30。
〔註 107〕　《齊白石詩集》，頁 3。
〔註 108〕　《白石詩草二集》自序）。齊白石著，朱天曙編選：《齊白石論藝》，
　　　　　　頁 224。
〔註 109〕　同上註。

言入詩，不大受詩律的拘束和規範了。他以詩詮釋了此階段的創作心境：〔註110〕

> 樵歌何用苦尋思，昔者猶兼白話詞。
>
> 滿地草間偷活日，多愁兩字即為詩。

如同文字淺白的樵歌和辛棄疾的白話詞，不必苦吟作詩，因為身如偷活於草間的蟲子，心中的愁緒已充塞於詩中。

北京雖繁華，卻不是他心中的歸宿，30年代後國事更加動盪，內憂外患不斷，身心不安，自比為「草間偷活」的他，「詩興從此挫矣」。〔註111〕1933年，他將定居北京前後之詩請人多次刪選，得七百餘首，印為八卷，因在《借山吟館詩草》之後，遂稱《白石詩草二集》。晚年因年邁體衰，精力多放在繪畫，偶有題畫需求也往往從舊有詩作上更動數字或組合詞句，新作不多。

總而言之，齊白石學詩歷程起步雖晚，有良師益友的引導和切磋成為引發他學習興趣的沃土，更可貴的是他勤勉力學的精神。起先學詩為提升學養，為畫題詩；後來深入鑽研，寫詩是實踐自我「讀萬卷書，行萬里路」的理想；中晚年因國愁家憂不斷，寫詩成為傾吐胸中塊壘的必須，加上在京的交遊、應酬場合更多，詩文往還的機會亦增加，一生累積了大量的詩作。

其詩作內容主要來自真實生活的見聞體會，約可概括為四個方面：

一、出於對自然、生命的熱愛和對生活中豐富細膩的詩意感受，例如〈題畫山水〉詩：「連山掩掩遮遮，窄徑曲曲斜斜。落日餘霞世界，深林叢樹人家。」〔註112〕從遠處連綿山景至近處窄徑，寬闊的餘霞天地至深林中一點人家，宛然一幅和諧靜謐的山居圖。又如〈東院〉：「東

〔註110〕〈自題詩集五首以補自序之不足五首〉（其二）。齊白石：《齊白石詩集》，頁44。

〔註111〕同上註。

〔註112〕《齊白石詩集》，頁163。

院一株柳，陰涼生戶牖。終歲足音無，六月蟬聲有。」〔註113〕以自家東院的一棵柳樹為主角，寫它帶給作者一窗蔭涼，夏蟬的聒噪映襯這生活一角的寂靜，令人聯想五柳先生的歸隱自適。

　　二、因為對家鄉的眷戀，產生描寫故鄉、田園風土人情以寄託鄉情，或抒發愁思的詩篇，例如〈歸夢〉：「廿年不到蓮華洞，草木餘情有夢通。晨露替人垂別淚，百梅祠外木芙蓉。」〔註114〕蓮華洞、百梅祠都是故鄉景物，草木有情也為人垂淚，且看昔日的木芙蓉上一顆顆的晨露，時間、空間的穿越也不改故鄉的顏色。又如〈聞紡紗婆—名紡績娘。〉：「乞取銀河洗甲兵，餘霞峰下老歸耕。此生強半居朝市，聽慣空山紡績聲。」〔註115〕這首詩由物即人，藉物起興，秋天唧唧的蟲聲總是能勾引他的心曲，繁華的都市住得再久也總想回到可聽見母親紡織聲的家鄉。

　　三、也有部分是生活自況，或反映現實，抒發對人情世故的看法，例如〈八哥〉：「霜風殺草情怯，黃菊依然開也。任他花開花謝，八哥無須饒舌。」〔註116〕此詩以物喻人，借黃菊傲霜表明自己的骨氣，並敬告那些如八哥喋喋不休的人，他人的事無須置喙。又如〈院中垂柳〉：「年來行路足如繭，日日書房至臥房。深羨垂楊太瀟灑，隨風搖曳過鄰牆。」〔註117〕描寫鮮少出戶的幽居生活，活動範圍只剩下家裡的書房到臥房，抬頭看見垂柳可隨風越牆搖曳，竟羨慕起不會移動的草木比人還自由。

　　四、透過詩作，表達創作時的心情，或見解與感想，例如〈畫蝦二首〉（其二）：「苦把流光換畫禪，工夫深處漸天然。等閒我被魚蝦誤，負卻龍泉五百年。」〔註118〕說明他畫水族的功夫經日積月累而來，功

〔註113〕　《齊白石詩集》，頁 214。
〔註114〕　《齊白石詩集》，頁 221。
〔註115〕　《齊白石詩集》，頁 189。
〔註116〕　《齊白石詩集》，頁 200。
〔註117〕　《齊白石詩集》，頁 171。
〔註118〕　《齊白石詩集》，頁 181。

夫深處在於能表現天趣，自嘲為畫魚蝦而誤了光陰。又如〈題畫山水〉：
「亂塗幾株樹，遠望得神理。漫道無人知，老夫且自喜。」〔註 119〕前
兩句戲嘲自己的山水畫是幾筆亂塗，卻有幾分神韻，實則一方面表明
自己不喜工細畫法、重在意趣的畫法不被當時流行「四王」的風尚所
喜，一方面自我寬慰走自己的路不必人知。

　　不論內容為何，鄉野情懷和文人的自覺都能在他的詩中看到，無
論借景抒情還是情景交融，都是自然的流露他最真摯的情感和想法。

　　關於齊白石的詩風，樊樊山於 1917 年為《借山吟館詩草》所寫的
序以為：

> 瀕生書畫，皆力追冬心，……。冬心自敘其詩云：「所好常在
> 玉溪、天隨之間。不玉溪不天隨，即玉溪即天隨」。又曰：「俊
> 僧隱流，缽單瓢笠之往還，富饒苦硬清峭之思。」今欲序瀕
> 生之詩，亦卒無以易此言也。〔註 120〕

文中引金冬心（即金農）自云其詩在玉溪、天隨之間，玉溪指李商
隱，天隨為陸龜蒙，皆唐代詩人。前者作詩文采典麗，想像豐富，寫
情深刻細膩，後者詩多寫景詠物，為隱逸詩人代表。〔註 121〕可見他認
為齊白石不僅書畫學金冬心，詩也似之，皆為「苦硬清峭」，吳昌碩
也說：「齊山人瀕生為湘綺高弟子，吟詩多峭拔語。」〔註 122〕齊白石在
文藝上皆學習過金冬心，也應讀過李商隱、陸龜蒙的詩，但他的詩總
體而言並不隱晦或奇峭，而多是直抒性情，平易自然，表現自己獨特
細膩的感受，因此他自己也不認同這樣的說法，作詩云：「與公真是馬
牛風，人道萍翁正學公。」〔註 123〕如果從他自己所說的：「余四十以
前之詩，樊樊山、易實甫稱譽之。五十以後，皆口頭語，不為詩也。」

〔註 119〕《齊白石詩集》，頁 150。
〔註 120〕《齊白石詩集》，頁 3。
〔註 121〕邱燮友、劉正浩：《新譯千家詩》（台北：三民書局），2008 年，頁 387
　　　　　～388。
〔註 122〕齊白石著，朱天曙編選：《齊白石論藝》，頁 111。
〔註 123〕〈書冬心先生詩集後三首〉（其一）。齊白石：《齊白石詩集》，頁 47。

〔註124〕又說五十歲前後「喜觀宋人詩，愛其清朗閑淡，性所近也。」
〔註125〕好友王仲言也說他的詩：「有東坡、放翁之曠達，無義山、長
吉之苦吟。」〔註126〕可知齊白石的詩風在四、五十歲後有所轉變，轉
變的原因還是本於自己的性情使然。樊樊山等人所評論的是他前期
的詩，但現今所存多為他四、五十歲後詩，是更具齊白石個人風格的
作品。

　　他的詩如同他的人，自然率真，而且很有自己的個性主張，例如
他敢大膽的使用「糞」字入詩：

　　〈畫芋〉〔註127〕

　　叱犢攜鋤老夫事，老年趣味休相棄。

　　自家牛糞正如山，煨芋爐邊香撲鼻。

不作風花雪月，無病呻吟之詩，呈現先鮮活的農家氣息，俗中有雅，意
味深長。

　　齊白石一生所寫之詩不下三千首，其中七言絕句最多，題畫之詩
逾千首，數量應居古今中外之冠。〔註128〕在他生前出版的詩集有兩
本，即收集1917年之前，共120首詩的《借山吟館詩草》（1928），以
及收錄1902～1933年所作的詩，刪定後共754首，分八卷的《白石詩
草二集》（1933），〔註129〕皆曾經樊樊山、王仲言、黎錦熙校訂。1962
年，由齊白石的後人蒐集遺稿，經黎錦熙整理，錄1902年以前的詩

〔註124〕王振德：〈齊白石的詩文與題跋〉，頁 7，收錄於《齊白石全集》，卷
　　　　10。
〔註125〕〈悼詩〉詩序。齊白石：《齊白石詩集》，頁47。
〔註126〕王振德：〈齊白石的詩文與題跋〉，頁 7，收錄於《齊白石全集》，卷
　　　　10。
〔註127〕齊白石：《齊白石詩集》，頁 104。
〔註128〕王振德：〈齊白石的詩文與題跋〉，頁 8，收錄於《齊白石全集》，卷
　　　　10。
〔註129〕《白石詩草二集》所收的詩與《借山吟館詩草》不重複，而以1917
　　　　年（即《借山吟館詩草》所收截止之年）以後約十六七年間的詩為
　　　　多。參見《齊白石全集》，卷 10，第一部分「齊白石詩詞聯語」，頁
　　　　10。

205 首，為《白石詩草續集》。又將其生前兩集未錄之詩和其逝世（1957）前的佚詩共 849 首，編為《白石詩草補編》，〔註 130〕綜上所述，共計 1928 首，說他是中國近代少數相當多產的詩人之一是無庸置疑的。

二、齊白石的詩論

　　齊白石一生交遊廣闊，詩友眾多，他的個性又能察納雅言、虛心求教，加之潛心傳統的學習，吸收的來源豐富，這些都成為他作詩的養分。從現有的資料來看，齊白石甚少議論他人的詩，但有不少是關於他自己的，他作詩的主張是「不求藻飾，自主性靈，尤其反對模仿他人。」〔註 131〕，也說他的詩「言俗意淺」、〔註 132〕「詩不常為法律嚴」〔註 133〕又說：「五十以後，皆口頭語，不為詩也。」〔註 134〕但這些「不為詩」之詩，並非等於率意馬虎之作，而是情感暫時支配了詩律，想說的話特別真切的緣故，所以才會有「斷句殘聯亦苦辛」〔註 135〕的自白。

　　關於齊白石如何看待他的詩，他曾說：「我的詩，寫我心裡頭想說的話，本不求工，更無意學唐宋，罵我的人固然很多，誇我的人卻也不少。從來毀譽是非，當時難下定論，等到百年以後，也許有個公道。」〔註 136〕其創作精神與繪畫一樣，不去刻意模仿或迎合別人的看法，詩如其人，而非是誰的影子，這樣的創作態度終其一生是保持一致的。至於近人對其詩的評價逐漸增多，茲錄以下幾則：

〔註 130〕 王振德：〈齊白石的詩文與題跋〉，頁 8，收錄於《齊白石全集》，卷 10。

〔註 131〕 《白石老人自傳》，收錄於《齊白石全集》，卷 10，頁 45。

〔註 132〕 〈與張篁溪、張次溪父子書〉。齊良遲主編：《齊白石文集》，頁 214。

〔註 133〕 〈贈留霞老人〉詩。齊白石：《齊白石詩集》，頁 19。

〔註 134〕 王振德：〈齊白石的詩文與題跋〉，頁 7，收錄於《齊白石全集》，卷 10。

〔註 135〕 〈悼詩二首〉（其一）。齊白石：《齊白石詩集》，頁 19。

〔註 136〕 《白石老人自傳》，收錄於齊良遲主編：《齊白石文集》，頁 111。

白石自詡能詩，且謂詩優於畫。他生前的老朋友們多不同意
他這個意見，說他詩中用詞造句常有欠妥之處，又愛把口頭
語入詩。其實，他對於舊體詩的寫作基礎是打得扎扎實實
的。中年以後意境漸高，要在詞句間講求簡練，又常運用口
頭語來發揮他的創造性，都不為古典作家偏重規格和愛弄辭
藻所害。〔註137〕（黎錦熙）

用的字，造的句，往往是舊式古人駢文的作者不敢做或不能
做的……是他獨有的風趣，很有詩意，也很有畫境。〔註138〕
（胡適）

我特別喜歡他的詩，生活氣息濃，有一種樸素的美。早年，
有人說他寫的詩是薛蟠體，實在不公平。〔註139〕（艾青）

取徑高卓，不隨流俗則同。工詩者固多，而擺脫詩家一切習氣
乃至難。此真所謂詩有別裁，非關學也。〔註140〕（瞿兌之）

黎錦熙、胡適、瞿兌之皆肯定他擺脫舊習、不隨流俗的創造性，又詩
中充滿濃厚的生活氣息，展現樸素、詩意的美感，更是他詩作的獨特
價值。

　　齊白石既非專職作家，其作詩亦無助於增添名利，卻能在維持家
族經濟之外累積大量詩作，肯定要有強大的內在驅動力，和善用時間
的能力，〔註141〕所以寫給黎錦熙的書信中說：「既畫刻已有虛名，又欲
做詩，近於好事。然性之所好，不得不為也。」〔註142〕他的「不得不

〔註137〕 郎紹君：〈讀齊白石手稿──詩稿篇〉，《讀書》，2010 年，頁 143。
〔註138〕 胡適：《齊白石年譜》（合肥：安徽教育出版社），1999 年，頁 170、
　　　　172。
〔註139〕 艾青：《憶白石老人》，《艾青選集》（成都：四川文藝出版社），第 3
　　　　卷，1986 年，頁 761。
〔註140〕 郎紹君：〈讀齊白石手稿──詩稿篇〉，《讀書》，2010 年，頁 143。
〔註141〕 〈自題詩集五首以補自序之不足〉詩：「那有工夫暇作詩，車中枕上
　　　　即閒時。廿年絕句三千首，卻被樊王選在茲。」齊白石：《齊白石詩
　　　　集》，頁 44。
〔註142〕 〈與黎錦熙書〉齊良遲主編：《齊白石文集》，頁 212。

為」正說明了作詩對他的意義，和詩為人類抒情言志的需求和本質，因此他的詩是極為純粹的。但他並不因此滿足，也不隱藏他內心的遺憾，那就是因為家貧，始終要以經濟考量為先，而個人興趣在後的無奈，所以他說：「吾非無詩才，所作又無佳句，因畫刻占我光陰。」﹝註143﹞又有〈老屋〉詩：「少不能詩孰使窮，門前一樹杏花風。怕窮立腳詩人外，猶是長安賣畫翁。」﹝註144﹞創作條件的缺乏，讓他同時有「詩才」的自信，和無法得到「詩人」身分認同的矛盾和感嘆，無怪乎他會一再強調「詩第一」，當中應有其甘苦和補償心理。

在中國藝壇上，齊白石的詩與畫在數量上少有人及，在風格上更是自成一家。創作根源於他的生活和經驗，體現他的思想和情感，表現他自然率真的性情，並大敢開創，不崇古，不傲今，不媚俗，不拘「正統」，吸納百家之長而去其短，因而能在雅和俗之間，民間和文人之間，古人和今人之間，達到既融合又特出的成就。至於他的詩名是否真為畫名所掩？我認為如同他本人的自覺，因為賣畫刻印佔去多數時間，相比之下，在作詩上雖勤勉卻仍受限於條件，晚年更是精力不足，難以再費心吟詠，力有未逮，不似在藝術上有「變法」的大開拓，是一大遺憾。就其詩本身而論，若從傳統文人氛圍或形式的角度來看，齊白石的詩也許不夠工穩典雅富寄託，但若從推行白話文運動的胡適和近人對他的讚賞可以確定，﹝註145﹞他的詩掌握創作最純粹的本質，在精神上具有現代意義。

﹝註143﹞〈與黎錦熙書〉齊良遲主編：《齊白石文集》，頁212。
﹝註144﹞齊白石：《齊白石詩集》，頁176。
﹝註145﹞劉繼才：《趣談中國近代題畫詩》（瀋陽：遼寧人民出版社），2012年，頁155。

第肆章　齊白石的題畫詩

　　齊白石是近代藝術史上一位集詩、書、畫、印於大成的藝術家，他在藝術歷程中曾學習模仿中國傳統文人畫，加上他本身對詩文創作的興趣，產生了大量的題畫詩，這些題畫詩對了解他的畫境和心境有很重要的價值，詩與畫的互相闡發也提升了藝術境界。本章第一節先回溯題畫詩的源流，並定義本章討論的題畫詩範疇，第二節分類介紹齊白石題畫詩的內容，第三節分析其體裁、用韻等形式與藝術技巧，期望從內容到形式完整探討齊白石的題畫詩。

第一節　題畫詩歷史回顧與定義

　　詩與畫原是兩種不同的創作媒介，屬於不同的表現方式，陸機：「宣物莫大於言，存形莫善於畫。」〔註1〕就指出了文字主要表現物情，而繪畫善於保存物形的功能差異。但兩者在創作動機或部分創作過程的概念上相同，唐、宋以後愈來愈多詩人為畫作詩，或身兼詩人畫家二種身分，他們透過嫻熟的技巧將兩者截長補短，融合詩情與畫意展現更高的藝術境界，於是產生了題畫詩，在詩的領域中形成一支獨特而重要的表現形式。以下對題畫詩的定義、發展源流、功用分別介紹。

〔註1〕王進祥編：《中國美學史資料選編》，上卷，（台北：漢京文化事業有限公司），1983年，頁185。

一、傳統題畫詩的定義

詩與畫結合的方式有依詩作畫的「畫題詩」，〔註2〕和據畫吟詩的「題畫詩」〔註3〕兩種。前者先有詩，後有畫，詩的內容成為觸發畫家創作的靈感來源或題材。後者是為畫而做的詩，雖不一定要題在畫面上，但詩的內容多少與畫相關，本章所探討的是後者。按李栖的說法，題畫詩應具備以下幾點條件：〔註4〕

（一）文體必須是詩。

（二）創作的時間，必須在畫之後。可以在畫完之後立即做詩，也可詩畫相距數十到千百年之遙。

（三）創作的動機必須是作者先見到畫，由畫引發作詩的意願。

（四）創作的過程必須時刻不離畫，無論是有形的，或是無形的。

（五）創作的內容無論是吟詠、是抒情、是記事、是發論，必須或多或少關係到畫。

（六）創作的結果則可以與畫並存，完成「詩畫相發、情景交融」的境界，也可以獨立行世，與畫無涉。

如筆者於緒論中所言，本章探討齊白石的題畫詩，是所有定義中最狹義的題畫詩，即作者自畫自題之詩，是在他自己的畫作上，題寫自己創作的詩（題他人畫或借題他人詩句不算）。從齊白石詩作來看，上述李栖所界定的題畫詩，並不全然相符，例如題畫詩創作的時間不一定在畫之後，有時他會從舊作中擇取適合畫面的詩作題寫，喜愛的詩甚至可以在不同時期的畫作上反覆題寫；少數題畫詩的內容也不一定與畫面有關聯，甚至目的是僅為「補空」，惟此類題畫詩只占少數比例，可

〔註2〕鄭師騫首創「畫題詩」一詞。鄭師騫講述、劉翔飛筆記：〈題畫詩與畫題詩〉，《中外文學》，1978年11月，頁5～13。
〔註3〕青木正兒首創「題畫の文學」一詞。魏仲祐譯：〈題畫文學及其發展，《中國文化月刊》，1980年7月，第九期，頁491～504。
〔註4〕李栖：《兩宋題畫詩論》（台北：台灣學生書局），1994年，頁4。

視為他創作態度上較為率性的一面。

二、題畫詩的源流與發展

　　題畫詩的淵源最早可追溯至戰國時期的畫贊，魏襄王墓的簡書中
有一篇〈圖詩〉，內容是歌功頌德，體裁與《詩經》一樣是四言韻文，
而後屈原在觀先王之廟的壁畫後，於壁上題寫〈天問〉，成為題畫詩的
濫觴。兩漢盛行為聖賢將相的人物畫像作贊，歌功頌德之外更具有教
化目的，例如蔡邕的〈將相圖贊〉。東晉郭璞〈爾雅圖贊〉、〈山海經圖
贊〉、梁沈約〈繡像贊並序〉為佛像贊，文字皆為四言贊體，梁江淹〈雲
山贊四首有序〉已為五言詩。可知至南北朝，贊的對象從人物拓及動植
物、器物、佛像等，文體從四言演變至五言，〔註5〕北周庾信〈詠畫屏
風詩二十四首〉，在詠物詩的客觀描寫中融入主觀情感，文字已從圖畫
的附庸邁向表現作家才學的途徑。〔註6〕唐代作題畫詩者增加，五、七
言體更多，尤其杜甫的題畫詩「其法全在不黏畫上發論」，〔註7〕借題
畫議論，成為後世題畫文學的典範。王維更是以詩自題其畫的文人畫
家。〔註8〕北宋文人畫興盛，畫作若無詩題詠視之為缺憾，詩畫雙全的
文人所在多有，題畫詩成為詩歌領域普遍而重要的一派。南宋《聲畫
集》是第一部收集題畫詩的專集，清代《御定歷代題畫詩類》收唐至明
末題畫詩九千多首，最具規模。〔註9〕
　　就題畫方式來說，中唐以前，詩人與畫家通常分屬不同的創作領

〔註5〕 李栖：《兩宋題畫詩論》，頁10〜12。
〔註6〕 戴麗珠：《蘇東坡詩畫合一之研究》（台北：文津出版社），2007年，頁
　　　　55〜58。
〔註7〕 〔清〕沈德潛：《詩說晬語》，卷下，（台北：藝文印書館），1977年，
　　　　頁679。
〔註8〕 李栖：《題畫詩散論‧序》，頁1。
〔註9〕 《聲畫集》，南宋孝宗年間，孫紹遠編，全書八卷共二六門，收唐宋題
　　　　畫詩八百餘首，為中國第一部收集題畫詩的專書。《御定歷代題畫詩
　　　　類》，清乾隆年間，陳邦彥編，是第二部集題畫詩的類書，共一百二十
　　　　卷分三十門，收唐以來至明末題畫詩九千餘首。李栖：《兩宋題畫詩
　　　　論》，頁321〜322。

域，只有少數如蔡邕、王維能詩畫兼得，中唐後自畫自題的情形逐漸增加，但至南宋後才形成一定風氣。而晚唐以前，作畫和題詩的媒介通常在壁上或屏風上，唐宋後由立畫漸轉移至紙、絹等材質上，早期題詩以另幅題之，裝裱於詩塘、拖尾等處，後來隨著折枝花鳥畫科的出現，比起長詩，畫面空間只適合較短的近體詩，宋徽宗的《蠟梅山禽圖》題五絕一首，即為此例。〔註10〕

三、題畫詩的功用

李栖分析題畫詩的作用有八點，〔註11〕此段擇六點略述並以齊白石的題畫詩為例參照，從功能面加深對其詩的了解：

（一）詠畫

畫作藉題畫詩的描寫得以保存和傳播，靜態的畫面也因一首深具內涵的詩而加深其藝術性，提升觀者的欣賞力，畫中的內容或典故也因詩而明確、增添趣味。這類多反映在齊白石的人物畫，例如《紅線取盒圖》的題詩詠歎俠女紅線，寄託希望世間有仁義之士行俠仗義的願望。《李鐵拐》題詩描寫八仙之一的李鐵拐借屍還魂的傳說與佩掛葫蘆的人物形象。

（二）記事

有時題畫詩記載了這幅畫創作的背景、事情經過、收藏的狀況和相關事蹟等，成為鑑賞或研究這幅畫重要的資料。有時候題詩尚覺交代不夠清楚，齊白石還會在詩後以文補充之。例如〈工筆草蟲冊題記〉記錄了從雕花木匠到成為畫師學畫草蟲的人生歷程。《魚樂圖》的題詩紀錄當時的創作背景，齊白石於 1936 年陪當時的副室胡寶珠回郷都為其母掃墓，將心中的寬慰借畫抒之。

〔註10〕李栖：《兩宋題畫詩論》，頁 14～18。
〔註11〕李栖：《兩宋題畫詩論》，頁 4～9。

（三）鑑賞

詩作從觀畫者的角度品評優劣、鑑賞真偽，可供後人作為鑑賞時的參考。齊白石經常為前人、好友、門生題畫，例如其弟子陳紉蘭女士擅畫蘭，曾為之題詩，讚其畫技堪能「壓倒三千門下士」，往後畫蘭時也用以題在自己的畫上，如其《蘭花》、《墨蘭》皆可見到此詩。

（四）雅集合作

文人集會，要有詩文流傳，宋代文人畫興盛後，賞畫、題畫也成為雅集中交流友誼、增添雅興的方式。齊白石在文藝界的師友眾多，也有類似的作品，例如畫作《荔枝》的題詩，在《齊白石詩集》中的詩題為〈題畫荔枝與友人分韻，余得安字〉，可得知當時是與朋友分韻而作此詩。

（五）抒懷

題畫詩往往成為文人「藉題發揮」、書寫個人性情感懷的管道，也能補足畫面未能盡意的缺憾，也是與觀畫者的溝通方式。例如《題畫雞》〔註12〕的題詩以「天下雞聲君聽否，長鳴過午快黃昏。」諷刺當時的北京官吏過午才起床的荒唐昏昧，洩其不平之氣。《秋海棠》題詩將紅花與紅衫女子相襯，詞語婉轉，似表達對某一女子的相思。

（六）表現畫論 〔註13〕

詩人將自己的繪畫理論表現在詩作中，可以由個人而時代觀察繪畫理論的演變，是題畫詩最具有價值的部分。齊白石的繪畫思想多次出現在詩作中，例如《桂林山》題詩表明作畫不依宗派，以己意出之的創造精神。《石泉悟畫》題詩中「十日工夫畫一泉」句，說明作畫下筆前謹慎周全、慘澹經營的態度，與杜甫「十日畫一水，五日畫一石」〔註14〕的繪畫理論不謀而合。

〔註12〕李栖：《題畫詩散論》（台北：華正書局），1993 年，頁 55。
〔註13〕按：原書標題為「論理」，筆者認為定名「表現畫論」更貼合此處內容。
〔註14〕杜甫〈題王宰畫山水圖歌〉。〔唐〕杜甫：《杜詩鏡銓》（台北：華正書

　　題畫詩的功用還有透過作詩技巧和詩情表現作者的學養、才華，同時也在形式上參與了畫面的布局和結構，其位置、大小、字體都影響著整體的美感，成為平衡畫面重要的部分。總體而言，題畫詩能夠提升畫作的藝術性和趣味性，為觀者帶來更豐富的美感體會。

第二節　主題內容與意象

　　齊白石的繪畫題材包羅萬象，致力於研究齊白石的郎紹君先生曾開列清單，各大類下又開列數十種，最終也難以清算，〔註15〕這可以說明他對於開拓中國畫的畫境居功厥偉。本節探討齊白石題畫詩的詩畫意涵時，採用依繪畫主題分類的方式。因詩的主題牽涉雙主題、多主題、描寫對象與情感不同等複雜因素，齊詩內涵的多元豐富亦不易按傳統詩歌主題分類；在創作順序上，往往先完成畫，後題詩，題詩往往依畫面需要，或紀事或抒懷，達到補充畫意的作用，詩與畫有一定的關聯；在觀者立場上，通常先被畫面吸引，後細察題畫文句內容，畫面成為先入為主的印象，因此筆者認為採取以繪畫主題分類的方式更加明確可辨。雖然也有少數題詩只是為平衡畫面布局，或僅為補空，詩與畫的關聯性稍弱，但整體上以繪畫主題為標準，能使分類上趨於單純，便於賞析。結果合計有九大類：山水類、人物類、植物類（分花木、果蔬兩種）、動物類（分水族、禽鳥、草蟲、走獸四種）及雜類。本節按數量多寡，依山水類（48 題 47 首）、花木類（30 題 29 首）、人物類（28題 24 首）、水族類（18 題 18 首）、禽鳥類（16 題 17 首）、草蟲類（11題 12 首）、果蔬類（11 題 11 首）、走獸類（4 題 5 首）、雜類（2 題 1首），依序舉例說明。〔註16〕

局），2003 年，頁 327。

〔註15〕王明明主編：《北京畫院品讀經典系列·齊白石（二）》（南寧：廣西美術出版社），2013 年，頁 78。

〔註16〕齊白石的畫作有同一題材重複畫者，就算畫名相同，仍屬別不同的畫件，計算上分別計之。畫上題詩若有二首聯章，則計二首，若同一首詩在不同的畫件上重出，則不計重出之數。

一、山水類

　　齊白石的繪畫中，與花鳥蟲魚相比，山水的數量不占首位，也多不受時人欣賞，雖然他說：「余數歲學畫人物，三十歲後學畫山水，四十歲後專畫花卉蟲鳥。」但不表示他四十歲後不畫山水，事實上到九十多歲他仍有山水作品，只是相對較少。而且他曾在山水畫上苦心經營，風格上可謂獨樹一幟。山水畫作為中國畫科中重要的一類，他的山水畫也是其人生經歷和為人的部分投影。

　　齊白石不喜摩古山水，也不好工細畫法，更不願隨時流所盛的王石谷一路畫風，曾說：「胸中山水奇天下，刪卻臨摹手一雙。」〔註17〕、「一笑前朝諸巨手，平鋪細抹死功夫。」〔註18〕他雖然欣賞、借鑑石濤、董其昌〔註19〕等人的畫，卻仍不屑依樣為之。所以更大膽的說：「前代畫山水者，董玄宰、釋道濟〔註20〕二公無匠家習氣，余猶以為工細，衷心傾佩，至老未願師也。」〔註21〕他畫的是眼中看過、胸中感受的到，是直觀、富有生活氣息的山水，非因循傳統圖式或注重筆墨技巧、寓意寄託的主流審美觀，呈現出平樸自然的風格、簡括雄健的筆墨，這使得他的山水畫更富生命張力與現代性。〔註22〕

　　他所創作的山水畫，基本緣於兩類主題：一是家鄉景色：此類作品通常構圖單純，多畫農村景物，平遠親切。一是遠遊印象：題材來自

〔註17〕〈題大滌子畫〉詩。齊白石：《齊白石詩集》，頁85。
〔註18〕〈題山水畫〉詩。齊白石：《齊白石詩集》，頁147。
〔註19〕董其昌（1555～1636），字玄宰，號思白，又號香光居士，諡文敏。明代書畫家，擅長山水，提出山水畫南北宗論南北宗論，著有《畫禪室隨筆》、《畫旨》、《畫眼》、《容臺集》等。參考《齊白石文集》，卷10，第三部「齊白石題跋」，頁27。
〔註20〕釋道濟，即石濤（1630～1724），清朝人，原名朱若極，更名無濟、元濟、又名超濟，小字阿長，號大滌子、清湘陳人，晚號瞎尊者，自稱苦瓜和尚。畫山水人物草蟲超逸有趣，「清初四僧」之一，有《畫語錄》。參考《齊白石全集》，卷10，頁119。
〔註21〕〈仿石濤山水冊題記〉。齊良遲主編：《齊白石文集》，頁265。
〔註22〕齊白石的山水畫不被許多人認可的原因，可參見郎紹君：《齊白石研究》（北京：人民美術出版社），2014年，頁211～213。

遠遊所見，以桂林山水和江河湖海為主，表達的情緒有自豪、思歸、厭游等，較為複雜。〔註23〕不論何者，皆是透過臨摹與寫生的基礎、揀擇與棄捨的思考，才能走出傳統。

是齊白石山水畫的創作高峰在中年時期，依山水畫風格演變歷程，可以變法為分水嶺，粗分變法前、變法時期、變法後三個階段：

（一）變法前（1892～1918年）

齊白石山水畫啟蒙於二十歲臨摹的《芥子園》。而後經胡沁園師的介紹，從其好友譚溥〔註24〕學習山水，也曾向湘潭地方畫家陳竹林〔註25〕摩習過山水，此時（1889～1902年）是他成為民間地方畫家的時候。遠遊時期（1902～1909年）齊白石歷時八年，五出五歸大幅提升了心胸與眼界，如其在《自傳》所言：「每逢看到奇妙景物，我就畫上一幅。到此境界，才明白前人的畫譜，造意布局和山的皴法，都不是沒有根據的。」〔註26〕期間的寫生畫稿為他日後開創山水畫，如《借山圖》組畫（1910年），提供了構圖和素材的重要來源。幽居時期（1910～1918年）的山水作品最重要的是《借山圖》和《石門二十四景》兩套作於同年的冊頁式組畫。前者是從其遊歷時的寫生畫稿揀選重繪而成；後者是齊白石的朋友胡廉石，請王訓依石門〔註27〕景色擬定二十四個題目〔註28〕，再由齊白石精心構思，費時三個多月畫成。

〔註23〕郎紹君：《齊白石研究》，頁213～214。

〔註24〕譚溥，字仲牧，號荔生，又作荔仙，別號甕塘居士，湘潭諸生，工詩善畫，著有《四照堂詩文集》，畫則以山水著稱。參考《齊白石全集》，卷1，（長沙市：湖南美術出版社），1996年，頁62。

〔註25〕陳竹林（約1736～1820年間），名筠山，一作筠仙。參考《齊白石全集》，卷1，頁63。

〔註26〕齊白石口述、張次溪筆錄：《白石老人自傳》（北京：人民美術出版社），1962年，頁35。

〔註27〕湘潭的地名，為胡廉石住處。

〔註28〕二十四個題目分別為石門臥雲、湖橋泛月、槐陰暮蟬、蕉窗夜雨、竹院圍棋、柳溪晚釣、棣樓吹笛、靜園客話、霞綺橫琴、雪峰梅夢、香畹吟尊、曲沼荷風、春塢紙鳶、古樹歸鴉、松山竹馬、秋林縱鴿、藕池觀魚、疏籬對菊、仙坪試馬、龍井滌硯、老屋聽鸝、雞岩飛瀑、石

此時可以說是他脫離仿擬和寫生，並在各方面尋求獨創性的階段。

1.《山水六條屏》（1902 年）

齊白石的山水畫啟蒙於二十歲時（1882年）在家鄉借得一本乾隆年間刻印的彩色《芥子園畫譜》，數月間臨摹勾影並訂為十六冊。〔註 29〕他在《選臨芥子園畫譜題記》（1907 年）中的題款說到：「此亦吾二十餘年常用之粉本也。」〔註 30〕可知在其遠遊前的山水畫，主要受到《畫譜》的影響。《山水六條屏》（1902 年）為遠遊前為好友胡服鄒〔註 31〕所畫，遠遊後大量寫生，畫風始變，因此可視為他早期山水畫的代表作品，畫作原有六條，現存四條〔註 32〕，以下分述之：

《白雲紅樹》【圖 1】規矩的呈現近景、中景、遠景的構圖，近景為土坡上的瘦樹，樹後為流水岸渚，遠景山丘後綴以屋舍及暈染遠山。朱色點葉，敷藤黃於岩岸，點花青為屋瓦，畫面上方留白處即為白雲，設色清淡典雅，勾勒皴筆為主。天空處兩行落款有詩：

　　我亦人稱小鄭虔，杏衫淪落感華顛。

　　山林安得太平老，紅樹白雲相對眠。

鄭虔為唐代著名文人，〔註 33〕以詩、書、畫

圖 1　白雲紅樹

泉悟畫、甘吉藏書。齊白石：《齊白石詩集》，頁 22。

〔註 29〕《自傳》，頁 21。

〔註 30〕《齊白石全集》，卷 1，頁 11。

〔註 31〕亦寫作復初，即胡慎吾，號石庵，胡沁園本家。

〔註 32〕《齊白石全集》，卷 1，頁 64。

〔註 33〕「鄭虔（？～764 年）字若齊，一作弱齊，排行十八，鄭州滎陽（今河

「三絕」享譽於世，此時齊白石適攜家眷居於梅公祠，在他的書房「借山吟館」讀書學詩，過著平靜適意的生活。詩中以鄭虔自比，表現對文人情趣的嚮往與平靜適意生活的滿足。

《楓林亭外》【圖2】，採「S形」的傳統布局，與前幅一樣是樹石、沙渚與遠處山陵的安排，畫面下方為近處房舍，唯連接房舍的小徑上有兩位老者對面交談，增添畫中生意；又在最遠處的山後尋見掩藏一半的紅色太陽，才知這些自然景物向光面的藤黃，原來是夕陽的餘暉。畫上題詩：

> 楓林亭外夕陽斜，老大逢君更可嗟。
>
> 記否兒時風雪裏，同騎竹馬看梅花。

並題「楓林亭逢朱大舊句」。「楓林亭」是湘潭一地名，與齊白石出生地星斗塘相近，兒時常在此地玩耍。畫中的點景人物即是兒時與他共騎竹馬、同賞梅花的玩伴，老大相逢，夕陽象徵時光的流逝，此畫看來卻覺溫厚有情。而考察當地景色並無如畫中一般寬闊的水面，說明此畫非源自寫生，應是他臨摹傳統山水圖式的表現。〔註34〕

《萬梅香雪》【圖3】，畫一屋舍四周是姿態萬千的梅樹；屋內垂簾掛起，一紅衣人端坐於蒲團，屋後山勢巍峨。除了竹籬和屋體微染淡色，餘皆以墨筆白描，表現天地間白雪、白梅交織成一片白茫茫的冬景。天空留白處題兩絕句：

南滎陽）人。玄宗開元中任左監門錄事參軍，開元末任協律郎，坐私修國史，被貶十年。天寶九載（750年）授廣文館博士，人稱「鄭廣文」。天寶末遷著作郎。安史之亂中，偽授水部郎中，稱疾不就，并以密章潛通靈武。亂平，貶台州司戶參軍，后卒于貶所。生平事跡詳見《新唐書》本傳、《唐詩紀事》卷二〇、《唐才子傳》卷二。鄭虔博學多才藝，工書畫，嘗自寫其詩、畫獻玄宗，御題「鄭虔三絕」。與杜甫、蘇源明友善，杜甫〈八哀〉詩中曾頌其才學之富與聲名之盛。著述甚多，已佚。《全唐詩》存詩1首。《全唐詩續拾》補斷句1。」引自《唐詩大辭典修訂本》：https://sou-yun.com/poemindex.aspx?dynasty=Tang&author=%E9%83%91%E8%99%94&lang=t（瀏覽日期：2018/12/20）

〔註34〕《齊白石全集》，卷1，頁13。

圖 2　楓林亭外　　　圖 3　萬梅香雪　　　圖 4　當門賣酒

偶騎蝴蝶御風還，初雪輕寒半掩關。

繞屋橫斜萬梅樹，卻從清夢悔塵寰。

安得蒲團便是家，凍梨無己鬢霜華。

墜身香雪春如海，天女無須更散花。

並題「自題萬梅家夢圖」句。前詩以莊子夢蝶之喻揭開一片初雪萬梅
的夢幻之景，卻以夢醒後的悵然若失作結。後者呼應畫中的修行者，置
身於飛雪落花之下，更勝天女散花的況味。齊白石與妻小搬入梅公祠

時，正是梅花盛開的雪天，於是將梅公祠名為「百梅書屋」，此詩畫中有遺世獨立、超然塵外之感。

《當門賣酒》（山水六條屏之六）【圖 4】中有小橋流水，水岸有柳，有燕斜飛；縱行的山脈下有一酒家，卻杳無人跡，題詩云：

> 燕子飛飛落日斜，春風不改野橋花。
>
> 十年壯麗將軍府，獨樹當門賣酒家。

此詩以景興情，景物依舊，但昔日的人事繁華至今冷清，酒家門前只有一樹獨立。此詩應是化用唐代詩人劉禹錫的〈烏衣巷〉：「朱雀橋邊野草花，烏衣巷口夕陽斜。舊時王謝堂前燕，飛入尋常百姓家。」〔註 35〕之意，發興衰之嘆。

2.《華山圖》（1903 年）

齊白石四十歲時（1902 年）受朋友夏午詒、郭葆生之邀第一次走出湖南，遠遊西安，再隨夏午詒進京，途經華陰縣，《自傳》中說他：「登上萬歲樓，看個盡興。⋯⋯到晚晌，我點上燈，在燈下畫了一幅華山圖。」〔註 36〕返家後湖沁園非常讚賞此畫，讓齊白石畫在他的團扇上，〔註 37〕即成此圖【圖 5】，畫中款識亦可

圖 5　華山圖

見「沁公夫子大人教。門下齊璜。」款。畫面下方低處樓中人的視角，對比雲山廣闊深遠和雲瀑奔流高大之美，雲霧中顯露三個山頭，樹和山的筆法仍未離《芥子園》的畫法。左下方題一七律：

> 看山須上最高樓，勝地曾經且莫愁。

〔註 35〕邱燮友註譯：《新譯唐詩三百首》（台北：三民書局），1973 年，頁 369。
〔註 36〕《自傳》，頁 50。
〔註 37〕《自傳》，頁 53。

碑後火殘存五嶽，樹名人識過青牛。

日晴合掌輸山色，雲近黃河學水流。

歸臥南衡對圖畫，刊文還笑夢中游。

記錄他登樓觀岳的經驗，頷聯帶出了著名的漢隸《華山碑》，和「老君犁溝」的傳說故事（相傳太上老君讓青牛在華山北峰犁溝開路），頸聯讚嘆山水氣勢之盛，末聯說明對著遊後所畫之圖，回憶華山之遊。

3.《石門二十四景》

這一系列作品是齊白石應好友胡廉石之請所畫，過程「精心構思，換了幾次稿，費了三個多月的時間，才把它完成。」〔註38〕可知創作這套畫冊的艱辛與他真誠待友的用心。不論是題目還是畫作皆富有文人氣息與優雅意境，技法上融合古人粉本與自創，多畫平遠的鄉村小山之景，取材多自家鄉的自然景物，充滿生活氣息。〔註39〕題詩表現自己的生活感受也稱許朋友的高潔志趣。〔註40〕《石門二十四景》是他藝術生涯中少數的命題創作，也是他中年時期山水畫風轉變過程的重要作品。以下賞析有題詩之作。

《松山竹馬》（石門二十四景之一）【圖6】，數棵老松樹下，一群小孩正在騎竹馬，前者領先前進，後者跌撲在地，一旁還有讓大人提攜觀戰的，姿態各異，逗趣可愛，著紅衣的小兒們將畫面妝點的活潑熱鬧。題詩：

墮馬揚鞭各把持，也曾嬉戲少年時。

如今贏得人誇譽，淪落長安老畫師。

詩前回憶兒時無憂，詩後自況寄旅他鄉，「贏得」與「淪落」對比，突顯內心無法取代的鄉愁。

《古樹歸鴉》【圖7】，樹高石低，各據一方，其中大面積的空白，

〔註38〕《自傳》，頁43。

〔註39〕《齊白石全集》，卷1，頁72。

〔註40〕董寶厚：〈石門二十四景圖研究〉，收錄於巴東主編：《人巧勝天：齊白石書畫展》（台北市：史博館），2010年，頁48。

由群鴉牽引出一道無形的返巢動線。古樹畫法與《芥子園畫譜》的「王維樹法」近似，〔註41〕題詩云：

> 八哥解語偏饒舌，鸚鵡能言有是非。
>
> 省卻人間煩惱事，斜陽古樹看鴉歸。

此詩在日後數次題於畫上，是他對人情世故的退避，也是君子木訥的性情表現。

圖6　松山竹馬　　　　　　　　圖7　古樹歸鴉

《石泉悟畫》（石門二十四景之三）【圖8】，群山中一點留白為舍為泉，泉下一過橋行者似要返回山頭的家，山的皴筆也與《芥子園畫譜》的「荷葉皴法」〔註42〕相似。題詩云：

> 古人粉本非真石，十日工夫畫一泉。
>
> 如此十年心領略，為君添隻米家船。

此詩表明亟欲窮己之力領悟山水，以脫離「古人粉本」的樣式沿襲，這是他重要的繪畫理論。

《甘吉藏書》（石門二十四景之四）【圖9】。「甘吉」是胡廉石的藏書樓名，〔註43〕甘吉樓只在右下一角，空間的留白營造悠遠意境；房

〔註41〕董寶厚：〈石門二十四景圖研究〉。收錄於巴東主編：《人巧勝天：齊白石書畫展》，頁55。

〔註42〕荷葉皴是一種長線條的法，是取荷葉筋絡延伸分布之狀，用來表達某一種山石崖岸網絡連綿之美。參考：中華百科全書 http://ap6.pccu.edu.tw/Encyclopedia/data.asp?id=9518（瀏覽日期：2019/01/25）

〔註43〕齊白石的自注說明：「甘吉，樓名，廉石先人藏書樓也。」齊白石：《齊

屋結構嚴謹，屋前綠柳依依，上方一排整齊質樸的楷體款識，全畫予人敦厚書卷之味。題詩云：

　　親題卷目未模糊，甘吉樓中與蠹居。

　　此日開函揮淚讀，凡人不負乃翁書。

詩後又題：「石門山人以石門一帶近景擬目二十有四。屬余畫為圖冊。此十餘年前事也。并索題句。遷延未應。……。今冬石門復攜此冊過我。見之不禁技癢。遂補題并記。」這段文字記錄這套畫冊的創作來由與十餘年後補題詩的過程，詩末亦可見到他與胡廉石之間真摯的友誼。

圖 8　石泉悟畫　　　　　　圖 9　甘吉藏書

（二）變法時期（1919～1927年）

　　初到北京時，其山水畫也與花鳥畫一樣受冷遇，變法期間（1919～1928年）的特色是創造了由米點山水演變而成的「雨餘山」，也完成了山水畫的大寫意，《山水十二屏》（1925年）〔註44〕可謂其山水畫成熟的代表之作。

　　變法初期的山水畫較少，1922年後作品增多，逐漸形成自己的風格。主要類型是狹長構圖、近樹遠山，山多重而圓頭，空間深而高，

白石詩集》（廣西：漓江出版社），2012年，頁22。

〔註44〕山水十二屏：《江上人家》、《石岩雙影》、《板橋孤帆》、《柏樹森森》、《遠岸餘霞》、《松樹白屋》、《杏花草堂》、《烟深帆影》、《杉樹樓臺》、《山中春雨》、《板塘荷香》、《荷塘水榭》。見《齊白石全集》，卷2，頁12。

〔註45〕如《入室松風》（1922 年）【圖 10】以近處松石，遠山堆疊連貫而上，筆墨較厚重，不同於前期的纖細勾勒，題詩云：

　　　徐徐入室有清風，誰謂詩人到老窮。

　　　尤可誇張對朋友，開門長見隔溪松。

松樹清風象徵作者的志趣，身雖窮困卻能坦然自在的心境。

圖 10　入室松風　　　　　　圖 11　紅杏烟雨

〔註45〕《齊白石全集》，卷 2，頁 11。

　　另一類型是創造以潑墨式的橫筆，以筆腹點畫山與樹，再勾勒遠近房屋的「雨餘山」，﹝註46﹞如《紅杏烟雨》（1922 年）【圖 11】和《草堂烟雨》（1922 年）【圖 12】。厚重的墨色堆疊為成團成塊的山與樹，墨韻的濃淡渲染氤氳水氣，與平直線條的房屋形成大小、黑白、虛實對比。《紅杏烟雨》題詩：

　　　　前時春色較今濃，紅杏開花煙雨工。

　　　　清福無聲尋不見，何人知在此山中。

描寫觀賞春天煙雨中紅杏盛放的美景之時，領會清福就在其中，不假他尋；比較《草堂烟雨》題詩：

　　　　老夫今日不為歡，疆欲登高著屐難。

　　　　自過冬天無日暖，草堂烟雨怯山寒。

特別的是書寫時故意以過多的水分隨意漫衍，使字體如被雨水蘸濕，黑白的畫面呈現冬日陰雨不開，使人抑鬱不歡的氛圍。

圖 12　草堂烟雨

　　齊白石也將十餘年前遠遊的印象重新表現與創造，如湖海船帆、芭蕉屋居、桂林山水等。著名的作品如《桂林山》（1924 年）【圖 13】，白水黑山形成強烈對比；山呈現方正形狀，階梯式的堆疊而上，只有

────────────

﹝註46﹞《齊白石全集》，卷 2，頁 11。

圖 13　桂林山　　　　　圖 14　芭蕉書屋圖

暈染而沒有傳統皴筆；簡單勾勒帆船與房屋，近乎圖案式畫法讓整張畫充滿裝飾意味的插畫感，新奇獨特。天際處的題詩也表明他對山水畫的主張：

　　　逢人恥聽說荊關，宗派誇能卻汗顏。

　　　自有心胸甲天下，老夫看熟桂林山。

「荊關」指五代後梁的畫家荊浩[註47]、關仝[註48]。齊白石注重現

────────────

〔註47〕荊浩，字浩然，沁水（今屬山西）人，生於唐末，卒於五代後梁，隱
　　　　居太行山之洪谷，自號洪谷子。博通經史、善文章、工山水，被視為
　　　　北方山水畫派之祖，著有《筆法記》。參考《齊白石文集》，卷 10，第
　　　　三部「齊白石題跋」，頁 99。

〔註48〕關仝，又作同、童、橦，生卒年未詳，長安（今陝西西安）人，初師

實感受，畫經驗世界的山水，不蹈襲宗派家法的創作態度時被嘲諷，此詩宣示我行我法的繪畫主張，詩畫皆特立獨行。《芭蕉書屋圖》（1925 年）【圖 14】，齊白石畫此類題材通常以白描手法畫蕉樹，蕉林中有屋樓，題材源自 1907 年遠遊越南，見過數百株芭蕉樹映天成碧的景象。畫中的題詩：

　　三丈芭蕉一萬株，人間此景卻非無。

　　立身慔惰皮毛類，恨不移家老讀書。

詩後有文解釋：「大滌子呈石頭畫題云：『書畫名傳品類高，先生高出眾皮毛。老夫也在皮毛類，一笑題成迅綵豪。』〔註 49〕白石山翁畫並題記。」石濤是他平生追摹欣賞的畫家之一，此藉石濤詩的戲語，自嘲藝術造詣也在「皮毛」之流，反映他面對時流毀譽的幽默。

　　變法後期的山水畫已臻於完全成熟，《山水十二屏》（1925 年）〔註 50〕即是代表。這套條屏妥善融合了前面臨摩、寫生與創作體會，構圖簡潔富有意趣，飽含生活感受。例如《荷塘水榭》【圖 15】荷葉與荷花以圖案畫的點染，聚散有致的在大幅空白的水面上

圖 15　荷塘水榭

荊浩，與李成、范寬並稱山水三大家。參考《齊白石文集》，卷 10，第三部「齊白石題跋」，頁 99。

〔註 49〕石濤〈題畫贈劉石頭〉。御定歷代題畫詩類，卷二十七。https://zh.wikisource.org/zh-hant/（瀏覽日期：2019/01/21）

〔註 50〕《山水十二屏》（1925 年）：《江上人家》、《石岩雙影》、《板橋孤帆》、《柏樹森森》、《遠岸餘霞》、《松樹白屋》、《杏花草堂》、《烟深帆影》、《杉樹樓臺》、《山中春雨》、《板塘荷香》、《荷塘水榭》。參考《齊白石

綿延至遠處，在直立的畫幅上巧妙呈現空間的深遠；簡潔的一道堤痕界開了荷塘與遠山，遠山淡抹彷彿逸出了畫外；而水榭的建築結構就像兒童繪畫一樣不具透視概念，天真樸拙。簡單的筆法實是對物象的高度凝鍊。有詩云：

> 少時戲語總難忘，欲構涼窗坐板塘。
>
> 難得那人含笑約，隔年消息聽荷香。

追憶往事，如今不見昔日相約的人，只能將心意寄託荷花，今昔相對，人物相比，感受到他珍惜故人的情意和不見那人的惆悵。

（三）變法後（1928～1957 年）

齊白石在衰年變法後的藝術進入盛期，作品數量多且創造力豐富，有成熟的自我風格。他中晚年的山水畫，在其《寧波畫稿》有跋說明：「於近來畫山水之照，最喜一山一水，或一丘一壑。」〔註51〕多呈現單純的一山一水樣式，而不作繁複的重山疊嶂。而儘管晚年的山水作品逐漸減少，時有感興或答謝酬贈才偶爾為之，一般賣畫皆不作山水。題材除了延續遠遊印象，也抒寫鄉土情懷、自然閒適和親情溫暖的內心世界，晚年亦多歸鴉殘照、秋水長天之景，令人見之有暮年不已之感，〔註52〕其處事方式或繪畫見解也可在題詩中窺見。

1. 遠遊印象

桂林山水向來是其所好，如《陽羨垂釣》（1931 年）【圖 16】，水流與山勢成垂直對比，江上漁人牽引了畫面動向。題詩云：

> 桂林時候不相侔，自打衣包備小游。
>
> 一日扁舟過陽羨，南風輕颺北風裘。

輕舟泛平波，一日度陽羨，末句是記錄氣候隨地理環境變異的親身經驗。

全集》，卷 2，頁 12。

〔註51〕齊良遲主編：《齊白石文集》（北京：商務印書館），2010 年，頁 234。

〔註52〕李松：〈齊白石的晚年繪畫〉，頁 8，收錄於《齊白石全集》，卷 7。

圖 16　陽羨垂釣

　　同樣的水闊帆行，《孤舟》（約 20 年代晚期）【圖 17】與《乘風破浪》（1931 年）【圖 18】顯示兩種截然不同的心境，前者畫一孤舟行於浩淼的水面上，詩云：

　　　　渡湖過海不知休，得遂初心縱遠游。

　　　　行盡烟波家萬里，能同患難只孤舟。

說明儘管「得遂初心」縱情遠遊，但終非吾土，人生依舊是趟隻身前行的旅途，全詩以遠遊前後作為情感轉折點，顯示他對家鄉的眷戀。後者數帆一路向上，其詩：

　　　　風流濁世舊巧匠，十日一畫萬里浪。

　　　　君欲臥游借順風，為君掛向高堂上。

此詩則表現乘順風破萬里浪的積極歡快。

　　　　芭蕉書屋亦是常畫的題材，如《蕉屋圖》（約 30 年代初期）【圖 19】，題詩云：

　　　　芒鞋難忘安南道，為愛芭蕉非學書。

　　　　山嶺猶疑識過客，半春人在畫中居。

第三句將山擬人，描繪人在其中可居、可游，如在畫中的愜意。

圖 17　孤舟　　　　　　　圖 18　乘風破浪

　　其他還有《山水》（1928 年）【圖 20】，為回憶廣州所見之山，及
描繪江西著名景色的《仙人洞圖》（約 30 年代初期）【圖 21】。特別的
是《仙人洞圖》有一段紀錄與友人的對話，顯示齊白石對創作態度的
堅持：

　　　　客見余畫此幅，言曰：「余看近代頗有名者，畫山如庖人抹
　　　　灶，渾然無筆墨痕，自命大好，人亦稱之。君獨不為，何
　　　　也？」余曰：「不願愚人欺世者，皆不能為。何獨余也？」客
　　　　不再言。余因記之。白石。〔註53〕

――――――――――――――

〔註53〕《齊白石全集》，卷 4，頁 7。

對齊白石來說，「自命大好，人亦稱之」不見得就是真好，若是違背自己的原則、「愚人欺世」，才是他所不齒的。

圖 19　蕉屋圖　　　　圖 20　山水　　　　圖 21　仙人洞圖

2. 鄉土情懷

　　齊白石移居北京是迫不得已，因此抒發鄉情常常成為他創作背後的動機。無形的鄉愁雖似難以用繪畫直接表達，但探究題款與所畫內

容仍可發現。如《日暮歸鴉》（1931 年）【圖
22】題詩云：

> 湘亂求安作北游，穩攜筆硯過蘆溝。
>
> 也嘗草莽吞聲味，不獨家山有此愁。

烏鴉在中國文化中又有反哺、孝鳥的意涵，
他的父母於 1926 年相繼過世，時值家鄉兵
亂不能回家奔喪。原為避家鄉匪亂而至北京
「求安」，竟成了永遠的鄉愁，看著日日歸巢
的鴉群，徒增天涯淪落之嘆。本來枯樹歸鴉
就是中國畫傳統畫題，加上自身的感懷，「暮
鴉歸樹」即成晚年經常描繪之景。〔註 54〕

《白石草堂圖》（約 30 年代初期）【圖
23】可以說是一幅生動的看圖說話，在寧靜
的鄉野山林中，畫中人的手指向屋舍似在對
另一人說話，看題詩：

> 林密山深好隱居，牛羊常過草都無。
>
> 昨宵與客還家去，猶指吾廬好讀書。

圖 22　日暮歸鴉

詩後題文：「此圖百劫之餘夢中所見之景物
也，因畫藏之。白石山翁并記。」又題：「此
詩真夢中語也。顯庭仁兄正。白石山翁又題。」原來他畫的是夢中的景
與語，中年在茹家沖閉門讀書、寫詩、作畫的鄉村文人生活，是他人生
中最美好的一段時光，卻也是往後難再重現的夢想。

3. 自然閒適

齊白石身上有平樸質率、與草根土地緊密連結的鄉村精神，也有
細膩多感、經過古典文化陶冶的文人情調和儒雅，加上個性中有君子
有所不為的潔身自愛。這些特質顯現在這一類與自然融合抒發閒適情

〔註 54〕王方宇、許芥昱合著：《看齊白石畫》（台北市：藝術圖書公司），1979
年，頁 21。

懷，甚至帶有嚮往隱逸志趣的作品當中。其中有些表現物我相忘的天然機趣，如《無魚鉤留圖》（約 20 年代晚期）【圖 24】畫一笠翁獨釣山水間，題詩云：

> 日長最好晚涼幽，柳外閒盟水上鷗。
>
> 不使山川空寂寥，卻無魚處且鉤留。

無魚而漁，原因竟為「不使山川空寂寥」，與山為友，獨自亦不孤。

圖 23　白石草堂圖　　　　圖 24　無魚鉤留圖

有些表明潔身自好的情志，如《葛園耕飲圖》（1933 年）、《松窗閑話》（約 30 年代初期），簡單的竹籬茅舍、平野松林，題詩引用許由、王喬典故，表示「不肯牽牛飲下流」的創作和處世原則。也有表現他的天真詼諧，如《山水鸕鶿》（1934 年）【圖 25】，此畫初見不覺為奇，但看題詩：

> 江上青山樹萬株，樹山深處老夫居。
>
> 年來水淺鸕鶿眾，盤裡加餐那有魚。

將盤裡無魚（生活的困頓）究因於被眾鸕鶿搶食，作者與水鳥置氣的緣由令人啞然失笑。又如《放舟圖》（1943 年）【圖 26】，高樹密林中竟有一舟浮於其間，題詩云：

> 森森萬木雨初收，平地成波好放舟。
>
> 招得撐篙好水手，呼朋隨意看山游。

解釋因大雨後造成「平地成波」的積水景象，但詩人並不為此而愁，反而呼朋引伴一起「游山」，其中有達觀自樂的人生智慧。

圖 25　山水鸕鶿　　　　　圖 26　放舟圖

4. 親情溫暖與其他

　　齊白石是念舊重情而有慈愛之心的人，在他的《自傳》、或詩文中，每每能見到他回憶家鄉、思念師友故人的紀錄和情感。山水畫不似人物畫較能具體直觀的體現人物情態，但他也善用在畫面上的題款補充其創作動機與畫面意涵。如《教子圖》（1935年）【圖27】，平淡的鄉村平遠景色之中，細查可見到屋內一人跪立，另一人責之，題云：

> 門人羅生祥止小時乃邱太夫人教讀，稍違教必令跪而責之。當時祥止（未）能解，怪其嚴。今太夫人逝矣，祥止追憶往事，且言且泣，求余畫《憶母圖》以紀母恩。余亦有感焉，圖成並題二絕句：「願子成龍自古今，此心不獨老夫人。世間養育人人有，難得從嚴母外恩」、「當年卻怪非慈母，今日方知泣憶親。我亦爺娘千載逝，因君圖畫更傷心。

弟子羅祥止描述兒時只怪母嚴，不解母心之事，觸動作者風木之思，藉畫邱太夫人教子圖，表達天下人子「子欲養而親不待」的惆悵。

　　齊白石為婁師白畫的《補裂圖》（1942年）【圖28】中，畫屋內一婦人正在縫製衣袍，題詩云：

> 步履相趨上酒樓，六街鐙火夕陽收。歸來未醉閒情在，為畫妻家補裂圖。

圖27　教子圖

可知此圖是趁著「歸來未醉」的興致所繪製，捕捉丈夫回家看見妻子為自己縫補衣服的體貼和溫情。

　　另外，齊白石晚年畫了多幅枯樹歸鴉，背景多有夕照或遠山。題詩也經常重複，如《枯樹歸鴉圖》（約30年代晚期）【圖29】、《古樹歸鴉圖》（1949年），皆題詩：

> 八哥解語偏饒舌，鸚鵡能言有是非。
>
> 省卻人間煩惱事，斜陽古樹看鴉歸。

（後者倒數第三字作「數」）由此詩早在他變法前的作品中就可見到，可知他對此詩的喜愛，不厭重題，前文有述故不贅言。

　　至於《松帆圖》（約50年代中期）【圖30】的題詩：

> 有色青松無恙風，自羅山水在胸中。
>
> 鬼神所使非工力，他日何人識此翁。

也可與他經常題寫的「自有心胸甲天下，老夫看慣桂林山。」的繪畫主張互相參照，皆表示筆下所繪皆是作者親身領略的真山實水，無須罣礙他人如何評價作品的自信與豪氣。

圖28　補裂圖　　圖29　枯樹歸鴉圖　　圖30　松帆圖

二、花木類

　　齊白石的繪畫題材涵蓋甚廣，其中花鳥蟲魚數量最多、成就也最高。這與他早年做過雕花木匠有關，後來胡沁園教他畫工筆花鳥草蟲的畫法是：「石要瘦，樹要曲，鳥要活，手要熟。立意、布局、用筆、設色，式式要有法度，處處要合規矩。」〔註55〕此時畫風多為半工寫。幽居時期（1910～1918）大量畫花鳥畫，除了有在鄉野山林觀察所作的寫生畫稿，另一方面嚮往文人畫家的風格和精神，趨向減筆寫意、冷逸的個性化筆墨趣味。學習的對象有明代的徐渭、清代的石濤、八大山人、揚州八怪李復堂、金冬心，及尹和伯、張叔平、周少白等人，尤其推崇八大山人，標示著有意從匠家成為文人畫家的轉變過程。

　　1917年在北京受到好友陳師曾的看重和鼓勵其自創風格，加上初到北京賣畫受到冷遇的壓力下，決心變法。按郎紹君之說十年變法是1919～1928年，變法的中心在花鳥畫，最初動機欲擺脫形似，後來借鑑吳昌碩，吳昌碩開拓文化題材，首將蔬菜蘿蔔等入畫，齊白石除了學習他的畫風並將此作法發揚，畫題更加豐富，擺脫八大山人的冷逸氣息，結合自己的個性和民間藝術家氣質，畫風轉向熱烈濃密，更出現奔放的大寫意，相較於吳昌碩的沉穩蘊藉，齊白石顯得張揚剛直，世稱「南吳北齊」。

　　之後的寫意花鳥畫沉厚平樸，常以勾勒點畫和沒骨法相結合；晚年齊白石的大寫意花鳥更精彩，自言：「畫花卉，半工半寫，昔人所有。大寫意，昔人所無。」（《蝴蝶蘭》題款）〔註56〕物象更加簡練，花卉色彩更強烈，純熟老辣，簡潔自如。一直到逝世前，仍不停止創作花卉作品。以下分類賞析齊白石花卉畫作與題詩的藝術特色。

（一）荷花

　　自古以來荷花受到無數騷人墨客的歌詠，宋代以後有畫荷作品，〔註57〕亦是齊白石筆下常見的畫題。最初隨胡沁園學畫荷，也學過陳

〔註55〕郎紹君：〈齊白石早期的繪畫〉，收錄於《齊白石全集》，卷1，頁64。
〔註56〕齊良遲主編：《齊白石文集》，頁329。
〔註57〕劉金庫：《齊白石的尚真畫意》（北京：中國畫報出版社），2012年，頁88。

少藩的畫法，﹝註 58﹞衰年變法後筆勢寬厚奔放，曾有人問他畫荷的訣竅，是否應「枝幹欲挺，花瓣欲緊欲密？」他的回答是：「此語譬之詩家屬對，紅必對綠，花必對草。工則工矣，未免小家習氣。」（《荷花》題款）﹝註 59﹞認為若畫法要遵照一定的程式，格局不免狹隘。他畫荷時常搭配一些動物，如魚蝦、青蛙、鴨子、蜻蜓、白鷺、鴛鴦、翠鳥等等，也常畫殘荷秋藕，為的是借丹青「留著年年紙上香」（〈題畫秋荷〉詩）﹝註 60﹞；而畫荷憶鄉，是因「不忘百梅祠外路，雨餘清露夜垂垂」（〈荷花〉詩）﹝註 61﹞。

《寶缸荷花圖》（1921 年）【圖 31】，畫一圓缸裡貯著數莖荷，寶缸以沒骨單色繪之，黑濃荷葉襯托一兩枝雙鉤荷花，構圖簡單，以墨顯色。超過畫面一半面積的題款，妙成盆花的基座，穩固畫面重心。題絕句二首：

〈其一〉

海濱池底好移根，杯水丸泥可斷魂。

有識荷花應欲語，寶缸身世未為恩。

〈其二〉

星堂老屋舊移家，筆硯安排對竹霞。

最是晚涼堪眺處，蘆茅蕩裏好蓮花。

並說明前首題此幅，後一首用來補空。〈其一〉借折枝的荷花道出心聲：就算有寶缸盛

圖 31　寶缸荷花圖

﹝註 58﹞劉金庫：《齊白石的尚真畫意》，頁 87。

﹝註 59﹞齊良遲主編：《齊白石文集》，頁 234。

﹝註 60﹞齊白石：《齊白石詩集》，頁 123。

﹝註 61﹞齊白石：《齊白石詩集》，頁 73。

養，終非故土，木尤如此，飄泊游子（此指在京的齊白石），一定也非「好移根」，而應「可斷魂」了。〈其二〉雖為補空，寫家鄉的美景好花，可知堪眺的不在於眼前的蓮花，而是家鄉。

《荷花》（約 20 年代初期）【圖32】，大如車輪的墨葉後，掩映著一枝嬌羞紅艷的荷花，幾枝莖桿如眾星拱月，大寫意潑墨法洋溢著活潑的生命力。與荷莖平行的落款在構圖上加強支撐力，平衡畫面，使人不覺頭重腳輕，詩云：

圖 32　荷花

> 荷花瓣瓣大如船，
>
> 荷葉青青傘樣圓。
>
> 看盡中華南北地，
>
> 民家無此好肥蓮。

以疊字和通俗一如民歌的口吻，不避「肥」字的俗白，誇讚此花的美好，詩與畫的樸拙風格和諧統一，率真自然。

（二）菊花

四君子之一的菊花，在屈原、陶潛筆下成為文學裡高潔、隱逸的象徵，齊白石有時也拿來表明心跡，不為名利和世俗眼光改變自己的好惡和作為，如「花能解語為吾道，好在先生未折腰。」（〈詠菊〉詩）〔註62〕也有「燕客鬚如雪，家園菊又黃。」（〈食蟹〉詩）〔註63〕借以抒發思鄉情懷的詩句；又受到重陽節賞菊、飲菊花酒的習俗影響，菊花與酒通常有延年益壽的吉祥意涵。除了酒具，其他還有螃蟹、一些

〔註62〕齊白石：《齊白石詩集》，頁 67。
〔註63〕齊白石：《齊白石詩集》，頁 185。

禽鳥和草蟲等也與菊花一同入畫，筆下的菊花有紅、黃、白等色。

《籬菊圖》（約 20 年代晚期）【圖 33】，圍籬下黃花墨葉，一簇簇的菊花盛放，並題詩：

踏花蹶爪不時來，

荒棄名園只蔓苔。

黃菊猶知籬外好，

著苗穿過者邊開。

詩寫已荒棄的名園中，菊花不自囿於原處，反憑著生命的本能圖破藩籬、展現蓬勃生氣，暗喻人亦不須顧影自憐，此處的菊花沒有傳統文士賦予的孤高冷寂，而是熱烈的張揚生命之美。

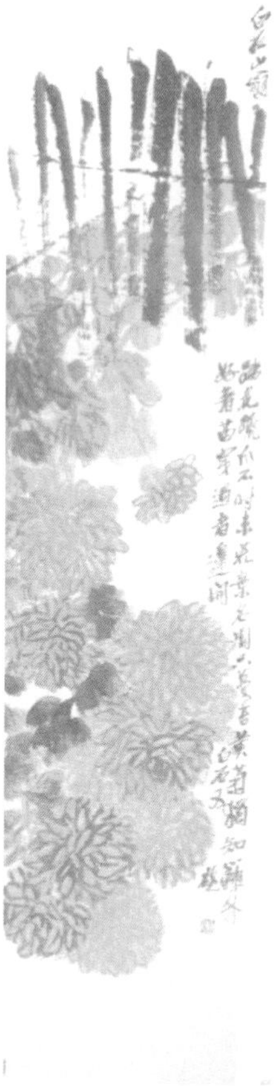

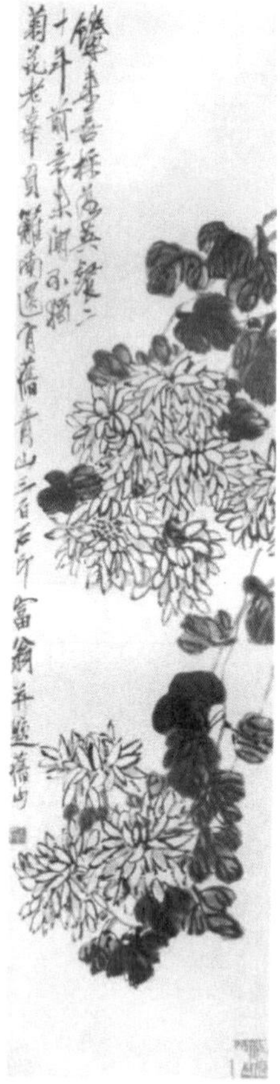

圖 33　籬菊圖　　圖 34　菊花

《菊花》（約 40 年代初期）【圖 34】以寫意墨葉襯托雙勾菊花的雅，題詩：

饑來喜採落英餐，二十年前意未闌。

不獨菊花老辜負，籬南還有舊青山。

菊花不獨觀賞，在齊白石眼中菊花是可採可餐的親切，想起二十年前在家鄉優遊的快樂，感傷老來辜負的不僅是花，更是籬南的家山。

（三）紫藤

紫藤，亦名藤蘿，暮春時開放串串紫色的花穗，香氣馥郁，齊白石家鄉借山館後即有此物，曾說：「借山館後有此野藤，其花開時遊蜂

無數。移孫四歲時，為蜂所逐，今日移孫亦能畫此藤蟲。靜思往事，如在目底。」(《野藤遊蜂》題款)〔註64〕移孫是他的長孫，紫藤不僅是家鄉的景物之一，也代表著骨肉親情的牽繫。

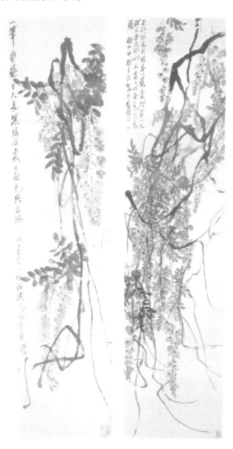

圖35　紫藤　　　圖36　紫藤

畫紫藤特別要掌握的是如鐵線般地爬藤與花的香氣。線條表現在畫盤藤時的蒼勁老辣，他的心得是：「胸中著有龍蛇，用之畫藤，有時雷雨亦疑飛去。」(〈畫藤手記〉)〔註65〕將靜態的藤蔓畫出飛蛇騰龍之勢，是齊白石所賦予的強韌生命力。香氣則是花的精魂，他力求「追得花魂上紙香」(〈畫藤蘿〉詩)，〔註66〕至於香氣該如何呈現？他將蟲鳥與紫藤畫在一起，例如透過蜜蜂的妝點，藤花之香即不言而喻。

《紫藤》(約20年代晚期)【圖35】，垂藤蜿蜒縱下，雙鉤墨葉掩映著幾串藤花，花瓣以筆腹先含淡紅色，筆尖再蘸青色，畫在紙上時自然暈染調和成紫色，比起直接上單一紫色，花色更有層次感。其題詩為：

〔註64〕齊良遲主編：《齊白石文集》，頁255。

〔註65〕齊良遲主編：《齊白石文集》，頁268。

〔註66〕齊白石：《齊白石詩集》，頁94。

　　一筆垂藤百尺長，濃陰合處日無光。

　　與君掛在高堂上，好聽漫天紫雪香。

首句以誇示形容作者一筆援成長藤的高妙技巧，第三句表此畫贈人，末句有聲有色，「聽」字具有藝術通感，日本香道將品香稱為「聆聽香」，此中亦有禪意。

　　《紫藤》（約 20 年代晚期）【圖 36】此作構圖方式與前幅相似，只是更加濃密，繁花密葉熱鬧非凡，焦墨枯藤串縮其間。畫中題詩：

　　西風昨夜到園亭，落葉階前一尺深。

　　且喜天風能反覆，又吹春色上衰藤。

詩的前兩句描寫眼前西風凋敝之蕭條，後兩句以示現法寫來年春暖花開的喜悅，暗示雖天道無常，來者猶可追的自我寬慰與積極心態。

（四）芭蕉

　　齊白石在遠遊時期曾至欽州（今屬廣西壯族自治區），欽州轄界與越南接壤，到了東興遊覽越南山水，有〈綠天過客圖〉畫野蕉數百株映天成碧之景。他喜愛芭蕉，尤其是雨後芭蕉的詩意，如「心靜閑看物亦靜，芭蕉過雨綠生涼。」（〈雨後〉詩）〔註67〕、「名花凋盡因春去，猶喜芭蕉綠上階。老子髮衰無可白，不妨連夜雨聲來。」（〈雨中芭蕉〉詩）〔註68〕等句，他不重彈雨打芭蕉的蕭瑟愁苦舊調，而是表達天雨潤物生綠的活潑生機。

　　《芭蕉》（約 30 年代初期）【圖 37】，蕉葉下筆以側鋒刷寫，自然呈現墨韻濃淡，下垂的葉面如被雨打而低頭，逸筆草草，爽利卻餘韻稍有不足。題詩曰：

　　頃刻青蕉生庭隅，天無此功筆能補。

　　昔人作得五里霧，老夫能做千年雨。

詩的前半表現作者所畫芭蕉援筆立成的俐落暢快，有人工勝天巧的自

〔註67〕齊白石：《齊白石詩集》，頁221。
〔註68〕齊白石：《齊白石詩集》，頁179。

得之情。後半借《後漢書・卷三六・張霸傳》中張楷能施法術做五里霧之典，襯托自己能以畫筆揮毫出千年雨的不惶多讓。又文：「今歲畫蕉約四三十幅，此幅算有春雨不歇之意。」可見他反復畫蕉，而這幅畫掌握了物象在特定環境條件下的意態。

　　另一幅《雨後》（約40年代初期）【圖38】，大寫意的墨葉和枝條濃淡相對，題款也幫忙穩固了細莖的支撐力，平衡畫面重量，兩隻在葉下避雨的小麻雀讓賦予畫面可愛的生命力。題詩：

　　　安居花草要商量，可肯移根傍短牆。

　　　心靜閒看物亦靜，芭蕉過雨綠生涼。

圖37　芭蕉　　　　　　　　圖38　雨後

前兩句是對小雀兒說，躲在花草底下可得多考慮，風雨來了，要不要移到矮牆邊的樹根之處？前兩句是「心動」，以動襯靜，後兩句說明「心靜」才有萬物自得的體會，雨後的芭蕉也就有著更加翠綠和沁涼的愜意了，詩與畫皆天趣自然。特別的是詩後又題：「白石老人自謂畫工不乃詩工。」認為自己作的詩比畫要好，可見他高度的肯定自己的詩。

（五）竹子

齊白石愛竹，對竹總憶起兒時遊戲，如〈題畫竹〉詩：「兒戲追思常砍竹，星塘屋後路高低。而今老子年六十，恍惚昨朝作馬騎。」〔註69〕騎竹馬成為對竹子最直接的聯想和情感。也喜竹的品格，曾說：「非草非木，與世不偶。竹兮竹兮真吾友。」（《竹》題款）〔註70〕以竹的與俗相異、不與類同而視其為真友，但他愛竹、種竹，卻不常畫竹，因歷來畫竹者多，難有新意，自厭雷同僅偶爾為之，亦符合其貴獨創的創作思想。

《竹》（1920年）【圖39】，畫中大量的文字彷彿傾吐不盡，幾竿竹如被上方的題款壓得彎屈斜倒，筆勢迅速，破筆處留下飛白，疏葉被風吹得揚起，竹間藏一詩：

尺紙三竿價十千，街頭常掛一千年。

從今破筆全埋去，竹下清風畫好眠。

詩的前半自嘲所畫風格不討喜，後半戲稱要將破筆全丟棄，此後不再以破筆畫風竹，只畫清風平和的竹子了。又有文：「余喜種竹，不喜畫竹。因其平直，畫之與世之畫家自相雷同。平生除畫山水點景小竹外，或畫觀世音菩薩紫竹林。畫此粗竿大葉方第一回，似不與尋常畫家之胸中同一穿插也。」既表白畫竹不多的原因，也說明畫法，如此「粗竿大葉」的畫竹法確是前無古人，亦非尋常遵守傳統畫法的畫家能畫得

〔註69〕齊白石：《齊白石詩集》，頁46。
〔註70〕齊良遲主編：《齊白石文集》，頁266。

出。另外敘述當時的作畫背景：「時庚申五月廿五日，燕京又有戰爭。家山久聞兵亂，燈底作畫，聊忘片刻之憂。」當時有直皖戰事，只能寄不安於筆下，以風竹自況。

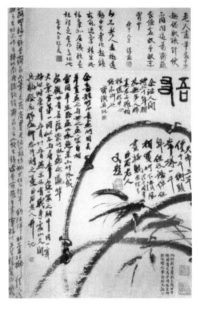

圖 39　竹　　　　　　　　　　圖 40　墨蘭

（六）蘭花

　　蘭花在中國的文化中意涵深遠悠久，孔子、屈原以降，無數文人雅士愛蘭、詠蘭，成為品德高潔的象徵。齊白石筆下的蘭花有蝴蝶蘭、杯蘭等，不同於傳統的幽蘭形象，齊白石褪去陳套和形式，直率抒寫心中眼中的蘭花，他表示：「凡作畫須脫畫家習氣，自有獨到處。」（《蘭花》題款）〔註71〕，畫家習氣即前人畫法，不落前人窠臼才能自成一格。

　　《墨蘭》（1953 年）【圖40】，兩株寫意蘭草欹斜搖曳，淡墨蘭花姿態優雅，透過筆鋒的轉變，墨葉頓挫瀟灑，墨韻變化自如，他曾說：

〔註71〕齊良遲主編：《齊白石文集》，頁 373。

「作畫須有筆才方能使觀者快心，凡苦言中鋒使筆者，實無才氣之流也。」(《蘭花》題款)〔註72〕有別於一般畫家講求以中鋒作畫表現線條力道，善用側鋒是他的一大特點，題款與蘭花的欹斜、線條與濃淡如出一轍，可謂書畫一律。畫中有題七律一首：

> 紗窗玉案憶黃昏，燒燭為予印爪痕。
>
> 隨意一揮空粉本，迴風亂拂沒雲根。
>
> 罷看舞劍忙提筆，恥共簪花笑倚門。
>
> 壓倒三千門下士，起予憐汝有私恩。

此詩原為題陳紉蘭女士〔註73〕畫蘭舊句，後來齊白石畫蘭也題此詩。領聯的「隨意一揮」、「迴風亂拂」在說畫法隨己之「意」，不恪守舊規；頸聯讚其線條如唐代劍舞般頓挫有力，不似尋常弱女子所為，最後認為陳紉蘭女士的蘭草可技壓他的一眾門生，心生欣慰。另一幅《蘭花》(40年代晚期)也用此詩，惟首字改為「綺」。

(七) 秋海棠

秋海棠葉茂花繁，花色嬌豔，是齊白石常畫的題材。早年學金農畫法，後來走向紅花墨葉的寫意風格。〔註74〕與海棠搭配的題材多為草蟲，如蜻蜓、蝴蝶、蟋蟀等。

《秋海棠》(1936年)【圖41】，畫中的海棠葉肥大飽滿，筋脈清楚，海棠花色鮮美，紅綠相襯，題詩：

> 碧苔朱草小亭幽，曾見紅衫憶昔遊。
>
> 隔得欄杆紅萬字，相思飛上玉階秋。

詩後題：「冬心先生嘗畫一紅衫女子椅欄，題云：『昔年曾見』。」說明詩中「曾見紅衫憶昔遊」的靈感來自於看金農畫，後兩句將相思形象化

〔註72〕齊良遲主編：《齊白石文集》，頁324。

〔註73〕陳紉蘭是齊白石在湘潭時的女第子，善畫蘭草。《蘭石圖》的題款中說：「余生平不畫蘭蕙，因不如門人陳紉蘭女士也。」參見《齊白石全集》，卷7，頁28。

〔註74〕劉金庫：《齊白石的尚真畫意》，頁81。

為階上的點點紅花，寫景纖細，詩思巧妙，情感婉轉。

　　另一幅《秋海棠》（約 30 年代中期）【圖 42】，葉的顏色層次更豐富，些許黃葉暗示季節。簇簇花團與留白處一雙蝴蝶翩來、葉底下的草蟲，使畫全無秋日瑟瑟之氣。題詩記錄繪畫情景：

　　　七月西風十指涼，捲簾斜日射銀牆。

　　　山翁把筆忙何苦，爭得秋光上海棠。

圖 41　秋海棠　　　　　圖 42　秋海棠

前兩句寫景，初秋吹來的風穿過指尖微涼，捲起簾子，陽光斜照在白色的牆上，有觸覺和視覺描寫。後兩句寫人，說明自己正忙著用畫筆，爭留一片海棠秋色。斜日銀牆之實景，與白紙秋海棠的虛景，外裡、實虛巧妙呼應，別出心裁。

（八）玉蘭花

玉蘭於早春時開花，因花潔白芳香，有象徵冰清玉潔、高尚脫俗之意，是以前佛寺裡、宮廷中常栽種的植物，具極高的觀賞價值。

《玉蘭小鷄》（約 30 年代晚期）【圖43】，全畫純以墨色表現，畫中玉蘭有的盛放，更多的是含苞，推知花期才剛開始，且掌握玉蘭開花時無葉的特性，沒有紅花墨葉的熱鬧，更顯單純；花下三隻毛絨絨的雛鷄點綴；於畫中不覺喧賓奪主，反而帶來生活氣息，增加初春蓄勢待發的新生與希望。畫幅左側題詩：

圖43　玉蘭小鷄

> 春風未暖亞枝斜，雨水初乾正著苞。
> 桃李未開梅已過，人間只此玉蘭花。

前兩句寫景，描寫玉蘭於初春含苞待放之姿，引人期待。後兩句借彼喻此，表明過去（梅）、未來（桃李）不可得，唯有珍惜眼前花期（玉蘭），有把握現在，活在當下的積極人生觀。

（九）梅花

梅花的花期早，被喻為「歲寒三友」之一，也是傳統繪畫題材「四君子」之一，其開花時不長葉，在虯曲的枝幹上姿態優美，脫俗清

新。齊白石畫梅在傳統的文學意涵外多了世俗味，不故作姿態，而是使其回歸自然模樣。早年他攜家眷典住梅公祠，因附近有梅延續二十里，遂將梅公祠取名「百梅書屋」，〔註75〕因此梅花有時藝能表現鄉情。

　　他的形神觀體現在畫梅上：「畫梅能不似梅枝為妙，酷似乃畫家所為也。」（《白梅》題款）〔註76〕其中「不似為妙」即主張寫其神韻。所畫梅有紅梅、墨梅，題材有瓶梅、或配以喜鵲、墨蝶等，尤其紅梅與喜鵲畫在一起，借「梅」與「喜」的諧音雙關，喻為「喜上眉梢」，通俗討喜。

　　《紅梅》（1928年）【圖44】，不似一般畫梅常見的蒼勁老樹，只一枝梅，幾點沒骨紅花綴其上，而款識分量之重，一隅梅花倒似插圖。有題兩首絕句：

〈其一〉

今古公論幾絕倫，梅花神外寫來真。

補之和伯缶廬去，有識梅花應斷魂。

〈其二〉

欲寫梅花盡百甌，客中變亂不須愁。

今朝醉倒碌藤下，但恨難將插上頭。

〈其一〉提到齊白石學習畫梅的對象有補

圖44　紅梅

之、和伯、缶廬三位畫家，即宋代畫家楊補之〔註77〕、湘潭畫師尹和

〔註75〕《白石老人自傳》，收錄於齊良遲主編：《齊白石文集》，頁61。

〔註76〕齊良遲主編：《齊白石文集》，頁396。

〔註77〕楊補之即楊無咎（1097～1169），字補之，號逃禪老人，工詩善書畫，以畫梅花名冠古今。參考《齊白石全集》，卷3，「著錄・注釋」，頁5。

伯〔註78〕和吳昌碩〔註79〕，後文又說：「三人畫梅，余推此老為最妙。此老自言學楊補之，余以為過之遠矣。」可知三人中齊白石尤其推崇尹和伯。但好友陳師曾認為工筆梅花費力不好看，勸其改變，自創風格，曾題齊白石畫梅曰：「何需趨步尹和翁」〔註80〕，勸其不必學步他人畫法，促成後來齊白石變法的決心。

（十）山茶花

山茶花是著名的觀賞花卉之一，齊白石對它的喜愛不下梅花，因為認為它「花開不怕雪天寒，枝幹疆梅生鑄鐵。」〔註81〕愛其花不畏天寒、枝幹強似鐵的堅毅，又因欣賞其耐寒精神而與梅花並列，說：「松竹梅皆君友，能耐寒，品色俱高。」〔註82〕。從〈憶家山看茶花〉詩知此花亦曾在家鄉見過，〔註83〕常與蜜蜂、小鳥畫在一起。

《山茶花》（約 20 年代中期）【圖45】畫紅色單瓣茶花，中心三朵碗狀盛開，其餘含苞，周圍綴以綠葉，

圖45　山茶花

〔註78〕尹和伯（1858～1919），名金陽，號和光老人，湘潭人，工畫花卉草蟲，風格縝密工雅，尤善畫梅。齊白石年輕時曾向他請教畫梅法，對和伯畫梅一直十分欽佩。參考《齊白石全集》，卷3，「著錄‧注釋」，頁5。

〔註79〕吳昌碩（1844～1927），是近代中國最負盛名的水墨畫家之一，以篆籀筆法畫梅，對齊白石晚年畫梅影響最大。參考《齊白石全集》，卷3，「著錄‧注釋」，頁5。

〔註80〕王明明主編：《北京畫院品讀經典系列‧齊白石（一）》，頁14。

〔註81〕劉金庫：《齊白石的尚真畫意》，頁95。

〔註82〕〈山茶花圖〉題款。劉金庫：《齊白石的尚真畫意》，頁96。

〔註83〕「茶花碗大不論錢，青霧紅雲屋角邊。扶杖出門從緩看，已消春雪不寒天。」齊良遲主編：《齊白石文集》，頁167。

花色明豔。左側題詩：

> 亞枝疊葉勝天工，幾點硃砂花便紅。
>
> 不獨萍公老多事，猶逢貪畫石安翁。

前兩句寫自畫茶花的技巧可「勝天工」，後兩
句的「萍公」是作者自道，「石安翁」雖不詳
何人，但顯然都是愛寫此花的同道之人。

（十一）老少年（雁來紅）

雁來紅為莧科一年生草本植物，在秋天
時頂葉變色，適逢大雁南飛之際，故稱雁來，
又稱老少年。齊白石喜其精神，特與菊花相
比，〈畫雁來紅〉詩云：「秋根愈冷愈精神，霜
葉如花正占春。塵世只誇籬下菊，愛花還是
折腰人。」〔註84〕視雁來紅比世人所愛的菊
花更有氣骨。老少年之名與秋紅的特性也易
勾起他心中的哀思，詠〈老少年〉詩云：「老
少年紅燕地涼，離家無處不神傷。……何時
插翅隨飛雁，草木無疑返故鄉。」〔註85〕草
木隨時序變換，睹物興感，使詩人欲隨雁南
飛還故土。

《老少年》（1925年）【圖46】，青綠色
葉頂部一叢紅艷的變色葉，畫面鮮豔有精神，
題一首七律：

> 著苗原不類蓬根，喜得能赢不老身。
>
> 曾見天桃開頃刻，又逢芍藥謝殘春。
>
> 半天紅雨魂無著，滿地香泥夢有痕。

圖46　老少年

〔註84〕齊良遲主編：《齊白石文集》，頁131。

〔註85〕齊良遲主編：《齊白石文集》，頁132。

經過東風全寂寞，艷嬌消瘦幾黃昏。

全詩除了首聯，其餘描寫眾花隨時開落，愈寫花開的香豔與花謝殘敗之速，愈襯主角老少年的經霜不凋，勝於眾芳。

（十二）向日葵

向日葵因花序隨太陽轉動而得名，齊白石描述此花：「日無私照獨此花，向日傾心，加以莖高葉大，大非纖媚之一種，喜畫存之。」（《向日葵》題款）〔註86〕一般文士不會特別去欣賞「莖高葉大」的花卉，他卻獨取愛「非纖媚」的特徵。此外，又作詩稱讚它：「知感舊恩惟此種，心隱落日尚依依。」（《向日葵》題款）〔註87〕視向日葵「向日傾心」的特質如人不忘本、能知恩的品德。

《向日葵》（1924年）【圖47】，畫面上兩枝長柄葵花，花大如碗，花序朝同一個方向，部分的葉和莖呈淡黃，好似染上了一層溫暖日光，兩側題款在視覺上平衡了上方花朵的重量，詩云：

　　茅檐矮矮長葵齊，雨打風搖損葉稀。

　　乾旱猶思晴暢好，傾心應向日東西。

讚美向日葵在矮簷下也努力長高，就算在嚴苛的環境也不改其向日之心。左下題：「白石山翁居京師第八年畫。」暗喻自己在異鄉，不論時間過了多久，不減其思親之情。

圖47　向日葵

〔註86〕齊良遲主編：《齊白石文集》，頁345。
〔註87〕齊良遲主編：《齊白石文集》，頁345。

（十三）杏花

杏花嬌艷，開於春季，是文人雅士喜愛歌詠的對象。齊白石家鄉在湖南省湘潭縣的杏子塢，有句云：「星塘一帶杏花風」（〈牛〉詩）〔註88〕因家鄉有此花，杏花於他的意義更不一般。

《杏花》（1922 年）【圖48】，紅色杏花開滿枝頭，枝條濃淡交織錯雜，畫中題詩：

　　東鄰屋角酒旗風，五十離君六十逢。

　　歡醉太平無再夢，門前辜負杏花紅。

前兩句寫自五十多歲離家赴京已過多年，後兩句寫太平的日子不來，無法回鄉的詩人只能一年年的辜負故鄉的杏花。再看畫中花葉繁茂，突顯作者內心傷感。

（十四）松

松能常青，所以常用以表示長壽、祝壽之意，齊白石常畫松贈人，有「奪取天功作公壽」〔註89〕之句，也畫松、寫松表現對寧靜閒適生活的嚮往，詩云：「山下長松一萬株，山頭仙屋入天衢。老年安得全無事，閉戶山頭讀道書。」（〈題畫〉詩）〔註90〕以萬株長松作為背景，是經歷離亂的齊白石內心

圖48　杏花

對和平最真切的渴盼。他畫的松挺拔如龍，有句云：「松樹上天龍倒立」（〈香山道上所見〉詩）〔註91〕，將松樹與倒立的龍相比，對松的

〔註88〕齊白石：《齊白石詩集》，頁 206。
〔註89〕〈題山水畫壽直支先生尊堂上〉詩。齊白石：《齊白石詩集》，頁 153。
〔註90〕齊白石：《齊白石詩集》，頁 155。
〔註91〕齊白石：《齊白石詩集》，頁 136。

精神氣質有獨到的描寫。

《松樹青山》（1925年）【圖 49】，簡潔的大地和青山，有一松獨立於天地之間，上方有一首三言詩：

> 天之長，地之久。
>
> 松之年，山之壽。

又題：「介福先生賢夫婦壽。」可知此畫為贈人賀壽。題款撇捺長短樸拙，古體詩句法加上反覆的「之」字讀來辭氣舒緩，有悠久長遠之感，符合此作之旨。

（十五）栗樹

栗樹，落葉喬木，夏季開花，所結的果實為香甜可口的栗子。齊白石曾紀

圖 49　松樹青山　　圖 50　栗樹

錄一段經過：「南鄰女子能上梯折栗子贈余。栗刺傷指見血痕，猶無怨態。此好夢不覺忽忽九年矣。」（《栗樹》題款）〔註 92〕曾受一位南鄰女子的善意，令他經久不能忘。

《栗樹》（1923 年）【圖 50】，畫中栗樹樹幹貫通畫幅，有如特寫鏡頭溢出畫外，栗子包藏在囊狀充滿毛刺的殼斗內。題款直接落於淡墨樹幹上，圖文交融，加強樹幹力量平衡左方碩果重量。款中有詩：

> 枝搖鷹爪涼風早，香壓雞頭清露餘。

〔註 92〕齊良遲主編：《齊白石文集》，頁 290。

自有冰霜潔中內，滿身棘刺不須除。

後兩句借物抒懷，即便果實外觀滿身棘刺，但詩人賞其「自有冰霜潔中內」，有擇善固執之意。詩後題：「白石山翁自家臨自家栗樹三株，此第二幅，並題二十八字。」說明創作取之生活，畫法出之於己。

三、人物類

在淵遠流長的中國畫裡，人物畫做為統治者「成人倫，助教化」的工具，佔有重要地位。隨著宋代文人畫的興起，山水、花鳥畫興盛，人物畫在民間和宮廷仍延續發展，文人畫家也對人物畫的技法和題材上有更多的拓展和創造。齊白石就是在學習了文人畫、民間藝術的基礎上，揉合自己的生活經歷和生命體悟，成就他獨具一幟又有豐富樣貌的多種人物形象。

齊白石的繪畫生涯最早學習人物，直至晚年仍有作品，唯六十歲左右以前較多。〔註93〕齊白石早年臨摹《芥子園畫譜》，得到基本的筆法技能，跟隨湘潭蕭薌陔、文少可二位學畫像後，專門替人畫肖像畫。又模仿前人技法畫仕女，深得鄉人喜愛，得到「齊美人」的稱號。此外也多畫在農村流行的神像，這些民間傳說與神佛的素材和形象，成為後來人物畫的養分。

大約從「衰年變法」開始，齊白石的人物畫走向成熟。一是題材廣泛，不僅將舊有的題材翻出新意，也有許多貼近生活，反映現實，抒發自心的一面。二是不再侷限於傳統技巧，不求比例、透視、形似等法度規矩，吸收五代石恪、宋代梁楷的寫意人物精神，以減筆，甚至漫畫式突出形象的誇張方式，不著重色彩，以純熟的筆墨表現人物神韻和動態。三是題畫文句的畫龍點睛，突破平面繪畫的侷限性，詩書畫完整了情感和藝術的統一，成就了文人畫新的面貌。以下按題材分類述之。

〔註93〕馬寶杰：〈齊白石繪畫藝術簡述〉。出自巴東主編：《人巧勝天：齊白石書畫展》，頁12。

（一）傳統仕女

齊白石早年畫了大量的仕女作品，《自傳》中提到：

> 尤其是仕女，幾乎三天兩朝要我畫的，我常給他們畫些西施、洛神之類。也有人點景要畫細緻的，像文姬歸漢、木蘭從軍等等。他們都說我畫得很美，開玩笑似的叫我「齊美人」。〔註94〕

可知他大量繪製仕女畫主要源自於賣畫的需求。這類的仕女圖樣式大多相近：瓜子臉、柳葉眉、削肩、身型纖瘦，臉部工細，設色淡雅，與流行於晚清的仕女畫程式相近。〔註95〕

其中《紅線取盒圖》（約 1900 年）【圖51】，畫的是俠女紅線，能以高超的武功挽救時局，化危難於無形的故事。俠女衣帶飄舉，騰雲乘霧，仍是傳統仕女樣式。題一古詩：

> 魏州迢迢隔烟霧，千里無人御風去。
> 龍文匕首不平鳴，銀光夜逼天何曙。
> 銅壺高揭野鐘悠，一葉吟風下潞州。
> 我今欲覓知何處，漳水月明空自流。

圖51　紅線取盒圖

詩中詠嘆紅線飛天遁地的武功，能在一夜之間完成盜取金盒的任務，末聯感嘆現今難以尋覓如此俠義不凡之士，表達有豪俠之士能救民水

〔註94〕《自傳》，頁27。
〔註95〕馬寶杰：〈齊白石繪畫藝術簡述〉。出自巴東主編：《人巧勝天：齊白石書畫展》，頁14。

火的願望。

（二）佛道人物

1. 鍾馗

齊白石變法後的人物畫以佛道神仙為主，「鍾馗」就是吸納了民間故事和人物形象後，成為他頗具個人風格的一例。

《鍾馗搔背圖》（1936 年）【圖 52】，顛覆傳統對鍾馗魁悟威肅的既定印象，此畫的鍾馗坐在石頭上，袒露上身，踞著一隻腳，又癢且急，急得頭上的烏紗帽和長鬚誇張變形；一青色小鬼在他身後替他抓背，滑稽可笑。關於此題材的來由，自言：「鍾馗故事甚多，皆前人擬作，未有畫及搔背者。余遂造其稿，見此像想見鍾馗之威赫矣。」〔註96〕他反其道而行，要從「搔背」想見鍾馗的威赫，幽之一默。他也畫過鍾馗讀書、醉酒等形象，但「搔背」最是逗趣。更有趣的是題詩：

圖 52　鍾馗搔背圖

> 者裏也不是，那裏也不是。
>
> 縱有麻姑爪，焉知著何處。
>
> 各自有皮膚，那能入我腸肚。

這首雜言詩訴說小鬼為主人搔背，卻無法搔到癢處的窘境，首兩句雷同，亟言無奈，三、四句引麻姑之典，強調縱有神仙之手也徒然。末兩

〔註96〕齊良遲主編：《齊白石文集》，頁 324。

句是詩旨，暗喻自己的藝術難以得到知己，映帶不羈的字體與詩意畫面相襯，淺白幽默的文句中饒富哲思。

2. 李鐵拐

「八仙」是民間廣為流傳的神仙故事，其中齊白石又獨鍾李鐵拐。只是這並不表示他崇尚道教，有詩句曰：「不作揚塵海島仙，結來人世寂寥緣。」〔註97〕對他而言，著意現實才是真切可感的，因此僅是借廣為人知的人物形象傳達自己的思想。

《鐵拐李》（1947年）【圖53】的人物衣衫襤褸，蓬頭垢面，地上置一杖，兩手高捧著胡蘆，兩眼對著胡蘆嘴斜覷，不像神仙，反似個酒鬼乞丐。上有題詩：

圖53　鐵拐李

> 形骸終未了塵緣，
>
> 餓殍還魂豈妄傳。
>
> 拋卻葫蘆與鐵拐，
>
> 人間誰識是神仙。

透過李鐵拐借屍還魂的傳說，打破執著外在形體的觀念，神仙與乞丐可能只有一線之隔，從凡夫俗人的眼光來看，終究因不了解本來面目而有誤解和遺憾。齊白石的藝術初在北京時不被理解而受到冷落，又常因他的農民背景而受輕視，於是繪畫此類李鐵拐形象可視為他心理的投射。

〔註97〕〈蕭齋閑坐，因留霞老人贈詩次其韻〉詩。齊白石：《齊白石詩集》，頁20。

3. 佛

《拈花佛》（約 20 年代中期）【圖 54】，畫中人物蓄一臉鬍子，
手拈一白花於胸前，坐姿亦不甚端正，不似傳統佛像的工細莊嚴，若
不看題款，倒以為是民間一普通男子，這正是齊白石的人物風格。其
詩為：

> 不為貪愛走天涯，損道嗔癡悮出家。
>
> 今識虛空身即佛，半加趺坐笑拈花。

意境如同另一幅《佛》（約 20 年代中期）【圖 55】的題詩：

> 無我如來座，休同彌勒龕。解尋寂寥境，到眼即雲曇。

途中人抱膝沉思，題款是樹下的領悟，煩惱只因貪嗔癡，了解空相才
是得道，其中有他對佛理的解釋和體會。

圖 54　拈花佛　　　　　　圖 55　佛

（三）諷刺寄託

1. 不倒翁

　　人們所熟悉的不倒翁玩具，是齊白石的人物畫中最具獨創性，也是最具有思想性的題材。此題材出現於齊白石在北京的變法時期，此時他的人物畫基本上擺脫了中國人物畫舊有的程式畫法，結合民間性和自己的表現方式，再加上題詩輔助繪畫表意，創造出簡筆寫意，具有反映現實、批判諷刺意味濃厚的不倒翁，所畫不倒翁的模式大致類似，卻是他人物畫中充滿幽默機趣的形象之一。

　　《不倒翁》（1925 年）【圖56】，畫中的不倒翁鼻白，兩眼斜睨著，貌似奸

圖 56　不倒翁　　圖 57　不倒翁

邪，頭戴烏紗帽，身著官服，冠服的濃黑墨塊中是手上微遮臉的白扇，題詩為：

> 秋扇搖搖兩面白，官袍楚楚通身黑。
>
> 笑君不肯打倒來，自信胸中無點墨。

前兩句對仗工整，借不倒翁比喻為官者冠冕堂皇的外表，第三句的「笑」字為轉折，將胸無點墨的草包形象帶出，前後內外強烈對比，借物喻人，體現他對昏庸官僚的輕蔑。

　　《不倒翁》（1926 年）【圖 57】，畫中不倒翁側背著，官帽歪斜，露出半顆後腦勺，瞇眼而笑，不知肚裡打著什麼主意。落款有詩：

　　　　烏紗白扇儼然官，不倒原來泥半團。

　　　　將汝忽然來打破，通身何處有心肝。

前兩句說不倒翁外表衣冠楚楚，骨子裡是臭泥，表裡相反，第三句語意急轉，指桑罵槐的批判貪官汙吏的無良。

2. 畢卓盜酒

　　畢卓是東晉的吏部郎中，好飲酒，卻因為官清廉而無錢買酒，只好到鄰居家偷酒喝，喝得酩酊大醉被發現，竟傳為佳話。〔註 98〕齊白石以此題材畫了多幅，意在借古諷今，諷刺那些尸位素餐的貪官汙吏。《盜甕圖》【圖 58】，只見畫中的畢卓抱著酒甕酣睡，勾畫人物線條簡易樸拙，從左手的姿勢和酒瓢的方向可推測，原拿在手的酒瓢因畢卓大醉而掉落。題款以篆體顯示畫題，並順著人物身軀之勢排列，詩曰：

圖 58　盜甕圖

　　　　宰相歸田，囊底無錢。

　　　　寧肯為盜，不肯傷廉。

這首四言詩以通俗的語言描述畢卓事跡，身為「宰相」卻「無錢」、「為盜」，引人好奇，而原因在最後一句，其中一「廉」字為全詩中心，並題：「予每此圖必題此十六字。」其他兩幅《畢卓盜酒》題材與題詩皆雷同，故不重述。

　　齊白石在這類題材中以最精練的方式掌握物象特徵和造形，成功

〔註98〕馬寶杰：〈齊白石繪畫藝術簡述〉，見於巴東主編：《人巧勝天：齊白石書畫展》，頁 15。

傳遞神態韻味，再以題詩豐富表畫面的意境和思想，生動詼諧。形式
與思想的完美結合，呈現個人風格特質，是欣賞他的詩和畫最有趣的
部分。

3. 漁翁

在中國文學和繪畫裡，「漁翁」是一常見
的形象。但有別於傳統的歸隱思想，齊白石
畫漁翁多半是為了求畫人想要「漁翁得利」
的審美需求，〔註99〕但從他的題畫詩可以看
到此類題材也寄托著他對家鄉的思念，及抒
發對現實的不滿和對民生的關心。

《漁翁》（1928年）【圖59】，畫中的漁
翁頭戴斗笠，一手拿釣竿，一手拿魚籃，低頭
看著空籃，長長的題款穩定了搖搖欲墜的魚
竿，也是落在背上無形的重擔。有詩云：

> 看著笰籃有所思，湖乾海涸欲何之。
> 不愁未有明朝酒，竊恐空籃徵稅時。

第一句引人好奇漁翁所思為何，第二句環境
條件的不利為漁翁憂愁的遠因，後兩句代替
漁翁說出心裡話，以「不愁」、「竊恐」對比，
比起生活窮困，無法負擔政府課稅才是真正
所愁，此詩借一漁夫道出天下百姓的心聲。

4.《得財圖》

《得財圖》（1928年）【圖60】圖中的少
年肩挑柴箅竹簣拾柴，但籃中空無一物，邊
行走邊回望，目光呼應題款。詩云：

圖59　漁翁

〔註99〕馬寶杰：〈齊白石繪畫藝術簡述〉，見於巴東主編：《人巧勝天：齊白石
　　　書畫展》，頁15。

豺狼滿地，何處爬尋。四圍野霧，一簣雲陰。春來無木葉，

冬過少松針。明日敷炊心足矣，朋輩猶道最貪淫。

「豺狼滿地」、「四圍野霧」暗指惡人橫行、世道艱難，人民生存不易，僅求下一餐的溫飽猶是奢望。有別於傳統發財圖的財神降臨、珠光寶氣，畫題「得財」反映人民中心所求在人不在神，發人深思。

圖 60　得財圖　　　　　　圖 61　卻飲圖

（四）自傳寫照

齊白石詩畫多有記錄當下生活感受和自況的詩作，透過這些詩畫有助我們真實了解其人其事。

《卻飲圖》（1928 年）【圖 61】，畫的是與朋友飲酒的動態畫面。只見一人高舉酒壺，從傾斜的身體和聳肩的姿態可見其興致高昂；另一人一手縮回酒杯，一手作勢婉拒，表情似是苦惱，應是作者本人。畫

中以豪放草書題一首五七雜言詩：

> 一吞面先赤，與酒從無癖。
>
> 既已皺眉拒，殷勤勸何益。
>
> 我欲笑先生，意佳殊可惜。
>
> 此君并有有家憂，舉杯消愁愁更愁。

前面刻畫勸飲者和卻飲者的互動，幽默風趣，而末兩句急轉而下，字數加長且換韻轉平聲，末句並借用李白詩句，從喧鬧的場景轉為感嘆憂愁，卻令人無從得知為何而愁。

《西城三怪圖》（1926年）
【圖62】，「西城三怪」指的是齊白石、雪庵和尚〔註100〕與臼庵〔註101〕。三人於北京相識，皆擅畫且交情甚篤，因不拘於時流，自戲稱「三怪」，是呈現齊白石真實生活面的自寫性作品。畫中三人皆著古人樣式的寬袍大袖，且人物正面、側面、背面各不相同，想來面部較為清楚的白髮長鬚老者即作者本人。搭配畫上之長款，整體予人古樸之感，其中交代了此畫的由來：

圖62　西城三怪圖

> 余客京師，門人雪庵和尚常言：「前朝同光間趙撝叔、懷硯香
>
> 諸君為西城三怪。」吾曰：「然則吾與汝亦西城今日之怪也，

〔註100〕雪庵即瑞光（1878～1932），北京阜城門外衍法寺的和尚，於1917年
齊白石第二次來京時相識，擅畫，後拜齊白石為師，彼此往來甚多。
參考《齊白石全集》，卷2，「著錄‧注釋」，頁39。

〔註101〕白庵，名馮白，以字行，湖南衡陽人，畫家，工花卉、松竹、翎毛，
粗枝大葉，隨意揮寫，饒有生意。20年代前期，曾任教於北京美術專
科學校。同上註。

惜無多人。」雪庵尋思曰:「白庵亦居西城,可成三怪矣。」
一日白庵來借山館,余白其事。明日又來,出紙索畫是圖,
雪庵見之亦索再畫。

本為雪庵和尚無意提出的戲言,欲效前人也組今日之西城三怪,遂發展成一樁風雅之事。文後題二絕句:

〈其一〉

閉戶孤藏老病身,那堪身外更逢君。

捫心何有稀奇想,恐見西山冷笑人。

〈其二〉

幻緣塵夢總笑曇,夢裡阿長醒雪庵。

不以拈花作模樣,果然能與佛同龕。

無意為怪,不欲裝腔作勢、裝模作樣,卻被人目之為怪,自嘲「三怪」是互相寬慰,也是珍惜志同道合的朋友。

(五)童真親情

在齊白石的人物畫中,也有一類洋溢著天真爛漫,極富童趣的童子圖,其中又以舐犢情深的《送子從師圖》、《送學圖》最具代表。

《送學圖》(1930 年)【圖63】,圖中一老翁攜著幼子,紅衣童子一手捧書,另一手拭淚,表情甚是委屈。老翁手撫著童子頭頂,流露無現愛憐。設色單純,勾勒捨棄繁複,連衣摺都簡化,似隨筆漫畫。題款與人物左右相對,兩首題詩:

圖 63　送學圖

〈其一〉

　　處處有孩兒，朝朝正耍時。此翁真不是，獨送汝從師。

〈其二〉

　　識字未為非，娘邊去復歸。須防兩行淚，滴破汝紅衣。

前一首代童子發聲責備老翁「真不是」，背後實則含藏望子成龍的用心；後一首則似一慈祥長者對著童子婉言相勸的語氣，刻畫兒童不願離家上學、和為人親長疼惜稚子的心理極為生動深刻，令人會心。

四、水族類

　　水族類作為繪畫題材可見於明清之際，但不論是在宮廷、民間或文人繪畫裡，都較少涉及，或多作為畫面陪襯點綴。而齊白石卻使其成為畫面主體，且一畫再畫，畢生不輟，經過數十年的琢磨成為他最具代表性的繪畫題材，主要有魚、蝦、蟹、蛙四種，體現他獨特的自我意識和審美情思。其詩：「塘裡無魚蝦自奇，也從荷葉戰東西。寫生我懶求形似，不厭聲名到老低。」（〈畫蝦二首其一〉）既能欣賞蝦之奇，自是無畏於世俗眼光，忠於自己追求表現物象精神的創作態度。

（一）魚

　　齊白石幼時常觀水中游魚，魚兒從容自在的身影成為快樂的象徵，離鄉後仍在家中養魚，觀察其動態、習性，在八十八歲時發出豪語：「我最知魚」〔註102〕。其筆下的魚類從他二十歲至九十七歲的作品皆能見到。〔註103〕

　　齊白石畫魚曾學前人畫法，從款識《小魚》（1919年）：「身長醒目。己未三過都門，于周印崑處見南阜老人〔註104〕有此畫法。」

〔註102〕《我最知魚》畫題。齊良遲主編：《齊白石文集》，頁381。

〔註103〕劉金庫：《齊白石的尚真畫意》，頁16。

〔註104〕南阜老人即高鳳翰（1683～1749），字西園，號南村、南阜。清代書畫家，又擅詩文、篆刻，揚州八怪之一。晚年因疾右臂病發，書畫篆刻改用左手，別有一番妙趣。齊白石的寫意花鳥畫受揚州八怪中的金農、李鱓、黃慎、鄭板橋等人影響極大。參見：王明明主編：《北京

〔註105〕、《魚》（1938年）:「予曾游南昌于丁姓家,得見八尺紙之大幅四幅,乃朱雪個真本。予臨摹再三,得似十之五六。」〔註106〕可見嘗轉益多師、臨摹再三的學習精神。但也不是一味摹古,掌握物態神韻要透過親自觀察,《一魚二蛙》（圖稿）上就有記錄觀察所得:「此魚呼為蓑衣魚,以尾似也。腮上一點,大綠色也。尾之尾有赤色。」〔註107〕將魚的名稱、形體、顏色詳細記載,不苟且隨意。畫魚多簡筆寫意,曾言:「作畫欲求工細生動故難,不謂聊聊幾筆形神畢見亦不易也。余日來畫此魚數紙,僅能刪除做作,大寫之難可見也。」〔註108〕可見他致力刪除做作、追求在大寫（寫意）中形神畢見的繪畫理念。

　　齊白石畫鮎魚時,常借諧音題「長年」、「長年大貴」、「年年有餘」等吉祥字樣,但其實在一般通俗年畫裡的「連年有餘」通常是鯉魚,齊白石在傳統題材上的拓展和引申,極具欣賞價值。〔註109〕八十歲後的齊白石,常喜歡畫九條魚,題上「九魚圖」、「九如圖」,這些蘊含吉祥寓意的作品,緊貼人民對生活的嚮往和追求。

　　《其奈魚何》【圖64】題詩:

　　草野之狸,雲天之鵝,水邊雛雞,其奈魚何。

畫面上一群毛茸茸的雛雞在岸邊,眼巴巴的盯著水中游魚,卻因不會游泳而莫可奈何,故名為「其奈魚何」。前兩句呈現天地之寬廣,後兩句聚焦雛雞們的情態和心理活動,生動幽默。詩後題寫一段對「寫生」和「寫意」關係的重要闡述:「善寫意者專言其神,工寫生者只重其形。要寫生而後寫意,寫意而後複寫生,自能神形俱見,非偶然可得也。」點出「善寫意者」與「工寫意者」各自的偏頗之處,將中國藝術

畫院品讀經典系列・齊白石》（南寧:廣西美術出版社）,2013年,頁38。

〔註105〕《小魚》題款。齊良遲主編:《齊白石文集》,頁246。

〔註106〕《魚》題款。齊良遲主編:《齊白石文集》,頁353。

〔註107〕《一魚二蛙（圖稿）》題款。齊良遲主編:《齊白石文集》,頁395。

〔註108〕《長年》題款。齊良遲主編:《齊白石文集》,頁326。

〔註109〕李海峰:《齊白石密碼》（北京:中國人民大學出版社）,2013年,頁16。

的「形」、「神」理念深入探求並提出個人實踐後的經驗論,也就是要寫
生與寫意反復為之,不斷的累積經驗才可能企及「形神俱見」,絕非偶
然可得。

圖 64　其奈魚何

圖 65　芙蓉小魚

　　《芙蓉小魚》【圖 65】上方是以花青、赭石與墨色相融的荷葉,及
兩朵以朱紅點染、勾勒的芙蓉,下方兩尾游魚相伴而游,上下呼應,留
白處使畫面通透,未畫水而使人感知到水。一行題款將視覺由上而下

牽引至魚，連貫畫面，詩云：

> 池上有芙蓉，倒影來水中。水中有雙魚，浪碎芙蓉紅。

齊白石愛芙蓉，曾說：「芙蓉葉大花粗，先後著葩，開能耐久。且與菊花同時，亦能傲霜。余最愛之。」一般人喜愛花的細緻嬌媚，而他愛其「葉大花粗」、「耐久」與「傲霜」。簡單的五言四句中，池上與水中，花的靜態與魚的動態兩兩相對，最後兩句寫一雙游魚的無心經過打破了兩者的界線，花與花影在虛實動靜之間，耐人尋味，詩意與畫境相得益彰。

（二）蝦

　　齊白石水族類的作品中，畫蝦最多。〔註110〕人們提到齊白石，最先想到的是他筆下活靈活現的蝦，他因此自嘲：「予年七十八矣，人謂只能畫蝦，冤哉！」對蝦的喜愛可溯及童年記憶：「余五六歲時戲於老屋星塘岸，水淺見大蝦不可得，以粗麻線系棉絮為餌之。蝦足鉗餌，線起蝦出水，猶忘其開鉗，較以釣魚更可樂也。」描述兒時在齊家附近的星斗塘以棉球釣蝦的樂趣，更甚於釣魚。

　　齊白石的蝦在畫史上可為前無古人，在作品《水草。蝦》中題到：「即朱雪個畫蝦，不見有此古拙。」〔註111〕自詡能脫胎八大山人畫法。定居北京時，齊白石在畫案上放置水盂蓄蝦，並不時以筆桿觸碰蝦隻，每天反覆觀察寫生。他在《蝦圖》的題款中描寫一段對話：〔註112〕

> 余畫此幅，友人曰：「君何得似至此？」答曰：「家園有池，多大蝦。秋水澄清，嘗見蝦游，深得蝦游之變動，不獨專似其形。」故余既畫，以後人亦畫有之，未畫以前故未有也。

點出了他是透過在生活中對蝦實際的觀察和了解，方能「深得蝦游之變動，不獨專似其形。」又說：「余之畫蝦，臨摹之人約數十輩，縱得

〔註110〕劉金庫：《齊白石的尚真畫意》，頁20。
〔註111〕《水草。蝦》題款。齊良遲主編：《齊白石文集》，頁253。
〔註112〕《群蝦》題款。齊良遲主編：《齊白石文集》，頁302。

形似，不能生活，因心目中無蝦也。」〔註113〕所以能自豪的說自己的
蝦既是前人所無，也是後人所難學，究其因為畫者「心目中無蝦也」。
齊白石也將他數十年畫蝦的歷程總結：

> 余之畫蝦，已經數變。初只略似，一變畢真，再變色分深淡，
> 此三變也。(《蝦》1928 年)〔註114〕

> 予四十歲後之畫蝦一大變，予自未之覺也。八十六歲白石。
> (《蝦》1946 年)〔註115〕

> 余畫蝦已經四變，此第五變也。(《芋蝦》)〔註116〕

齊白石開始畫蝦時主要學清人之法，多參照八大山人、鄭板橋等人的
畫法，直到「衰年變法」時有較大的改變，在外形上也表現得非常形
象，但在質感和動態上的表現尚無深入刻劃，在三變之後，能把握到蝦
的軀幹彎曲和蝦鬚的變化，展現在水中游動的動勢。到第五變時，又更
大膽的刪減小腿、在頭部淡墨中加入一筆濃墨，將整體形象提煉、概
括，蝦也就活了起來。〔註117〕

薛永年對白石蝦有精要的分析：〔註118〕

> 白石的蝦表面看來畫得維妙維肖，實際上卻經過了大膽的剪
> 裁和誇張，鬚和腿都省略了，眼睛由圓形變異為橫線，這種
> 出人意表的藝術加工，十分鮮明的強化了蝦在運動中的突出
> 特點。

唯有畫家對物象有深刻的了解，才能精準的變化並突出特點，要能不
失形似又超越形似，有賴高度的藝術創造。

與蝦同繪的有葦草、芋葉、水草、魚、蟹等題材，蝦、魚、蟹三
者同見稱之為《三味圖》。常人視為平凡無奇的蝦，齊白石卻有他獨到

〔註113〕《蝦》題款。齊良遲主編：《齊白石文集》，頁 392。
〔註114〕齊良遲主編：《齊白石文集》，頁 307。
〔註115〕齊良遲主編：《齊白石文集》，頁 376。
〔註116〕齊良遲主編：《齊白石文集》，頁 392。
〔註117〕王明明主編：《北京畫院品讀經典系列・齊白石（一）》，頁 42。
〔註118〕王明明主編：《北京畫院品讀經典系列・齊白石（一）》，頁 48。

的欣賞角度，他說：「諺云：凡動物有一體似龍者，可以為龍。蝦頭似龍，可為龍耶？」〔註119〕把蝦與龍相比，表現他能發現萬物之趣的赤子之心。

　　《山溪群蝦圖》【圖66】畫於1926年，此年齊白石的父母親相繼過世，而當時湘鄂一帶正是國民革命軍與北洋軍閥激戰之地，苦於無法返鄉，只能在北京布置靈堂，成服守制。此圖畫於父親逝世後五天，蝦群成「S」形的構圖加深了山溪的源遠流長，23隻順流而下的蝦濃淡相宜、姿態各異，空間滿溢卻又疏密有序。題詩：

　　　　泥水風涼又立秋，黃沙曬日正堪愁。

　　　　草蟲也解前頭闊，趁此山溪有細流。

並題道：「居京華日久，今年熱苦殊逼，揮汗畫此紀之，並題新句。」詩文說明當時正是炎熱的立秋時節，溪蝦尚能覓得涼快，側寫詩人內心的愁悶該無可解。

（三）蟹

　　關於畫蟹，齊白石自言：「予久不畫蟹，偶爾畫之，竟能成趣，乃心手相應也。」〔註120〕（《籮蟹圖》題款）繪畫上能「心手相應」，來自於對物像深入琢磨。他在〈蟹行圖〉的題款上說：〔註121〕

　　　　余寄萍塘後石側有井，井上餘地平鋪

圖66　山溪群蝦圖

〔註119〕《群蝦》題款。齊良遲主編：《齊白石文集》，頁350。

〔註120〕齊白石著，朱天曙編選：《齊白石論藝》（上海市：上海書畫出版社），
　　　　2012年，頁165。

〔註121〕齊白石著，朱天曙編選：《齊白石論藝》，頁119。

秋苔，蒼綠雜錯，常有肥蟹橫行其上。余細視之，蟹行，其

足一舉一踐，其足雖然多，不亂規矩。世之畫此者不能知。

齊白石從青年時期就開始畫蟹，也受過胡沁園的指點，但他不滿足於前人的教授，經過多年的仔細觀察，才能發現螃蟹橫行時八足間的行動規律並成功表現出來。〔註122〕除了對螃蟹型態的精確掌握，在設色上也有所獨創，他說：「前人畫蟹無多人，縱有畫者，皆用墨色。余於墨筆間用青色間畫之，覺不見惡習。」〔註123〕（《草蟹》題跋）跳脫傳統繪畫上慣用墨色的方式，使螃蟹更加鮮活。此外，他也永不滿足於自己現成的畫法，所以寫下「余之畫蟹，七十歲以後一變。此又變也。」〔註124〕不斷自我超越的紀錄。

1931年，蘆溝橋事變後，北京、天津相繼淪陷，當時常有人藉買畫名義來騷擾，在不得以之下只好停止賣畫，在門上貼出諸如「白石老人心病復作，停止見客」〔註125〕或「畫不賣給官家，竊恐不祥」〔註126〕的告示，拒絕將畫賣給敵偽政權。也作「壽高不死羞為賊，不醜長安作惡饕。」〔註127〕的詩句，表示寧可挨餓受凍，也不肯媚俗他人。《自述》中這樣寫道：

我見敵人的泥腳愈陷愈深，日暮途窮，就在眼前，所以拿老鼠和螃蟹來諷刺它的。有人勸我明哲保身，不必這樣露骨地諷刺。我想：殘年遭亂，死何足惜，拼著一條老命，還有什麼可怕的呢？〔註128〕

於是以蟹來諷刺日寇漢奸的題材，經常表現在詩畫中。如其詩〈鄰人求畫蟹〉，以「看君行到幾時休。」〔註129〕來抨擊敵人。抗戰勝利後，

〔註122〕王明明主編：《北京畫院品讀經典系列・齊白石（一）》，頁52。
〔註123〕齊白石原著，朱天曙選編：《齊白石論藝》，頁163。
〔註124〕《群蟹》題款。齊良遲主編：《齊白石文集》，頁322。
〔註125〕齊璜：《白石老人自述》（台北：傳記文學出版社），1967年，頁127。
〔註126〕齊璜：《白石老人自述》，頁128。
〔註127〕齊璜：《白石老人自述》，頁133。
〔註128〕齊璜：《白石老人自述》，頁135。
〔註129〕齊白石：《齊白石詩集》，頁184。

又有《五蟹圖》，自題道：「越界自有膽，憐汝本無腸。」以蟹罵其膽大包天與無心腸，寄託諷刺。

晚年時的詩畫，可見把螃蟹與菊花放在一起，菊黃蟹肥相映成趣，又常見螃蟹佐酒或詠詩的情景，表現了他熱愛生活的一面，如〈與客小酌〉：「世情閱盡終何如，蘆荻蕭蕭秋氣殊。酒熟蟹肥黃菊放，吾儕不飲何其愚。」〔註130〕及題畫云：「有酒有蟹，偷醉何妨？老年不暇為誰忙？」〔註131〕肥蟹佐酒，欣然自快，忘卻人間是非富貴，有著騷人墨客的雅趣，《蟹酒催飲圖》與《燈蟹》即屬此類。

《蟹酒催飲圖》（約40年代初期）【圖67】中，盤子幾隻肥美紅蟹，盤外一壺酒，三盞酒杯，由杯數可知飲者不只一人，題詩：

圖67　蟹酒催飲圖

> 詩未名家莫苦思，
> 十錢沽酒不須辭。
> 況復盤中還有蟹，
> 人生不飲須何時。

前兩句「詩未名家」多少有點自嘲意味，「不須辭」帶出「催飲」的題旨；後兩句進一步點出原因：應把握當下，及時行樂。

久居北京，也常藉酒與蟹抒發思鄉難歸的傷感，如〈食蟹〉：「九月舊棉涼，持蟹天正霜。令人思有酒，憐汝本無腸。燕客鬚

〔註130〕齊白石：《齊白石詩集》，頁185。

〔註131〕《酒蟹圖》題款，收錄於齊白石原著，朱天曙選編：《齊白石論藝》，頁142。

如雪，家園菊又黃。飽諳塵世味，夜夜夢星塘。」〔註132〕「飽諳塵世味」，卻只能遙憶故鄉星斗塘和湖南的親眷。欲憐蟹的「無腸」，卻更對比出作者的「愁腸」，此時的把酒持蟹只是強顏歡笑，藉酒消愁。

《燈蟹》（1945）【圖68】從盤外的一壺酒、一盞杯、散落的蟹殼，和一盞燈，推測此圖正是作者於深夜獨坐飲酒食蟹的寫照。題詩：

> 室中藜杖老何之，八五華年歸計遲。
>
> 強作京華風雅客，夜深持蟹詠新詩。

八十多歲的老人，料想歸鄉之期無望，第三句「強」字點出心中無奈，持蟹詠詩，強作風雅也只是聊以自慰。

（四）蛙

齊白石畫蛙相關作品不多，多出自變法後的晚年，其中尤以九十幾歲高齡繪製的《蛙聲十里出山泉》〔註133〕最為著名，此畫以曲筆出之，不見青蛙，只見六隻蝌蚪由上而下游出，透過空間預示時間變化，讓觀者心領神會想像十里後的蛙聲一片。青蛙常在青草池塘邊，有的也畫菖蒲、魚等相配。

《絲瓜青蛙》（約20年代晚期）【圖69】，幾顆長長的絲瓜垂於水邊，水下三隻青蛙張開有力的後腿，視線同時對著糾結的瓜藤，注意力被水中浮動的線條吸引。左側題款平衡右側濃重的墨葉和垂瓜，詩云：

> 小小池邊一架瓜，瓜藤原不著虛花。
>
> 羨君蔬食家鄉飽，無事開門為聽蛙。

此詩寫村居生活的一隅，瓜藤架下，無事開門靜聽蛙，看似「無事」的閒適之中隱藏思鄉之「心事」。

《青蛙蝌蚪》（1936年）【圖70】，畫中兩隻青蛙顧看三隻蝌蚪，似父母關注子女的神態，平波細紋上有題款，題詩：

〔註132〕齊白石：《齊白石詩集》，頁185。
〔註133〕「蛙聲十里出山泉」一句出自查慎行〈次實君溪邊步月韻〉詩。

　　　　卅載何須淚不乾，從來生女勝生男。

　　　　好寫墓碑胡母字，千秋名跡借王三。

此詩寫的是齊白石於 1936 年陪當時的副室胡寶珠回鄉都為其母掃
墓，刻寫墓碑之人為方鶴叟。〔註 134〕詩後有文：「王三，王纘緒軍長
也。」當年正是受其邀至川。詩與畫乍看全不相關，但了解詩意後再細
看畫作，畫中的天倫之樂，隱藏人子的思親之情。

　　　圖 68　燈蟹　　　　圖 69　絲瓜青蛙　　　圖 70　青蛙蝌蚪

五、禽鳥類

　　傳統花鳥畫裡的珍禽異獸如孔雀、雉等在齊白石筆下並不多見，
反而大量畫農村鄉下能見常見的雞、鴨、雁、麻雀、鵪鶉等，這些題

〔註 134〕齊白石：《齊白石詩集》，頁 257。

材與他的生活經驗有關。最初跟隨胡沁園學畫工筆花鳥，筆下的禽鳥較為工致，個人風格尚未明顯；爾後從開始從民間畫家朝向文人畫家發展，追求筆墨情趣，多簡筆寫意，畫風冷逸，〔註135〕也汲取前人畫法加以提煉，如八大山人的鴨、鵪鶉、八哥，取其單純而捨棄冷寂。〔註136〕衰年變法後，取法對象從八大山人走向吳昌碩，學其樸厚而保存自己的剛健，〔註137〕風格從疏簡到平樸凝鍊，完成質的提升，自成一格。他畫禽鳥尤其強調眼神，說：「畫鳥的神氣在於眼睛，是否生動在於嘴爪，至於形式、姿態、羽毛顏色是比較次要的。」〔註138〕眼睛能傳神，可知其畫鳥不著意形似，更在乎神韻生動。從模仿到創造，是在學習前人的過程中保有個人的生活經驗和氣質個性，他的題畫詩強化這一點，繪畫的主體在原來的文化意涵之上加入個人主觀意識，畫面因而有更豐富的意境。

（一）雞

雞是農村常見之物，齊白石畫雞作品眾多，有公雞、母雞、雛雞等。在他眼裡，公雞具備五德，曾說：「不獨能鳴而有五德。頭戴冠，文也；足搏距，武也；敵在前，敢鬥，勇也；見食相呼，仁也；守夜不失時，信也。」〔註139〕又常將公雞與雞冠花畫在一起，多給做官的友人，因「冠」與「官」諧音，有著「官上加官」的吉祥寓意。也有效仿孟麗堂畫牡丹與公雞，謂之「春聲」；若是畫老少年與公雞，則意為「秋聲秋趣」〔註140〕，這些是在傳統文化意涵上的繼承與拓展。若大小雞

〔註135〕 徐改編著：《中國名畫家全集（2）：齊白石》（台北市：藝術家出版社），2001年，頁51。

〔註136〕 李祥林編著：《中國書畫名家畫語圖解：齊白石》，頁144。

〔註137〕 改編著：《中國名畫家全集（2）：齊白石》，頁74。

〔註138〕 〈與胡佩衡論畫〉。出自李祥林編著：《中國書畫名家畫語圖解：齊白石》，頁135。

〔註139〕 《五德圖》題款。劉金庫：《齊白石的尚真畫意》，頁34。

〔註140〕 《雄雞老少年圖》題款：「己未秋七月，余畫老少年布以大雞，可為秋聲也。昔孟麗堂畫牡丹布雞，謂為春聲。白石。」劉金庫：《齊白石的尚真畫意》，頁35。

隻畫在一起，象徵全家福的團圓和樂；若繪有多隻雛雞，則寓為多子多福之意。其他與芋葉、草蟲、稻草等畫在一起的，都充滿生活意趣，自言：「余日來所畫皆少時親手所為、親目所見之物，自笑大翻陳案。」（《稻草雞雛》題款）〔註 141〕說明鄉村生活經驗提供他源源不絕的創作靈感。

團團的小雞看似簡單，齊白石卻不等閒視之：「余畫小雞廿年，十年能得形似，十年能得神似。」（《小雞》題款）〔註 142〕、「畫過八千絹，方不似雞子，不似之似，乃真是。」（《小雞》題款）〔註 143〕、「余六十歲以後畫雞雛，能不似筆作成。」（《小雞》題款）〔註 144〕可知齊白石琢磨畫雞仔「形似」到「神似」的過程，至少耗費二十年。

《公雞石榴》（約 30 年代初期）【圖71】，畫中石榴樹下一對公雞母雞，低頭似在注視地面之物。雌雄毛色、體型不同，又突出雄性雞冠與尾羽特徵，顯得更加氣宇軒昂，因為對物象有精確的掌握，兩隻雞湊在一起卻絕不混淆。題詩：

家書不說故園情，聊道牆頭草未生。

十五年前清福厚，石榴樹下有雞聲。

這首七絕表達思鄉之情，前兩句寫接到家書，信中隱藏在閒話家常中的是欲說還休的鄉情，末兩句示現過去家鄉所見之景，遊子

圖71　公雞石榴

〔註141〕齊良遲主編：《齊白石文集》，頁 312。
〔註142〕齊良遲主編：《齊白石文集》，頁 393。
〔註143〕齊良遲主編：《齊白石文集》，頁 393。
〔註144〕齊良遲主編：《齊白石文集》，頁 393。

思鄉，才知不須離鄉背井是人生福分。

《雛雞》（約30年代初期）【圖72】，22隻毛絨絨的小雞或聚或散，或停或走，深淺不同，散布於整張畫面。觀其姿態是從各處往左下聚集，畫面呈現小雞騷動的動態感，笨拙可愛。再看題詩：

> 前者若呼，後者與俱。
>
> 蟲粟俱無，雛雞雛雞趨何愚。

古詩體裁描寫既無蟲也無粟，這群雛雞卻嘰嘰喳喳一窩蜂盲從前趨，而旁觀的詩人笑其愚笨。體裁和通俗的文句相襯，有聲音有動態，洋溢著樸拙天真之趣。

（二）雁

雁有長頸、扁平喙與蹼，常見於水岸邊，有遷徙的特性，齊白石常借畫雁表達自己漂泊的處境和思鄉之情。

《蘆雁》（約20年代初期）【圖73】一隻孤雁對著水面，水面幾枝蘆葦、兩三點石，冷清寂寥。題詩：

> 容易又秋風，年年別後逢。
>
> 雁鳴休笑我，身世與君同。

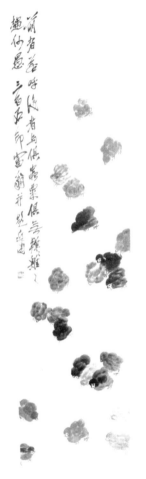

圖72　雛雞

詩後有文說明創作背景：「余年來嘗居燕京，春往秋歸，畫此慨然題句。」自1919年後，齊白石經常往返京湘，身如秋雁年年往還，「又」字飽含諸多無奈，第三句見物興感，移情於物，而有同病相憐之感。

《蘆雁圖》（約20年代中期）【圖74】，畫蘆葦叢下兩隻雁。有詩云：

> 登高時近倍思鄉，飲酒簪花更斷腸。
>
> 寄語南飛天上雁，心隨君侶到星塘。

重陽時節登高、飲酒，人在京城南望故鄉，古來有雁足傳書，欲將思
念之情寄託南還之雁。

圖 73　蘆雁　　　　　　　　　圖 74　蘆雁圖

（三）白頭翁

　　白頭翁頭頂上的枕羽潔白，且被賦予白頭相偕的意涵。從齊白石
畫的白頭翁可以看到他的畫法從傳統脫胎的歷程。

　　宋徽宗（1082～1135）著名的《蠟梅山禽圖》上繪有兩隻白頭翁
並棲於梅枝上，並以瘦金體題詩：「山禽矜逸態，梅粉弄輕柔。已有丹

青約，千秋指白頭。」﹝註145﹞徐復觀認為最早在畫面上題詩的畫家是
宋徽宗。﹝註146﹞《梅花天竹白頭翁》（1893 年）【圖 75】是齊白石早期
的作品，用筆、設色工致，此時他已拜師胡沁園學畫工筆花鳥草蟲，此
作乃延續傳統題材與畫法。題詩：

　　　　笑煞錦鴛鴦，浮沉浴大江。不如枝上鳥，頭白也成雙。

人說「只羨鴛鴦不羨仙」，但作者以為白頭翁無須遭遇「浮沉」，更勝
鴛鴦。

　　　《牡丹白頭翁》（約 30 年代初期）【圖 76】一雙白頭翁高棲於石
上，眼神相望，較之前幅用筆寫意，題詩：

圖 75　梅花天竹白頭翁　　　　圖 76　牡丹白頭翁

﹝註145﹞周積寅、史金城：《中國歷代題畫詩選注》（杭州：西泠印社），1998
　　　　年，頁 184。
﹝註146﹞徐復觀：《游心太玄》（北京：北京大學出版社），2009 年，頁 239。

堅石能壽，好花稱王。

白頭作對，不羨鴛鴦。

意思脫胎於前詩，又多了堅石、牡丹的吉祥寓意，寄託人間共同的期望。

（四）八哥

齊白石能畫八哥鳥，自言：「星斗塘外有松，多巢八哥，故予畫八哥能似。」〔註147〕在家鄉觀察過此鳥的生態，所以能畫得相似。目前所見他的八哥圖多是 30～50 年代作品。〔註 148〕與八哥一同入畫的題材有水仙、鳥籠、松曙、梅花、菊花等。他最常借八哥能言的特徵暗指那些搬弄口舌之人，曾以「愛說盡說，只莫說人之不善。」（《八哥》題款）〔註149〕勸告世人應慎言。

《菊花八哥》（約 20 年代晚期）【圖77】，在團團盛開的紅菊中，一隻八哥棲於竹架，描繪八哥掌握體黑、有蓬鬆額羽、翅中有白斑的特徵，回望與蜻蜓呼應。畫中兩首七絕：

〈其一〉

八哥解語偏饒舌，鸚鵡能言有是非。

省卻人間煩惱事，斜陽古樹看鴉歸。

〈其二〉

菊花正色未為工，不入時人眾眼中。

圖 77　菊花八哥

〔註147〕〈松樹八哥〉題款（約 40 年代初期）。齊良遲主編：《齊白石文集》，頁 369。

〔註148〕劉金庫：《齊白石的尚真畫意》，頁 49。

〔註149〕〈八哥〉題款（1940 年）齊良遲主編：《齊白石文集》，頁 358。

　　　草木也知通世法，捨身學得牡丹紅。

前者說八哥、鸚鵡善學語，但齊白石卻認為「偏饒舌」、易生事非，人間的口舌有時反而招致煩惱，末句表達欲旁觀自閒的處世態度。後者將菊花擬人，言菊花的正色本為黃色，卻為迎合世俗眼光而棄黃取紅，實則借物喻己。兩首詩意有所指，隱含他到北京後在身分和藝術上所受到的批評與心理矛盾。

（五）鷹

　　在故鄉幽居期間，齊白石曾長期觀察一隻在樹上築巢的雄鷹，[註150]對鷹的習性和特質有深入的觀察：「鷹尾毛九數，爪上橫點極密。」[註151]能詳細分析鷹的形體部位。又強調眼神，說：「凡畫鳥的眼珠，切莫要點個原點，要用兩筆點出既方又圓的黑眼珠來，這鳥眼就有神。」[註152]此外加以琢磨前人畫鷹之法，如題畫鷹：「昨在陳半丁處見朱雪個畫鷹，借存其稿，從此畫鷹必有進步。」（《鷹石》題款）[註153]可知畫鷹方法主要學習朱耷。而齊白石所畫的雄鷹多與石頭、松樹、白鶴搭配，形態矯健，栩栩如生。

　　《鷹石圖》（1922年）【圖78】，特寫一雄鷹側立於石，勾勒彎喙、圓眼和利爪剛健有力，尤其雙翼未收，

圖78　鷹石圖

〔註150〕徐改編著：《中國名畫家全集（2）：齊白石》（台北市：藝術家出版社），2001年，頁106。

〔註151〕〈畫鷹小稿自記〉。引自李祥林編著：《中國書畫名家畫語圖解：齊白石》，頁136。

〔註152〕〈與妻師白談畫鷹〉。引自李祥林編著：《中國書畫名家畫語圖解：齊白石》，頁135。

〔註153〕齊良遲主編：《齊白石文集》，頁320。

欲振未振，於靜態之姿飽蓄動態之勢，展現此大型猛禽的神采。題詩：

　　有禽有禽名為鷹，出谷居高日有聲。

　　雀羽不吞雞肋棄，飽之揚翼則飛騰。

這首七絕的首句效杜甫〈乾元中寓居同谷縣作歌七首〉〔註154〕作法，描寫鷹的特質：居高、有聲、食有擇，及揚翼飛騰的英姿，氣勢勃然煥發，畫顯其形，詩寫其神，詩畫相得。

（六）鶴

鶴在中國向來被視為祥瑞之物，又「鶴」與「賀」同音，有仙鶴呈祥、祝賀長壽之意，所以齊白石也樂意繪製此類符合世俗祈願的作品。

《仙鶴》（1928 年）【圖79】，畫中一隻丹頂鶴獨立，表現其嘴、頸、腳的修長特徵，黑、白、紅三色分明，線條簡潔，形似圖案畫。題七絕：

　　欲洗雙翎下澗邊，卻嫌菱刺污香泉。

　　沙鷗浦雁應驚訝，一舉扶搖直上天。

首二句對仗讚美仙鶴潔身自愛，後兩句以鷗雁的視角側寫仙鶴扶搖直上的脫俗超凡。

（七）雀

麻雀是非常近人的鳥類，隨處可見牠們成群的棲息。但愈是平凡的事物，愈能引發齊白石的興趣，20 年代模倣過金農的麻雀，又多次對物觀察寫生，如其《麻雀寫生小稿》（1931 年）上紀錄：「辛未春，五次寫生。」

圖79　仙鶴

〔註154〕〔唐〕杜甫：《杜詩鏡銓》（台北：華正書局），2003 年，頁296～299。

〔註155〕常與麻雀入畫的有芍藥、稻穀、蘭草、梅花、芭蕉、松樹等等植物。

《枯藤群雀圖》（約 30 年代初期）【圖80】，畫九隻褐黃色麻雀在披垂的藤間棲息、張望、騰躍、穿梭、飛翔的各種姿態，有些的還張著嘴，雀嘈雜躁動的樣子躍然紙上。細看每隻麻雀的墨色各不相同，藤枝看似隨意勾引，但濃淡、乾濕、頓挫極盡變化。左側題一絕句：

　　葉落見藤亂，天寒入鳥音。

　　老夫詩欲鳴，風急吹衣襟。

第一句寫秋色，第二句寫秋聲，後兩句於蕭蕭暮色中有「老驥伏櫪，志在千里」之壯懷，「急」的是風，更是人心。詩後又題：「枯藤寒雀從未有。既作新畫又題新詩，借山老人非嫻輩也。」「枯藤寒雀」是齊白石發掘的繪畫題材，體現他無事不可入畫，無意不可入詩的文藝審美和創新精神。

圖80　枯藤群雀圖

（八）鵪鶉

鵪鶉常活動於農田草場，齊白石亦為其寫照，嘗言：「余曾客天涯亭，常為鵪鶉寫真。」（《鵪鶉》題款）〔註156〕大自然的景物無非靈感泉源。畫中與鵪鶉一同出現的景物有菊花、荔枝、萬年春、稻穗、雁來紅等植物。

〔註155〕劉金庫：《齊白石的尚真畫意》，頁54。
〔註156〕齊良遲主編：《齊白石文集》，頁321。

《鵪鶉稻穗》（約20年代中期）
【圖81】，飽滿的稻穗下一隻鵪鶉，
並題四言詩一首：

　　當萬夫勇，著百結衣。

　　取之毛羽，何如錦雞。

在中國文化裡，常將鵪鶉尾羽的又禿
又破用來形容衣服的破爛，因此有
「鶉衣百結」的成語，詩人卻表達他
不同的觀點，因鵪鶉好鬥，認為著百
結衣的鵪鶉恰是勇士的象徵，可與有
著漂亮羽毛的錦雞一較高低，構思新
穎。

六、草蟲類

　　齊白石 27 歲時拜胡沁園為師學
畫工筆花鳥草蟲，又兼學習湘潭畫師
的草蟲技法，但後來更傾心於大寫意
風格，因此工蟲作品並不多，他在20
年代曾言：「余平生工致畫未足暢機，
不願再為，作詩以告知好：從今不作
簪花笑，誇譽秋來過耳風。一點不教
心痛快，九泉羞煞老萍翁。」[註157]
只是這對他來說這「未足暢機」、「一
點不教心痛快」的工致草蟲，卻贏得

圖81　鵪鶉稻穗

眾人的讚譽和愛好，梅蘭芳、尚小雲、金城等各界名人都請他畫過，
1925 年梅蘭芳還正式拜他為師學畫工蟲。[註158]

〔註157〕齊白石：《齊白石詩集》，頁 188。
〔註158〕王明明主編：《北京畫院品讀經典系列‧齊白石（一）》，頁 124。

但齊白石並非一味遵循傳統畫法，筆下的草蟲靈動傳神，精細而不死板，搭配大寫意花卉，兼工帶寫、粗細對比，自言：「余作畫每兼蟲鳥，則花草自然有工致氣。」（《荷花蜻蜓》題款）〔註159〕工蟲花卉成為他著名的繪畫風格，〔註160〕再加上題畫詩，構成一個精彩的微觀世界。

描繪草蟲首先要對物象進行反復的觀察寫生，察於形才能傳其神，在他的〈答友〉詩說到：「素絹三千紙一屋，百怪塊然來我腹。蟲魚草木吾豈無，畫稿三擔何其愚。」〔註161〕先有耗費「畫稿三擔」的工夫，才能有「百怪塊然來我腹」的領會。又說：「歷來畫家所謂畫人莫畫手，余謂畫蟲之腳亦不易為。非捉蟲寫生，不能有如此之工。」（《天牛豆角》題款）〔註162〕他畫草蟲尤其在意的是畫腳，這卻是常人極易忽略的細微之處。

齊白石的草蟲世界之所以能特出於古今，可親可愛，是自他胸臆自然流露的生活氣息、面對生命產生的共鳴和喜悅，他的〈工筆草蟲冊題記〉（1909年）【圖82】印證了這一點，其詩曰：

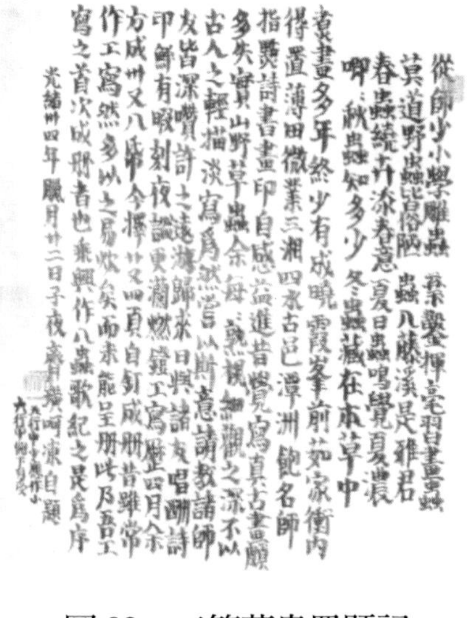
從師少小學雕蟲，棄鑿揮毫學畫蟲。莫道野蟲皆俗陋，蟲入藤溪是雅君。春蟲繞卉添春意，夏日蟲鳴覺夏濃。唧唧秋蟲知多少，冬冬蟲藏在本草中。愛畫多年終少有成，晚霞峯前菊家衡內得置薄田微業三湘四水古邑潭洲飽名師指點詩書畫印自感益進昔覺寫真古畫頗多失實山野草蟲余每每親視細觀之深不似古人之輕描淡寫爲然嘗以斯意請教諸師友皆深讚許之遠游歸來日與諸友唱酬詩印篆有暇刻夜識更闌燃燈工寫壁四月余方成卅又八幅今擇廿又四頁自釘成冊昔雖常作工寫然多以之易炊矣而未能呈冊此乃吾工寫之首次成冊者也乘興作八蟲歌紀之是爲序

光緒卅四年臘月廿二日子夜

圖 82　工筆草蟲冊題記

> 從師少小學雕蟲，
> 棄鑿揮毫學畫蟲。
> 莫道野蟲皆俗陋，
> 蟲入藤溪是雅君。
> 春蟲繞卉添春意，

〔註159〕齊良遲主編：《齊白石文集》，頁379。
〔註160〕李祥林編著：《中國書畫名家畫語圖解：齊白石》，頁143。
〔註161〕齊白石：《齊白石詩集》，頁63。
〔註162〕齊良遲主編：《齊白石文集》，頁246。

夏日蟲鳴覺夏濃。

唧唧秋蟲知多少，

冬蟲藏在本草中。

這首雜體詩涵藏嵌字、重字，文字有濃厚的
趣味性。一、二句述創作歷程，三、四句俗、
雅相對，在他眼裡野蟲亦是「雅君」，因為每
一個小生命都能感知四時變化之意，體現自
然和順之理，萬物共譜田園之歌，這才是他
畫草蟲的精髓，動人之處。

（一）蜜蜂

　　齊白石畫蜜蜂常兼紫藤，曾說：「借山
館後有此野藤，其花開時遊蜂無數。移孫四
歲時，為蜂所逐，今日移孫亦能畫此藤蟲，
靜思往事，如在目底。」（《野藤遊蜂》題款）
〔註163〕與長孫（移孫）互動的時光裡有野
藤、蜜蜂的印象，親情溫暖也賦予藤蟲不同
的意義。

　　齊白石筆下的蜜蜂畫法全出於自創：先
用焦筆橫點二三筆畫上半身，點兩點眼睛，
再以石黃畫下腹，未乾時以墨橫點三筆表現
腹節，近身兩側先點水再淡墨暈染雙翅，最
後加腳完成。〔註164〕畫蜂最傳神處即在能

圖83　藤蘿蜜蜂

表現拍動的翅膀，在靜態花木中增添動態生意，使畫面生機盎然。

　　《藤蘿蜜蜂》（1929年）【圖83】，畫披垂的紫藤，數隻蜜蜂圍繞
著。一般畫家主要表現紫藤的盤藤和花穗，齊白石再加上蜜蜂，讓觀

〔註163〕齊良遲主編：《齊白石文集》，頁255。
〔註164〕王明明主編：《北京畫院品讀經典系列·齊白石（一）》，頁138。

者在紙上「看見」花的香氣。題詩云：

> 半畝荒園久未耕，只因天日失陰晴。
>
> 旁人猶道山家好，屋角垂香發紫藤。

此詩以前兩句襯托後兩句的「山家好」，而「好」處從何說？末句借家鄉屋角一景答之。

相較於牽絲攀條的垂藤，另一幅《紫藤雙蜂》（1931年）【圖84】只特寫紫藤一串，簡淨俐落，更讓人聚焦於飛向藤花的雙蜂，畫中有七絕：

> 少年不識重歸期，愁絕於今變亂時。
>
> 老屋後山夢飛去，紫藤花下路高低。

透過今與昔、夢境與現實對比，鄉愁只能在夢中得到寬慰。

圖84　紫藤雙蜂　　　　　圖85　紫藤雙蜂（局部）

（二）蜻蜓

蜻蜓常活動於水面草上，齊白石能掌握牠大複眼、兩對長翅與長腹的形象特徵，常與荷花同見於畫。他畫蜻蜓的體會是：「點水蜻蜓如羚羊之掛角，不著一字。」（《蜻蜓》題款）〔註165〕融合了文學裡追求詩的超脫意境的觀點，筆下的蜻蜓雅致工細，優雅輕盈。

〔註165〕齊良遲主編：《齊白石文集》，頁362。

　　《荔枝蜻蜓》（約20年代晚期）【圖86】。荔枝入畫始於遠游時期欽州所見。畫中成串的荔枝纍纍，綠葉紅實，鮮豔討喜，上有一隻蜻蜓飛來，雙翼透薄。左側有絕句：

　　　　作客天涯亭子外，買園門鎖夏天開。

　　　　千回上樹無人到，只有蜻蜓飛去來。

天涯亭在欽州，此詩回憶遠遊所見，描寫園中一景細膩閑靜。

　　另一幅《荷花蜻蜓圖》（約30年代初期）【圖87】是典型的工蟲花卉風格。墨葉襯白花，下方小魚擺動尾鰭游去，上方紅色蜻蜓飛來，為此畫點睛。並有五言古絕：

　　　　魚兒東西戲，花葉非凡胎。何物增顏色，蜻蜓飛紅來。

最後一句「飛紅」將顏色賦予生命，蜻蜓飛向荷花更顯花嬌，花葉與昆蟲恰當的搭配，構成有動有靜、饒富自然機趣的和諧畫面。

圖86　荔枝蜻蜓　　　　　圖87　荷花蜻蜓圖

（三）蝶

蝴蝶的文化意涵豐富，有莊周夢蝶的人生哲思，也有梁祝化蝶的愛情追求，看齊白石詩畫中的蝴蝶，筆者歸納三種意涵：一是夢魂歸鄉的離愁別緒，如《牡丹雙蝶圖》（待後文說明）；二是自然和諧的天成之趣，如「雞兒追逐卻因何，滿地斜陽蝴蝶影。」〔註166〕（〈蝴蝶影〉詩）寫雞兒以追逐地上蝴蝶影子為樂的天真活潑。三是看淡浮名的豁達自由，如「精神費盡太癡愚，何用浮名與眾俱。老想此身化蝴蝶，任憑門客寫蓬蓬。」〔註167〕欲化身蝴蝶，追求身心的自在，小小蝴蝶承載作家豐富的精神世界。

齊白石對蝴蝶的觀察最先也是來自於家鄉：「家山借山館後，梨花開時，有蝶二、三種，白、黑、黃。」（《工蟲圖冊》題款）〔註168〕但他追求的是表現蝴蝶的栩栩姿態，如其題款：「不數筆成蝶固難。欲有栩栩姿態，尤不

圖88　牡丹雙蝶圖

圖89　牡丹雙蝶圖
（局部）

易也。」（《海棠蝴蝶》題款）〔註169〕與蝴蝶一同入畫的題材有梅花、牡丹、海棠等花卉，也有畫貓捕蝶，以諧音「耄耋」之意祝壽。

〔註166〕齊白石：《齊白石詩集》，頁200。
〔註167〕齊白石：《齊白石詩集》，頁246。
〔註168〕齊良遲主編：《齊白石文集》，頁398。
〔註169〕齊良遲主編：《齊白石文集》，頁303。

　　《牡丹雙蝶圖》（1922 年）【圖 88】，紅花綠葉中，一雙墨色蝴蝶
飛來，形體看似寫意，但不忽略頭、胸、腹、細足和雙翅等細節；題款
幾乎占據一半畫幅，詩曰：

　　　　世間亂離事都非，萬里家園歸復歸。

　　　　願化此身作蛺蝶，〔註170〕有花開處一雙飛。

羨慕蝴蝶能自由飛翔，與同伴團圓雙飛，畫與詩寄託了回歸和平、鄉
園和親情的渴望。

（四）蝗蟲

　　齊白石筆下的草蟲世界，也包含了向來被視為農作物害蟲的蝗
蟲。陳履生評論其創作態度說：

　　　　齊白石的樸素和善良，決定了他能夠用藝術的方式傾注對生
　　　　靈的關愛。在他的眼中，具有生靈的草蟲沒有是非、醜惡，
　　　　有的是生活的情趣。齊白石創造了一種超於現實的生活，他
　　　　把那些醜的、惡的，通常認為是不入畫的東西搬上了畫面，
　　　　營造了一個屬於他自己的草蟲世界。這是一個生態平衡的世
　　　　界──沒有憎恨，也沒有殘殺。〔註171〕

這段文字可以解釋齊白石的畫為何如此可喜可愛，因為筆下的美與善
完全是他內心的投射，他創造的世界不僅在他的心中、畫中，也在每
個人的心中，所以能感人。齊白觀察蝗蟲：「翅長三之二，頭至翅三之
一，膝與翅齊。」（《蝗蟲》題款）〔註172〕，還說：「此蟲須對物寫生，
不僅形似，無論名家、匠家〔註173〕不得大罵。」（《葡萄飛蝗》題款）
〔註174〕表明看重不入名家眼的蝗蟲。葡萄、胡蘆、稻穗都是與蝗蟲一

〔註170〕　此處於《齊白石全集》第二卷第 95 幅的題款為「蝴蝶」，筆者查畫作
　　　　　實題為「蛺蝶」，特此說明。
〔註171〕　王明明主編：《北京畫院品讀經典系列・齊白石（一）》，頁 123。
〔註172〕　齊良遲主編：《齊白石文集》，頁 263。
〔註173〕　「凡畫蟲，工而不似乃荒謬匠家之作。不工而似，名手作也。」（《馬
　　　　　蜂》題款）齊良遲主編：《齊白石文集》，頁 258。
〔註174〕　齊良遲主編：《齊白石文集》，頁 246。

同入畫的題材。

《葡萄蝗蟲》（1922 年）【圖90】，結石纍纍的葡萄藤下，一隻蝗蟲停在下方的虯藤上，畫出牠的短觸角、長身和發達有力的後腿，全畫墨色與赭色融合，題七絕詩：

> 老夫自笑太痴頑，
>
> 獨立西風上觜端。
>
> 食盡葡萄不歸去，
>
> 蟲聲斷續在藤間。

前二句自嘲一生性格不懂隨俗從眾是「太痴頑」，「獨」字突顯詩人內心孤寂，對比後兩句蝗蟲「食盡葡萄不歸去」的飽食和安逸，斷續的「蟲聲」似在與詩人對話，也象徵詩人的心緒。

圖90　葡萄蝗蟲

（五）蟬

踞高鳴響，飲露高潔，是蟬的傳統意象，齊白石對其形態有深刻的了解：「此蟲與此葉，余曾俱寫其照。有欲笑余者，只可謂未工，不可謂未似也。」（《蟬》題款）〔註175〕自信能畫得相似。此題材多是秋蟬，也畫貝葉。他長於農村，對自然萬象、四時變化，有高度的覺察，秋天的蕭瑟更能引發作家興感。

《貝葉秋蟬圖》（1923 年）【圖91】，貝葉上一隻秋蟬，畫風工細秀雅。長款中二首七絕：

〈其一〉

> 太平年少字情奴，兒女旗亭鬥唱酬。
>
> 吟響枝高蟬翅咽，閑心比細葉紋粗。

〔註175〕齊良遲主編：《齊白石文集》，頁288。

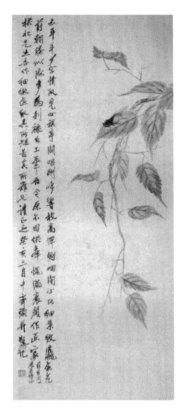

圖92　葡萄蝗蟲（局部）

圖91　貝葉秋蟬圖　　　圖93　貝葉秋蟬圖（局部）

〈其二〉

　　畫苑前朝勝似麻，多為利祿出工華。

　　吾今原不因供奉，愧滿衰顏作匠家。

詩後以小字註明「前首閑心更為詩心」並題「拱北先生委作細緻畫，
取其所短苦其所難也。請正之。癸亥三月中齊璜並題記。」說明此畫
是送給金拱北的，金拱北主張工筆畫為畫學之本，與齊白石的見解分
歧，但兩人仍有交往。〔註176〕前詩描寫年少時與詩友分韻競詩的樂

〔註176〕金拱北（1878～1926），名城，原名紹城，字鞏北，一字拱北，號北
　　　　樓，又號藕湖。浙江吳興人。自幼習詩書畫篆刻。曾任民國眾議院議
　　　　員、國務院秘書，1919年組辦並任中國畫學會會長。善山水、花鳥，

事,「吟響」是蟬聲,也是少年們鬥詩的熱絡,末句比喻別出心裁,自言詩心能比葉紋細;第二首先說工筆細緻畫本是宮廷院畫家,為了服務皇室貴族而作,後兩句說自己作畫不為利祿供奉,大可按己意為之,末句雖謙稱畫得不好,實為不喜工華畫風,他的「匠家」一詞多有「匠氣」的貶意,指僅會工細畫法而沒有天然之趣的畫家。

（六）蠶

蠶絲是自古農家紡織作衣的重要來源,齊白石自不陌生。《桑蠶》(1934 年)【圖 94】,三隻蠶蟲正在噉食桑葉,構圖雖簡,但蠶的八對足和環節畢真生動,並題一首雜言詩:

> 蠶桑苦,女工難,得新棄舊後必寒。

齊白石出身窮苦,深知農事不易,借此提醒世人儉約愛物,體現他體恤農家,惜福愛物的善良。

圖 94　桑蠶

七、果蔬類

自明、清以降,中國畫中多可見蔬菜、水果入畫,卻不如齊白石所畫數量、樣式皆繁,且畫得充滿感情。這不僅是對描寫對象的熟悉,主要來自農村的氣質和對土地的珍愛之情。自衰年變法至晚年,蔬果經常是他寫詩作畫的素材,有句云:「飽諳塵世味,尤覺菜根香。」

長於臨古,主張以工筆為化學之本而以寫意為別體,著有《化學講義》等,在北方有重要影響。參考《齊白石全集》,卷 2,「著錄‧註釋」,頁 22。

（〈憶菜蔬小圃〉詩）〔註177〕鄉土的情感和記憶雜揉在他的性格裡，串綰一生。郎紹君和陳履生對齊白石的蔬果畫有以下中肯的評論：

> 它們自自然然地擺在地上、裝在籃裡、長在枝頭，而不是插花般的陳設物，靜物般地欣賞物。面對它們，如面對田園鄉野，平凡生活，別有一種親切感。（郎紹君）〔註178〕

> 齊白石以平常心畫蔬果，幾乎是把他所見到的都畫了出來，顯然這些畫不是簡單的寫生和紀錄，它只是一個媒體，通過它或紀事、或表達思鄉情感、或展現文人情懷、或解決一些繪畫的技法問題。他的蔬果畫在中國畫的審美領域為人們展現了平常心、平常事，而這些「由己之作」更是把中國畫的表現領域向前推進了一步。（陳履生）〔註179〕

郎紹君點出齊白石的蔬果畫的特別之處在於於體現平凡生活，予人親切感；陳履生則解釋這些作品的珍貴在於畫家的「平常心」，這是齊白石的本色，卻是一般汲汲營營的畫家所不能為。於是，這些「由己之作」突破了個人抒情紀事的藩籬，進而與群眾的情感經驗產生交集與共鳴，更是延展了中國畫的審美角度和思維，這正是構成他筆下簡單、樸素的蔬果能充滿感染力的原因。

（一）芋

齊白石畫芋的原因有二，一者愛吃芋，曾說：「三百石印富翁喜食芋，小園三畝不曾種稻，皆芋魁香也。」（《芋蟹》題款）〔註180〕二者他說：「東坡云：『飯豆芋魁吾豈無。』既詩人不可無，畫家亦應有，余因喜畫芋。」（《芋葉》題款）〔註181〕芋頭既能得到大詩人蘇軾的垂青，當然也能入畫了。齊白石畫芋有芋葉、芋魁，或配以蝦蟹、小雞、

〔註177〕齊白石：《齊白石詩集》，頁106。
〔註178〕郎紹君：《齊白石研究》，頁225。
〔註179〕王明明主編：《北京畫院品讀經典系列・齊白石（一）》，頁63。
〔註180〕齊良遲主編：《齊白石文集》，頁395。
〔註181〕齊良遲主編：《齊白石文集》，頁312。

蟋蟀、蘿蔔等。

　　《甘貧》（1919 年）【圖 95】，三莖芋葉或開張或蜷縮，全用沒骨
畫法，不見一筆勾描。題款充塞於莖旁空處，穩定了下方重心，濃淡與
畫相宜，有七律：

> 韓子平生身是仇，此心深羨老僧幽。
> 羊裘把釣人還識，牛糞生香世不侔。
> 貧未十分書滿架，家無三畝芋千頭。
> 兒孫識字如翁意，不必高官慕鄠侯。

前兩聯借先秦韓非子、東漢嚴光的典故，說明仕隱之間，福禍難料。後
題：「煨芋分食兒孫輩詩。」芋頭的香氣和滋味代表農民子弟的身分認
同，末聯為詩旨，以此勸勉兒孫淡泊知足，不必貪圖顯達。

圖 95　甘貧　　　　　　　圖 96　芋頭蘿蔔

另一幅《芋頭蘿蔔》（約30年代初期）【圖96】，表現芋頭粗糙紋理維妙維肖，寥寥幾筆表現出塊莖的紮實體積感。蘿蔔尚未去除的葉和根鬚仿如初刨於土，使觀者不覺聞到泥土芬芳。題款筆意如畫，有雜言詩：

> 蘿蔔生兒，芋魁有子，一飽衰年猶賴此。

並有文：「費宏有謝姜寬送芋子詩，余故云芋有子。」思及古人說菜根有味，自忖晚年有此可溫飽，即便知足了。

（二）白菜

齊白石出身農家，深知民間「瓜菜半年糧」的清苦，將畫白菜的墨色濃淡不一視為「蒼生色」〔註182〕，並盛讚菜根滋味，認為「菜根滋味惟仕宦不能知」（《菜根滋味》題款）〔註183〕、「其色雖似吾儕，風味壓倒園圃。」（《白菜》題款）〔註184〕白菜既是菜園中風味最佳者，也無怪他發出「牡丹為花之王，荔枝為果之先，獨不論白菜為菜之王，何也？」（《白菜辣椒》題款）〔註185〕的幽默詰問，特別要將白菜列為「菜之王」。除此之外，取青白菜的諧音「清白」，畫有「清白傳家」圖，這一系列作品標誌他無意仕宦，一生樸素平實的作為。

《白菜》（約20年代初期）【圖97】，以墨葉取代固有色，白莖黑葉對比鮮明，一行題款頂天觸地，詩云：

> 四十離鄉還復還，此根仰事喜加餐。
>
> 老親含笑問余道，果否朱門肉似山。

白菜是故鄉滋味，伴隨遊子四十載，詩末借鄉親的笑問，隱藏作者在京謀生的不易，與不變的鄉心。

另一幅晚年所畫《白菜》（約40年代初期）【圖98】，畫法比前幅更厚重凝練。題詩云：

〔註182〕王明明主編：《北京畫院品讀經典系列・齊白石（一）》，頁82。
〔註183〕齊良遲主編：《齊白石文集》，頁330。
〔註184〕齊良遲主編：《齊白石文集》，頁371。
〔註185〕齊良遲主編：《齊白石文集》，頁358。

　　諸侯賓客四十載，菜肚羊蹄嗜各殊。

　　不是疆誇根有味，須知此老是農夫。

詩後半說明不是要刻意抬舉菜根滋味，而是本色（出身）如此，與土地的連結是出於自然，天性所使，那怕離鄉再久，嘗遍珍饈，終不能忘「菜根香處最相思」（〈見吳缶廬畫憶星塘〉詩）〔註186〕。

圖97　白菜　　　　　　　　　圖98　白菜

〔註186〕齊白石：《齊白石詩集》，頁98。

（三）荔枝

　　齊白石早年的「五出五歸」遠遊時期，曾三客欽州，在《自傳》裡有述及畫荔枝的因緣：「回到欽州，正值荔枝上市，沿路我看了田裡的荔枝樹，結著累累的荔枝，倒也非常好看。從此我把荔枝也入了我的畫了。」〔註187〕認為結實纍纍的荔枝好看而入畫。在欽州與文士友人雅集時一起賞荔、食荔，還有一歌女為他纖手剝荔枝的雅事，齊白石特別作詩紀念這段往事：「客裡欽州舊夢癡，南門河上雨絲絲。此生再過應無分，纖手教儂剝荔枝。」（〈與友人說往事〉詩）〔註188〕。「衰年變法」後，荔枝的果紅葉綠成為他「紅花墨葉」畫法的良好素材。〔註189〕齊白石所畫荔枝或在竹籃裡，或幾顆錯落，或加上草蟲點綴，晚年所畫更飽含生命力度。也借「荔」的諧音「利」，紅艷的荔枝加上吉祥寓意，廣受喜愛。

　　《香滿筠籃》（1929年）【圖99】，新採猶帶葉的荔枝已溢於籃外，尚有待採的荔枝在上頭，豐盈的水分讓荔枝顯得新鮮多汁。題詩：

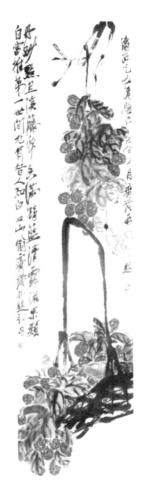

圖99　香滿筠籃

　　　　丹砂點上溪藤紙，香滿筠籃清露滋。

　　　　果類自當推第一，世間猶有昔人知。

前兩句描寫荔枝的艷色與芳香鮮美，後兩句讚美甘芳甜美的荔枝當為

〔註187〕《白石老人自傳》，收錄於《齊白石全集》，卷10，頁41。

〔註188〕齊白石：《齊白石詩集》，頁111。

〔註189〕王明明主編：《北京畫院品讀經典系列·齊白石（一）》，頁80。

果中之王。

《大喜大利圖》（1931年）【圖100】，一對喜雀正反佇足於荔枝，相互對視，垂條下結實纍纍，下方長款平衡畫面重量，詩云：

　　荔枝初熟影垂垂，寄語園官好護持。

　　靈雀卻非貪果意，偶來飛上最低枝。

荔枝初熟，碩果疊影，敬告園官要好好護持，並為一雙喜鵲代言，澄清偶然飛來駐足於此，不是要貪圖果實，側寫荔枝的美好。後又題：「余之門人求畫大喜大利，余應之，之後再畫此幅自藏。時居京華。白石山翁。」畫家創作題材的巧思，讓這類好看又充滿喜氣的畫題廣受歡迎。

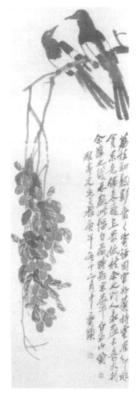

圖100　大喜大利圖　　　　圖101　栗子荸薺

（四）栗子、荸薺

　　栗子與荸薺是民家常見的食物，在繪畫上也許不登大雅之堂，但齊白石曾說：「世間無物非詩畫料也。」（《白菜小雞》題款）〔註190〕題材沒有雅俗之分，只要心有所感，皆可入畫。

　　《栗子荸薺》（約 30 年代初期）【圖101】，幾顆帶殼栗子與散落的荸薺，栗殼帶毛大而圓，荸薺小而堅實，題詩：

　　　　通身有荊棘，滿腹是甘芳。

　　　　不怕刺儂指，太息隔鄰牆。

前兩句以對仗的手法將栗子的外皮之醜、果實之好對比，此詩借物喻人，讚美內涵更甚於外貌。

（五）柿

　　柿子碩大圓厚，色澤鮮潤，齊白石記得兒時食柿的味道，詩言：「果木何心傷劫亂，啖來還似舊時甜。」（〈食柿〉詩）〔註191〕借一樣的滋味，撫慰劫亂的傷感。「拾柿難忘食乳時」（〈燕市見柿，憶及兒時，復傷星塘〉詩）寫兒時拾柿回憶。〔註192〕又「柿」音諧「事」，且紅色彰顯喜氣，因取「事事如意」之祝福意，有時也搭配草蟲、蔬果、鳥類一同入畫。

　　《柿樹》（約 30 年代初期）【圖 102】，

圖 102　柿樹

〔註190〕齊良遲主編：《齊白石文集》，頁 393。

〔註191〕齊白石：《齊白石詩集》，頁 111。

〔註192〕齊白石：《齊白石詩集》，頁 177。

大寫意筆墨淋漓，枝葉中掩映著幾顆紅柿，落款亦瀟灑，詩云：

敲門快捷羽書馳，北海荷花正發時。

國孽未蒙天早忌，吾儕有壽欲何之。

詩的前半記事，敲門聲中傳來捷報，正是夏日荷花盛開之時，後半抒懷，好在天意護國，否則國破家亡，有壽何樂？並題：「書近句補空。白石。」作此畫時有感於國事，所以將心情記在畫裡，雖非以柿為題作詩，但紅柿也予人喜慶之感，符合詩意，這幅畫也因與時事聯結而有紀念意義。

（六）筍

筍子清甜，齊白石愛食，亦愛畫，時與白菜、野菌、蘿蔔等一同入畫，在一幅《白菜冬筍》畫上題：「冬筍炒白菜，不借他味，滿漢筵席真不如也。」〔註193〕田家蔬筍象徵平凡質樸卻清白蘊藉的人格特質，如「蔬筍清香」圖（1954年）〔註194〕，顯示他追求樸實無華的真滋味。人與畫相似，農家背景的孕育與個人的性情操守結合，表現出真正的田家風味。毋怪有後學者欲倣其畫而不能，癥結即在於他人無其「通身蔬筍氣」〔註195〕。

《筠籃新笋》（1945年）【圖103】，一籃子的筍，並有一把鋤頭，和散落的兩隻筍

圖103　筠籃新笋

〔註193〕齊良遲主編：《齊白石文集》，頁394。

〔註194〕齊良遲主編：《齊白石文集》，頁391。

〔註195〕《白菜》題畫：「余有友人嘗謂曰：吾欲畫菜，苦不得君所畫之似，何也？余曰：通身無蔬筍氣，但苦於欲似余，何能到？友人笑之。白石畫並記。」齊良遲主編：《齊白石文集》，頁289。

子，鋤頭和筍都帶有赭色泥土，顯示這些都是主人荷鋤採挖的鮮筍。以重墨表現籃框和鋤頭的堅實，對比淡墨的鮮筍，題款亦如所畫樸拙自然，詩云：

> 筠籃沾露挑新笋，爐火和烟煮苦茶。
>
> 肯共主人風味薄，諸君小住看黎花。

「筠籃沾露」顯示筍子為清晨所採，新筍、苦茶最是平常滋味，沒有美饌珍饈，更顯賓主間的真摯情誼。又梨花開時為春季，潔白素淡而有芳香，〔註196〕全詩視覺、嗅覺、味覺兼有，詩畫相生，呈現一幅情意濃厚的農家生活之美。

八、走獸類

　　齊白石雖然無物不可入畫，但走獸類的作品相對較少，尤其畫面上有題詩的更少。他有一套畫十二生肖的《十二屬圖》，為不同的走獸寫照，本文僅以《齊白石全集》中有題詩的畫作為例。

（一）鼠

　　古來以鼠入畫者甚少，一般對老鼠的印象多是骯髒醜陋，但齊白石卻常以老鼠入畫，且將老鼠擬人，創造出各種形象，饒富趣味，讓人忘了牠的可厭。不過，齊白石更常以「鼠子嚙書」、「老鼠偷油」、「老鼠傾燈」等題材，控訴老鼠傾燈偷油等的惡行，作品《燈鼠》題句：「明燈底下想吃一點油，鼠子你好大的膽子。」直斥明目張膽的偷油鼠，寄託諷刺。所畫鼠類還有松鼠，與松樹同在畫面上，有「祝壽」和「延年益壽」的寓意。

　　《燈鼠瓜果圖》（約30年代晚期）【圖104】描繪兩隻松鼠正「夜鬧」廚房的畫面。一隻松鼠半身埋進慘遭啃食了大半的南瓜中，只賊頭賊腦的露出首尾；另一隻從微露的側臉可知正抱著一顆果實大快朵頤。用筆精鍊，捨棄繁瑣細節，雖然無描繪背景空間，卻巧妙題詩補足：

〔註196〕筆者以為詩中「黎花」解釋為「梨花」較合理，故特此說明。

摘得瓜來置竈頭，

庖中夜鬧是何由。

老夫剔起油鐙火，

照見人間鼠可愁。

前兩句交代事件背景，第三句是轉折
關鍵，燈火一照，由暗轉明，揭開「夜
鬧」的原由，照見這場深夜裡的歡樂
派對，把鼠輩的囂張和倉皇瞬間生動
的紀錄下來，令人在觀畫時，面對這
可厭之物、可愁之事，不覺莞爾，堪
為精采之作。

圖 104　燈鼠瓜果圖

（二）牛

　　齊白石幼年幫忙家裡做過牧童，
畫牛充滿鄉村詩意。畫法深受到胡
何（號胡可人）的影響，在一幅《柳
牛》（1937 年）的題款說到：「予仿古月可人〔註 197〕畫牛六十年」
〔註 198〕，直到晚年定居北京仍常畫牧牛圖。

　　《牧牛圖》（1952 年）【圖 105】是自己幼年牧牛的親身寫照。一
紅衣牧童，身佩鈴鐺，手牽一牛，小牧童重心前傾，而牛卻倔強的向後
坐，瞇眼縮尾，一隻前腳因使勁而蹶起，中間一線緊繃的細繩顯示兩方
的拉鋸緊張，互相角力的畫面生動可愛。簡潔的畫面、大量空白的背景
讓人注意力都集中在牧童和牛身上。題詩：

〔註 197〕湘潭畫家胡何光暠（1736～1797），別號古月可人，乾隆十九年武進
　　　　士，民間畫家。除牛之外，白石筆下喜鵲形象亦得自這位同鄉。一八
　　　　八九年白石拜入胡沁園門下學畫，胡師示其所藏古今書畫，白石也許
　　　　正是此間得見古月可人作品。參考：蘇富比 http://www.sothebys.com/
　　　　zh/auctions/ecatalogue/lot.1488.html/2015/chinese-paintings-hk0587（瀏
　　　　覽日期：1019/01/26）
〔註 198〕齊良遲主編：《齊白石文集》，頁 348。

祖母聞鈴心始歡，

也曾總角牧牛還。

兒孫照樣耕春雨，

老對犁鋤汗滿顏。

圖 105　牧牛圖

畫中繫鈴的牧童正是幼年的作者。前兩句描寫牧牛時，祖母每天於日暮時倚門等雛子回來，後來在他身上繫一鈴，聽到鈴聲便知道孫子平安回來一事。後兩句寫如今看著兒孫耕犁，而自己年事已高，今昔對比，親情依舊。

九、雜類

　　齊白石不受傳統文人畫題材囿限，日常生活可見的尋常之物，如硯台、柴筢、算盤等皆能化小題為大作。自言：「二十歲後，棄斧斤，學畫像，為萬蟲寫照、百鳥傳神，只有鱗蟲中之龍，未曾畫過，不能大膽敢為也。」〔註199〕字面上只畫能見之物，其實所見之物皆能入畫。王朝聞也點出齊白石繪畫的這一特色：

　　　　有些作品，使人覺得他不過是用普通人的眼睛看事物。有些
　　　　作品，使人懷疑畫家是以孩子的眼睛看生活。可能他終究不
　　　　是平凡的人而是很有才能的畫家。他好像擁有點石成金的魔
　　　　法，看起來並不新奇的東西，一經他的描寫，就把欣賞者誘
　　　　入不狹小的甚至迷人的境界之中。〔註200〕

　　為何有些不起眼甚至許多畫家不屑為之的作品能得到廣泛的認同，除了繪畫才能，應歸因於他以純真赤子心看待事物，在我們眼中

〔註199〕王明明主編：《北京畫院品讀經典系列・齊白石（二）》，頁78。
〔註200〕王明明主編：《北京畫院品讀經典系列・齊白石（二）》，頁67。

他是「點石成金」，但對他而言無所謂石與金的區別，只是自然地表達他的內心世界。

柴耙與齊白石的生活經驗、心理情感密不可分。他自言：「余小時所用之物，將欲大翻陳案，一一畫之。」(《柴耙》題款)(1927年)〔註201〕對於熟稔中國傳統繪畫的觀者來說也許會感到突兀，對於欣賞他的觀者來說也許會稱許他的大膽創新，但對於他自己，只是畫了心中所想。

齊白石筆下的柴耙大同小異，例如《柴耙》(1927年)【圖106】，柴耙一枝獨秀，那一筆而成的把柄，線條酣暢淋漓中有充滿勁道的飛白，形體雖簡單，卻有賴深厚的筆墨功夫，表現柴耙的堅韌與樸實。畫中有七律：

> 所欠能噓雲幾層，申如龍爪未飛騰。
> 入山不取絲毫碧，過草如梳鬢髮青。
> 遍地松針衡嶽路，半林楓葉麓山亭。
> 兒童相聚常嬉戲，並欲爭騎竹馬行。

首聯以誇飾法形容柴耙的外型；第二聯稱讚其「不取絲毫」的美德，詩意的將爬梳的狀態譬喻如梳髮；第三聯敘述他曾見到人們用

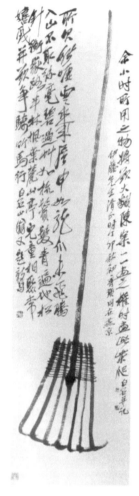

圖106　柴耙

它掃南岳衡山遍地的松針，和岳麓山下愛晚亭的楓葉；末聯呈現兒童騎著柴耙當竹馬的歡快，可謂兼備外觀與美德、實用性與娛樂性的重要之物。透過這首詩的歌詠，為平凡的農具賦予豐富意義。

齊白石的題畫詩縱不是直接描寫畫面，但內容多數有相關，唯少

〔註201〕齊良遲主編：《齊白石文集》，頁301。

數仍有詩與畫的關係牽強甚至找不到關聯性者，例如《抱劍仕女》是傳統仕女圖，詩則憶念母恩；《松鼠花生圖》的兩首題畫詩與之全無相關，在安排上實屬不夠謹慎經意，惟僅少數幾首，本節重點在賞析詩畫結合之美，故此類作品不多作描述。

第三節　形式與藝術技巧

在有文字之前，就有詩歌，因人們會將內心的感情自然地顯現於外在行為，故《毛詩・大序》言：「詩者，志之所之也。在心為志，發言為詩。情動於中，而形於言；言之不足，故嗟嘆之；嗟嘆之不足，故永歌之；永歌之不足，不知手之舞之，足之蹈之也。」由此可知詩歌最早是與音樂、舞蹈三者密切相關的。〔註202〕演變過程從先秦《詩經》、漢魏樂府、古詩，至唐代確定了近體詩的體制，成為後人作詩、研究詩的典範。本節所探討的即是以近體詩為標準，區分齊白石題畫詩的不同體例、用韻和藝術技巧，以了解他的作詩風格，和形式與情感內容的關聯。

因詩與畫同題，為方便論述，本文所述題畫詩皆以篇名標記。例如畫作《枯藤群雀圖》，其詩則為〈題枯藤群雀圖詩〉。

一、體裁

唐代是詩歌發展的巔峰，確立了詩歌體制的定型和成熟，包含：（一）在句式上，確定八句的律詩和四句的絕句形式；（二）押韻上，近體詩只押平聲韻（古體可押仄韻），並能夠運用不同韻部以表現不同的情感；（三）聲調上，將四聲二分平仄，並意識到平與仄、仄聲中的三聲效果之不同；（四）善於運用對偶並定型化；（五）黏式律成熟，避免失黏的現象。〔註203〕相較於近體詩，古體詩相對自由的多，但都提供了詩人在表情達意時不同的選擇。筆者自《齊白石全集》的繪畫作品

〔註202〕羅載光：《近體詩的理論和作法》（高雄：復文圖書出版社），1993年，頁1〜2。
〔註203〕葉桂桐：《中國詩律學》（台北：文津出版社），1998年，頁158〜159。

中，刪除部分題畫詞、律聯、聯語或題他人詩句者，以及一詩多題（同一首詩多次出現在不同的畫作上）、或經過比對發現某些詩作僅更易一、兩個字或一、二句，意思相似而重題者，共尋得自畫自題詩共168題165首（全部詩作參見本論附錄），將這165首題畫詩，以字數為經，古體、近體（絕句、律詩）為緯，分體裁統計如下表：

表一　體裁數量表

字數＼體裁	古　體	絕　句	律　詩	總　數
三言	1			1
四言	6			6
五言	5	9	1	15
七言	6	119	7	132
雜言	11			11
總數	29	128	8	165

在數量上，七言絕句最多（佔72%）。[註204] 整體而言，絕句最多（佔78%），其次為古體詩（佔18%），最後為律詩（佔5%）。又古體詩中以雜言為多，近體詩中七言多於五言。可知齊白石作詩不拘一體，但七言絕句見長。在空間有限的畫幅上，四句二韻的短製形式也較適合。

　　齊白石詩大多合律，少數在格律上比較特殊的有二首失黏的「折腰體」，[註205] 分別是七言絕句的〈題青蛙蝌蚪詩〉和〈題蟹酒催飲圖詩〉，標示平仄如下：

　　〈題青蛙蝌蚪詩〉

　　　卅載（仄）何須（平）淚不（仄）乾，

〔註204〕本文所出現的百分比數值皆採四捨五入至整數。
〔註205〕上一聯對句和下一聯出句的第二字，平仄不相同，叫做失黏。王力：《漢語詩律學》（香港：中華書局），2003年，頁113～114。

從來（平）生女（仄）勝生（平）男。

好寫（仄）墓碑（平）胡母（仄）字，

千秋（平）名跡（仄）借王（平）三。

〈題蟹酒催飲圖詩〉

詩未（仄）名家（平）莫苦（仄）思，

十錢（平）沽酒（仄）不須（平）辭。

況復（仄）盤中（平）還有（仄）蟹，

人生（平）不飲（仄）須何（平）時。

此兩首第一聯的對句和第二聯的出句平仄失黏，是為折腰體。

　　而不合律之處發現有兩首，說明如下：

〈題枯藤群雀圖詩〉

葉落見藤亂，天寒入鳥音。

老夫詩欲 鳴，風急吹衣襟。

〈松鼠花生圖〉（其一）

生不願為上柱 國，死猶不願作閻羅。

閻羅點鬼心常忍，柱國憂民事更多。

但願百年無病苦，不教一息有愁魔。

悠悠乘化聊歸盡，蟲背鼠肝皆太和。

前者為五絕，第三句句尾應仄聲，但「鳴」字為平聲，又第四句「吹衣襟」犯了下三平；後者為七律押歌韻，首句句尾「國」字為入聲，若依近體詩格律首句可不押韻，但也疑是以口語押韻，此當平聲入歌韻用。凡此皆為不合律，屬少數特例。

二、用韻

　　中國詩歌的押韻由來已久，最早《吳越春秋》中的《彈歌》：「斷竹，續竹，飛土，逐宍。」雖是一首原始的獵歌，但已經押韻。[註206]押韻就是相同或相近的韻母重複出現，造成一種和諧的聽覺效果，類

〔註206〕葉桂桐：《中國詩律學》（台北：文津出版社），1998年，頁43。

似音樂的和聲，押韻即在追求這種美感，並隨著時間的演變，逐漸產生規律，包含：（一）押韻的位置在句尾，即「韻腳」，而且除韻腳外不宜出現其他相同或同韻部的字。（二）比起句句用韻，隔句用韻在節奏上較為舒緩適中不急促，因此近體詩中除了首句押韻與否可隨意，皆為隔句用韻。（三）押韻的字只是同韻部或相鄰韻部，不可押同一字，最好聲母也不同，以達到「和而不同」的音樂效果。（四）不同的韻可用以表現不同的情感，因此可透過換韻的方式表現情感的轉換，唯近體詩因句數較少，必須一韻到底。（五）平仄安排上，古體和樂府詩可以押平聲韻，也可以押仄聲韻，或平仄互換，使節奏豐富並顯示情感的變動，而近體詩只押平聲韻。〔註207〕押韻的標準上，唐人依《切韻》和《唐韻》兩部韻書作詩，南宋末年《平水韻》出現後至清代皆以此為準，用以檢視前人詩作也相合。〔註208〕本文即以《平水韻》分析齊白石題畫詩，將其用韻情形分成以下幾種說明：

（一）一韻到底

　　近體詩必須一韻到底，不能通韻，一韻到底也是齊白石題畫詩佔最多數的一類，【表二】韻部使用表依使用韻部由多至寡排列如下：

表二　韻部使用表

		古體	五絕	五律	七絕	七律	總數
1	尤（寬韻）				15	2	17
2	支（寬韻）	1	1		11		13

〔註207〕葉桂桐：《中國詩律學》（台北：文津出版社），1998年，頁44～50。

〔註208〕《切韻》，隋代陸法言等人編著，成書於隋仁壽元年（601），匯聚同音字，依四聲分卷，註明反切。平聲54韻，上聲51韻，去聲56韻，入聲32韻，共193韻。《唐韻》為唐開元至天寶年間（713～756）為刊正《切韻》所編，共分韻205部。《平水韻》為南宋平水（今山西省臨汾市）人劉淵所編，將《切韻》和《唐韻》中規定可以「同用」的韻部合併，共得106韻，即後人所謂的「詩韻」。參見葉桂桐：《中國詩律學》，頁143。

3	先（寬韻）	1	1		7	1	10
4	麻				10		10
5	陽（寬韻）	3			5		8
6	東（寬韻）	1			6		7
7	寒	1			6		7
8	灰	1			4		5
9	微	1	1		2		4
10	虞（寬韻）	2			2		4
11	庚（寬韻）			1	3		4
12	魚				3		3
13	元				2	1	3
14	刪				3		3
15	歌	2				1	3
16	覃	1	1		1		3
17	真（寬韻）				2		2
18	侵	1	1				2
19	紙（上聲）	2	／	／	／	／	2
20	皓（上聲）	2	／	／	／	／	2
21	齊				1		1
22	漾（去聲）	1	／	／	／	／	1
23	藥（入聲）	1	／	／	／	／	1
24	職（入聲）				1		1
25	江（險韻）		1				1
總　　數		21	6	1	84	5	117

齊白石題畫詩一韻到底的詩，共 117 首，計 24 韻部。使用最多的是「尤」韻（佔 15%），其次為「支」韻（佔 11%），再次為「先」韻、

「麻」韻（佔 9%），都有 10 首以上。使用最多的前 10 個韻中就有 6
個為寬韻，全部只有一個「江」韻是險韻，可見齊白石作詩不標榜奇
險。24 韻部中，平聲韻有 20 個為最多，古體詩也以平聲韻為主；仄聲
韻只有 5 個，包含上聲 2 個（「紙」韻、「皓」韻），去聲 1 個（「漾」
韻）、入聲 2 個（「藥」韻、「職」韻），其中押「職」韻者為七言絕句，
是唯一近體詩押仄韻者。

（二）鄰韻通押

「鄰韻」大抵是詩韻排列次序相近，且音也相似的韻。近體詩只
有首句可用鄰韻，〔註 209〕古體詩押韻較寬，可見鄰韻通押的作法。齊
白石題畫詩中以鄰韻通押的古體詩僅 2 首，分別是〈題蘆蟹雛雞詩〉
（四五雜言詩，「號」、「嘯」韻通押），與〈題鵪鶉稻穗詩〉（四言詩，
「微」、「齊」韻通押）。

　　齊白石題畫詩中的近體詩有 136 首，其中首句通押的有 6 首（約
佔 4%），以下表呈現：

表三　近體詩首句通押

冊／幅〔註 210〕	畫　題	體　裁	用韻	首句用韻
1／2	梅花天竹白頭翁	五絕	江韻	陽韻
2／302	鐵拐李	七絕	寒韻	刪韻
3／224	人　物	七絕	灰韻	佳韻
4／120	魚樂圖	七絕	寒韻	咸韻
4／121	青蛙蝌蚪	七絕折腰體	覃韻	寒韻
7／128	牧牛圖	七絕	刪韻	寒韻

此六首皆是絕句，尤以七絕為多，但也顯示齊白石作近體詩較少在首
句以鄰韻通押。

〔註 209〕王力：《漢語詩律學》，頁 71。
〔註 210〕本文「冊／幅」為此件畫作在《齊白石全集》中的冊數和編號。

（三）換韻

換韻的現象早在詩經中就有，換韻方式可以是隨意的，也可以是刻意安排的，因此用韻的數目也沒有一定。﹝註211﹞齊白石題畫詩中有三首換韻，即〈題紅線取盒圖詩〉、〈題卻飲圖詩〉、〈題鍾馗搔背圖詩〉，以【表四】換韻說明如下：

表四　換韻

冊／幅	畫　題	體　裁	用　韻	四聲說明
1／52	紅線取盒圖	七古	御、尤	去聲換平聲
3／44	卻飲圖	五七雜言詩	陌、尤	入聲換平聲
4／89	鍾馗搔背圖	五六雜言詩	紙、御、霽	去聲

詩人可以借四聲和用韻表達內在情感，達到聲情融合的藝術效果，前人早有論述，王易在《詞曲史·構律篇》中說：「韻與文情關係至切：平韻和暢，上去韻纏綿，入韻迫切，此四聲之別也。」﹝註212﹞周濟在《宋四家詞選》有論述：「東真韻寬平，支先韻細膩，魚歌韻纏綿，蕭尤韻感慨。」﹝註213﹞因此詩歌的換韻也往往與情感的轉換有關，試舉兩例分析：

〈題紅線取盒圖詩〉

魏州迢迢隔烟霧，千里無人御風去。（御韻）

龍文匕首不平鳴，銀光夜逼天何曙。（御韻）

銅壺高揭野鐘悠，一葉吟風下潞州。（尤韻）

我今欲覓知何處，漳水月明空自流。（尤韻）

〈題卻飲圖詩〉

一吞面先赤（陌韻），與酒從無癖（陌韻）。

﹝註211﹞王力：《漢語詩律學》，頁350、361。
﹝註212﹞王易：《詞曲史》（北京：東方出版社，1996年），頁246。
﹝註213﹞葉桂桐：《中國詩律學》（台北：文津出版社），1998年，頁48。

　　既已皺眉拒，殷勤勸何益（陌韻）。

　　我欲笑先生，意佳殊可惜（陌韻）。

　　此君并有有家憂（尤韻），舉杯消愁愁更愁（尤韻）。

〈題鍾馗搔背圖詩〉

　　者裏也不是，那裏也不是。（紙韻）

　　縱有麻姑爪，焉知著何處。（御韻）

　　各自有皮膚，那能入我腸肚。（麑韻）

〈題紅線取盒圖詩〉前兩聯描寫武功高強的紅線仗義行俠的形象，仄聲韻與「不平鳴」的意涵暗扣合，後兩聯抒發作者對時局的感慨，以平聲尤韻表現內心的哀愁。〈題卻飲圖詩〉首先以急促的入聲陌韻表現客人不能再飲、亟欲推辭的窘迫，而末兩句突然從五言增為七言，從熱鬧的飲酒場合轉寫借酒消愁的愁緒，平聲尤韻呼應了作者的內心狀態，也讓此詩更加意味綿長。〈題鍾馗搔背圖詩〉兩句一換韻，六句中連用三韻，暗合詩中小鬼搔這搔那的無頭緒，去聲韻的力度也吻合鍾馗氣急敗壞的心情。

（四）出韻

　　在齊白石 165 首題畫詩中，出韻的現象計有 41 首（佔 25%），其中出韻的組合就有 23 種，統計使用最多的 6 種韻目組合如下表：

表五　出韻

用韻　體裁	古體	五絕	五律	七絕	七律	總計
東、冬		1		5		6
真、元				4	1	5
魚、虞				4		4
刪、寒		1		3		4
庚、蒸				3		3
虞、尤				2		2

在41首出韻的詩作中，最多為「東冬」韻（6首），其次為「真元」（5首），「魚虞」（4首），「刪寒」（4首），「庚蒸」（3首），「虞尤」（2首），以下尚有17種，但皆只有出現一次，故不在表格中佔篇幅，羅列如下：「庚青」、「青蒸」、「青真」、「侵真」「齊微」、「齊寒」、「支微」、「微灰」、「佳灰」、「真文」、「文庚」、「蕭豪」、「蕭肴」、「真元文」、「青侵蒸」、「庚青蒸」、「東文冬東」等。上述41首出韻詩作整理如下表：

表六　41首出韻詩作

「東冬」韻（6首）	
2／101〈題入室松風詩〉 徐徐入室有清風（東）， 誰謂詩人到老窮（東）。 尤可誇張對朋友， 開門長見隔溪松（冬）。	2／130〈題杏花詩〉 東鄰屋角酒旗風（東）， 五十離君六十逢（冬）。 歡醉太平無再夢， 門前辜負杏花紅（東）。
2／165〈題蘆雁詩〉 容易又秋風（東）， 年年別後逢（冬）。 雁鳴休笑我， 身世與君同（東）。	2／234〈題萬松山居詩〉 筆端生趣故鄉風（東）， 柴火無寒布幕紅（東）。 我欲為公作雙壽， 添山數疊萬株松（冬）。
3／39〈題愁過窄道圖詩〉 何處安閑著醉翁（東）， 愁過窄道樹陰濃（冬）。 畫山易酒無人要， 隔岸徒看望子風（東）。	4／128〈題柏屋山居詩〉 己酉還家丁巳逢（冬）， 九年閒空假稱農（冬）。 鄰翁笑道齊君懶， 洗腳上床夕照紅（東）。
「真元」韻（5首）	
2／123〈題刺藤圖詩〉 不加鋤挖易成陰（元）， 倒地垂藤便著根（元）。 老子畫時心怕殺， 實無可食刺通身（真）。	2／170〈題芋魁圖詩〉 芋魁南地如瓜大， 一丈青苗香滿園（元）。 宰相既無繾幹絕， 老僧分食與何人（真）。
2／256〈題老少年詩〉 著苗原不類蓬根（元）， 喜得能羸不老身（真）。	3／21〈題紅梅詩〉（其二） 今古公論幾絕倫（真）， 梅花神外寫來真（真）。

曾見夭桃開頃刻， 又逢芍藥謝殘春（真）。 半天紅雨魂無著， 滿地香泥夢有痕（元）。 經過東風全寂寞， 艷嬌消瘦幾黃昏（真）。	補之和伯鹵盧去， 有識梅花應斷魂（元）。
4／76〈題教子圖詩〉（其一） 願子成龍自古今， 此心不獨老夫人（真）。 世間養育人人有， 難得從嚴母外恩（元）。	

「魚虞」韻（4首）	
2／258〈題芭蕉書屋圖詩〉 三丈芭蕉一萬株（虞）， 人間此景卻非無（虞）。 立身惧惰皮毛類， 恨不移家老讀書（魚）。	4／42〈題白石草堂圖詩〉 林密山深好隱居（魚）， 牛羊常過草都無（虞）。 昨宵與客還家去， 猶指吾廬好讀書（魚）。
4／50〈題山水鸕鷀詩〉 江上青山樹萬株（虞）， 樹山深處老夫居（魚）。 年來水淺鸕鷀眾， 盤裡加餐那有魚（魚）。	5／272〈題白菜詩〉 諸侯賓客四十載， 菜肚羊蹄嗜各書（魚）。 不是強誇根有味， 須知此老是農夫（虞）。

「刪寒」韻（4首）	
2／98〈題葡萄蝗蟲詩〉 老夫自笑太痴頑（刪）， 獨立西風上鬢端（寒）。 食盡葡萄不歸去， 蟲聲斷續在藤間（刪）。	2／161〈題白菜詩〉 四十離鄉還復還（刪）， 此根仰事喜加餐（寒）。 老親含笑問余道， 果否朱門肉似山（刪）。
5／260〈題菊花詩〉 饑來喜採落英餐（寒）， 二十年前意未闌（寒）。 不獨菊花老辜負， 籬南還有舊青山（刪）。	7／258〈題鴉歸殘照晚詩〉 鴉歸殘照晚，落落大江寒（寒）。 茅屋出高士，板橋生遠山（刪）。

「庚蒸」韻（3首）	
2／97〈題鷹石圖詩〉 有禽有禽名為鷹（蒸），	3／26〈題藤蘿蜜蜂詩〉 半畝荒園久未耕（庚），

出谷居高日有聲（庚）。 雀羽不吞雞肋棄， 飽之揚翼則飛騰（蒸）。	只因天日失陰晴（庚）。 旁人猶道山家好， 屋角垂香發紫藤（蒸）。
3／300〈題山石松鼠詩〉 五技平生一不成（庚）， 登岩緣石算何能（蒸）。 欲無顛倒山頭樹， 但願人間再太平（庚）。	

「虞尤」韻（2首）	
2／135〈題貝葉秋蟬圖詩〉 太平年少字情奴（虞）， 兒女旗亭鬥唱酬（尤）。 吟響枝高蟬翅咽， 詩心比細葉紋粗（虞）。	5／156〈題補裂圖詩〉 步履相趨上酒樓（尤）， 六接鐙火夕陽收（尤）。 歸來未醉閒情在， 為畫婁家補裂圖（虞）。

其他（17首）	
1／80〈題工筆草蟲冊題記詩〉 從詩少小學雕蟲， 棄鑿揮毫學畫蟲（東）。 莫道野蟲皆俗陋， 蟲入藤溪是雅君（文）。 春蟲繞卉添春意， 夏日蟲鳴覺夏濃（冬）。 唧唧秋蟲知多少， 冬蟲藏在本草中（東）。	2／159〈題荷花蓮蓬詩〉 看花常記坐池亭（青）， 容易秋風冷不勝（蒸）。 生就不供中婦用， 那時荷葉尚青青（青）。
2／257〈題好山依屋圖詩〉 好山依屋上青霄（蕭）， 朱幕銀牆未寂寥（蕭）。 漫道劫餘無長物， 門前柏樹立寒蛟（肴）。	2／266〈題西城三怪圖詩〉（其一） 閉戶孤藏老病身（真）， 那堪身外更逢君（文）。 捫心何有稀奇想， 恐見西山冷笑人（真）。
2／318〈題柴笆詩〉 所欠能噓雲幾層（蒸）， 身如龍爪未飛騰（蒸）。 入山不取絲毫碧， 過草如梳鬢髮青（青）。 遍地松針衡嶽路， 半林楓葉麓山亭（青）。	2／232〈題向日葵詩〉 茅簷矮矮長葵齊（齊）， 雨打風搖損葉稀（微）。 乾旱猶思晴暢好， 傾心應向日東西（齊）。

兒童相聚常嬉戲， 并欲爭騎竹馬行（庚）。	
2 / 296〈題荔枝詩〉 論園買夏鶴頭丹（寒）， 風味雖殊痂嗜雞（齊）。 人世幾逢開口笑， 塵埃一騎到長安（寒）。	3 / 60〈題家雞詩〉 犬吠鴉鳴睡不寧（青）， 誰教空手作良民（真）。 家雞夜半休饒舌， 未及啼時我已醒（青）。
3 / 72〈題紫藤蜜蜂詩〉 西風昨夜到園亭（青）， 落葉階前一尺深青（侵）。 且喜天風能反覆， 又吹春色上衰藤青（蒸）。	3 / 86〈題魚樂圖詩〉 臨水觀魚樂，魚來水作紋（文）。 蓮塘晴弄影，蒲浦雨無聲（庚）。
3 / 133〈題送學圖詩〉 當真苦事要兒為（支）， 日日提籠阿母催（支）。 學得人間夫婿步， 出如繭足反如飛（微）。	3 / 172〈題夢中蜀景詩〉 毋忘尺素倦紅鱗（真）， 一諾應酬知己恩（元）。 昨夜夢中偏識道， 布衣長揖見將軍（文）。
4 / 29〈題松窗閑話詩〉 欲尋鄰叟下山腰（蕭）， 因避時賢居最高（豪）。 人壽百年幾閑日， 松蔭窗戶話王喬（蕭）。	4 / 76〈題教子圖詩〉（其二） 當年卻怪非慈母， 今日方知泣憶親（真）。 我亦爺娘千載逝， 因君圖畫更傷心（侵）。
4 / 274〈題貝葉草蟲詩〉（其二） 紅葉題詩圖出嫁， 學書柿葉僅留名（庚）。 事情看透皆多事， 不若禪堂貝葉經（青）。	5 / 200〈題紫藤詩〉 斜楊移影青蛇動， 高架搖風紫雪飛（微）。 越界牛羊趕歸去， 園林土在再栽培（灰）。
7 / 191〈題不倒翁詩〉 能供兒戲此翁乖（佳）， 打倒休扶快起來（灰）。 頭上齊眉紗帽黑， 雖無肝膽有官階（佳）。	

　　究此數量，雖在整體中相較仍為少數，但也絕非偶然，又這41首詩中，除一首〈工筆草蟲冊題記〉（押韻為「東文冬東」）為七古，其餘皆是近體詩，但依近體詩的作詩規則，出韻並不合律，推測齊白石可能

是按自己的方言、口語押韻，不依韻書，自行放寬了通押的範圍。從詩家來看犯了作詩大忌，但可以理解為齊白石率性由己的風格所導致的粗疏之處。

三、藝術技巧

前文介紹齊白石題畫詩的形式，以下就文字的安排運用，分修辭與文字風格兩方面分析：

（一）修辭

齊白石作詩很少使用艱澀冷僻字，措辭上也不詰屈聱牙，讀起來平易自然，卻是融化苦心於平淡之中。以下從 165 首題畫詩中分析常見的修辭：

1. 疊韻、疊字

詩歌中的雙聲和疊韻可以產生和諧的音樂性，但齊白石題畫詩中的雙聲詞較少，卻不乏疊韻詞，如「葫蘆」、「鬍鬚」、「勾留」、「模糊」、「息栖」等。疊字的使用則更頻繁，經統計大約有近三十個疊字和疊詞，疊字有：「徐徐」、「矮矮」、「依依」、「呢呢」、「處處」、「年年」、「日日」、「朝朝」、「夜夜」、「色色」、「青青」、「垂垂」、「息息」、「遲遲」、「小小」、「落落」、「迢迢」、「悠悠」、「……等，疊詞只在古體詩中，有「雛雞」和「肥蟹」兩個，在詩中重複讀誦起來充滿拙趣。

2. 用典

齊白石在詩中融入典故之處有大約二十處，有人物也有故實。直接描寫人物典故的詩作多在人物畫類中，例如〈題畢卓盜酒詩〉、〈題劉海戲蟾詩〉、〈題李鐵拐詩〉等，其他融入人物典故的有引王喬、許由、陶潛暗示清白操守與歸隱之思；在〈題荔枝詩〉中引楊貴妃嗜食荔的軼事；〈題雨耕圖詩〉（其二）將松樹姿態比作龍時化用了「葉公好龍」；〈題甘貧詩〉則引東漢嚴光「題羊裘垂釣詩」之事；而〈題貝葉草蟲詩〉（其二）可同時見到「紅葉題詩」和「柿葉學書」二事。與書畫藝術相關的典故則有唐代書畫「三絕」的鄭虔（〈題白雲紅樹詩〉）、「米

家船」指米芾書畫（〈題石泉悟畫詩〉）等。

3. 融入前人詩句

　　齊白石融入前人詩句的方式，有直接引用和化用詩意兩種。前者有〈題卻飲圖詩〉一首，詩末「舉杯消愁愁更愁。」出自李白詩〈宣州謝朓樓餞別校書叔雲〉，[註214] 其餘為後者，如〈題鷹石圖詩〉第一句「有禽有禽名為鷹」，仿效杜甫〈乾元中寓居同谷縣作歌七首〉「有客有客字子美」[註215] 的句法。〈題蓮蓬葵扇詩〉末句「蒲葵席地剝蓮蓬」，令人聯想到南宋辛棄疾的詞句：「溪頭臥剝蓮蓬」（〈清平樂・村居〉）[註216]；〈題松山畫屋圖詩〉末句「任汝風吹四面來」也似由清代鄭燮「任爾東西南北風」（《竹石》題畫詩）[註217] 的句意出之。

4. 對仗

　　對仗講求詞性相對，作詩時適當運用可以增添藝術性，也是近體詩律詩和排律的必要元素。王力的《漢語詩律學》，參考前人說法，以名詞為主，將對仗的種類歸併為 11 類 28 門。[註218] 考察齊白石題畫詩中律詩的頷聯和頸聯，及其他在絕句和古體詩中的對仗約二十餘項，大多都對得工整。類別上可能是題畫詩的緣故，天文、地理、草木花果、器物等類出現的機率較多，其他還有數目、顏色、時令、人倫、地名、重疊字等類，以下依《漢語詩律學》的對仗分類，舉三首詩分析：

　　　　〈題老少年詩〉

　　　　曾（副詞）見（動詞）夭桃（花）開（動詞）頃刻（時令），

　　　　又（副詞）逢（動詞）芍藥（花）謝（動詞）殘春（時令）。

〔註214〕邱燮友註譯：《新譯唐詩三百首》（台北：三民書局），1973 年，頁 78。

〔註215〕〔唐〕杜甫：《杜詩鏡銓》（台北：華正書局），2003 年，頁 296。

〔註216〕張夢機、張子良選注：《唐宋詞選注》（台北：華正書局），1997 年，頁 252～253。

〔註217〕麻守中、張軍、黃紀華主編：《歷代題畫類詩鑑賞寶典》（長春：時代文藝出版社），1993 年，頁 165。

〔註218〕王力：《漢語詩律學》（香港：中華書局），2003 年，頁 153～166。

半（副詞）天（天文）紅雨（天文）魂（形體）無著，

滿（副詞）地（地理）香泥（地理）夢（人事）有痕。

〈題葛園耕飲圖詩〉（其二）

耕野（動詞）帝王（人倫）象（動詞）萬古（時令），

出師（動詞）丞相（人倫）表（動詞）千秋（時令）。

〈題不倒翁詩〉

秋扇（衣飾）搖搖（疊字）兩（數字）面（形體）白（顏色），

官袍（衣飾）楚楚（疊字）通（數字）身（形體）黑（顏色）。

　　整體來說，齊白石詩句的對仗以工對、鄰對為多，寬對為少，又除了九首律詩必須有對仗外，半數以上皆在不要求的情形下所作，可知齊白石作詩著意經營的態度。

（二）文字風格

　　齊白石的詩整體讀起來明白如話且平淡自然，但依據詩中情感的不同，文字風格也略有不同。寧靜閒淡的文字風格多表現在描寫山水風景或花鳥蟲魚的題畫詩中，如「日長最好晚涼幽，柳外閒盟水上鷗。」（〈題無魚鉤留圖詩〉）、「吟響枝高蟬翅咽，閑心比細葉紋粗。」（〈題貝葉秋蟬圖詩〉），他筆下的自然不是大江大海的波瀾壯闊，也不是崇山峻嶺的巍峨險峻，較像是日常景物的速寫小品，捕捉當下感受的美於永恆，著重意趣。也有充滿諧趣的語言風格，這類多表現在人物畫中，如「當真苦事要兒為，日日提籮阿母催。」）〈題送學圖詩〉）、「者裏也不是，那裏也不是。」（〈題鍾馗搔背圖詩〉）、「牛糞生香世不侔」（〈題甘貧詩〉）其中的「當真」、「阿母」、「這裏那裏」的淺白口語，甚至「牛糞」也入詩，這些口語的運用卻顯得樸拙幽默，天趣自然。此外，不像杜甫表現家國憂思的詩作沉鬱頓挫，氣勢雄渾，齊白石就算是憂心國勢，也多源於個人家園被摧殘，不得與家人相聚的傷心而推己及人，家園成為他心中的理想國，弔念、追求、再現美好記憶成為他創作的內在動力，又離愁別緒多寄託於景物中，因此詩作就算描寫鄉愁

也顯得哀而不傷，於是在詩中借著「老屋後山夢飛去，紫藤花下路高低。」（〈題紫藤雙蜂詩〉）、「寄語南飛天上雁，心隨君侶到星塘。」（〈題蘆雁圖詩〉）來擺脫現實和形體的羈絆，在夢境的花叢、天空中遨遊，圓滿鄉情。

只是，偶爾為了表現情感，或不拘常法，不避同字重出，這在近體詩中尤其應該盡量避免，〔註219〕例如〈題松鼠花生圖詩〉（其一）首聯「生不願為上柱國，死猶不願作閻羅。」出現兩次「不願」字，第三句「柱國憂民事更多」，又重複出現「柱國」。還有「萬里家園歸復歸」（〈題牡丹雙蝶圖詩〉）、「四十離鄉還復還」（〈題白菜詩〉），為了表達情感的需求，分別重複了「歸」與「還」，不過這在齊白石的題畫詩非常少數。如果運用在古體詩中則有不同的意趣，例如〈題芙蓉小魚詩〉：「池上有芙蓉，倒影來水中。水中有雙魚，浪碎芙蓉紅。」重複「水中」為頂真格，與「芙蓉」二詞串綰全詩，產生反覆迴旋之美感。

齊白石的詩一如他的畫，重視現實，但他的現實是世俗性的，而不是家國重任與慷慨激昂，他擅於描寫生活，抒發在生活中感受切身的幸福美好，在生活中賞味個人的情趣，所以一花一草都是他歌詠的對象，表達的情感也多屬於個人的喜怒哀樂，但也不激烈，樂而不淫，哀而不傷。總之，齊白石體察事物的角度和描寫的對象傾向微觀的、個別的，他從一個平凡的個體出發，向我們展現個人的審美經驗世界。

題畫詩隨著宋代文人畫的盛行而成為詩歌中重要的一種形式，詩與畫的截長補短、互相闡發不僅提升藝術境界也承載諸多實際效用。相較於傳統題畫詩，齊白石的題畫詩是在延續傳統題畫詩的文化底蘊之上，以其做詩的高度熱忱，並結合自身藝術造詣的再創造，也可以說，他的題畫詩在本質上就是藝術家的表現產物之一，若僅看詩的內容則不免因小失大，因為他已融合詩、書、畫、印在尺幅中完整表現，

〔註219〕葉桂桐：《中國詩律學》（台北：文津出版社），1998年，頁282～283。

題畫詩是繪畫作品中的一環，其作用不僅表現才思，更在畫面中展現他的書藝、成為繪畫構圖的重要部份，這是齊白石的題畫詩不能全然符順傳統題畫詩定義的原因。而當我們能以一件完整作品的角度欣賞時，才能真正顯現題畫詩在其中的重要性和價值，以及從中得到更多的審美感受。

　　考察《齊白石全集中》168 幅畫，165 首自畫自題詩（刪去重出），主題多元，在傳統畫科外發覺日常生活題材，拓展畫境，加之題詩豐富審美感受，充分展現個人創造性。體裁上古體、近體兼備，以七言絕句為主，使用韻部亦多；藝術技巧上善用對仗；文字風格大體明白曉暢，多抒一己之哀樂情思，或從微觀的角度體察世間萬象，或亦莊亦諧，以口語俗話展現樸拙之趣，或言淺意深，耐人尋味。唯其率真質樸的個人性情延展至詩文創作上，不免有不按規矩，率意出格之嫌，某些平仄的失律、自行以口語押韻而導致的出韻、詩句隨興的重出、詩與畫的圖文不符等皆屬粗疏之處，然以其出身、成長背景和職業畫家的身分而言，在創作題畫詩的數量和創新上，都有其鮮明的個人風格與意義，在文人畫或題畫詩的歷史上有其承先啟後的價值。

第伍章　結　論

　　清末民初，正是中國在各方面經歷最大改變的時候，舊與新的融合和對立，考驗著每個文藝創作者的態度。齊白石在這樣的環境下從一介農民走向「人民藝術家」，走向世界和平的代表，他從傳統的雙手接下詩、書、畫、印「四絕」的文人畫精神，經數十年含英咀華後，再塑造出個人化的、當代性的藝術面貌。

　　可是，在眾人一片盛讚其水墨畫成就，求畫者接踵而至之晚年，他發出了向天下後世求真知者的詰問和請願，並數次表明「詩第一」的自我評價，生前還親手付梓《借山吟館詩草》、《白石詩草》兩本詩集，可見其重視程度。以傳統的觀點，齊白石的出身和學養與正統的文士、詩人相異，儘管雅好作詩，也曾拜師名儒王湘綺學習過，但一直不被人看重，甚至受到批評。直到胡適、黎錦熙、瞿兌之、艾青等學者作家指出他詩作的優點與表示欣賞，近年來又逐漸有更多專家投注心力整理他的詩文著作、研究他的題畫詩，齊白石的詩的價值才再度被發現和肯定。

　　可惜的是，筆者搜尋國內外研究後，發現目前學界仍多以齊白石的藝術領域為主要研究方向，詩通常作為介紹他各項成就的其中一支，或是研究繪畫的順帶說明，專言其詩者往往只存在單篇論文，未見成為專著深入探討者，探討的方式也多採抽樣舉證，偏於情意內容的歸納，因此本文希望透過更加全面、客觀的方式，從內容、形式和藝術

性等方面分析齊白石的題畫詩，透過數據得到更加周全公允的結論。綜合正文的研究，總結三方面如下：

一、農民出身對齊白石文藝創作的影響

　　農村的成長背景，養成齊白石在性格上純真質樸、追求安定、由衷的喜愛村居生活和自然景物的特質，因此反映在文藝創作上，題材多描寫鄉野風光、花鳥蟲魚，平民生活的豆菜蔬果、童稚翁媼等日常所見都是他的靈感來源，造就題材的多樣化。因為安土重遷、家族觀念深刻，不輕易離家，一輩子追求與家人團聚共處的安定生活，所以中晚年在北京儘管衣食無憂，聲名大噪，但思家之情欲濃，抒發漂泊感和戀土情結成為他創作的主要動機。身為齊家的長子長孫，負擔家中經濟為責任，又性格單純率真、知足安分，不慕名利亦不適合官僚體系，因此鬻畫維生的專職畫家成為一輩子的主要身分，造就本質上與傳統文人畫家的不同，文藝不是溫飽之餘的遣興遊戲，而是現實生計，必須兼顧世俗性，通過市場機制的考驗，「衰年變法」的必然性也與此有關，最終形成民俗野趣和文人審美的完美調和，俗中蘊雅，雅俗共賞的藝術性。

二、齊白石詩與畫的相通性

　　如同齊白石的待人處事，在創作態度上也是一貫的真誠自然，其詩畫理論與實踐創作表裡一致，應該說，齊白石的詩畫理論就是他親身實踐後的心得總結，因此不存在眼高手低的弊病，齊白石認同讀書作詩能對藝術有根本上的裨益，從他理論和作品也可找到許多詩與畫的相同性：方法上，要轉益多師，不論古今時賢，要吸取眾家之長而捨其短，不拘於一宗一派；創造上，繪畫透過寫生刪去習氣，作詩以講究性靈寫出己意，總之要有自己的風格主見；內容上，無事不可以入詩入畫，日常生活、經驗世界、喜怒哀樂，只要所見所感，都可以成為創作主題，造就內容意涵的豐富性；形式上，以意為先，以性情為導，反映在繪畫上是大寫意的縱橫塗抹，不喜工細，在作詩上，主張要寫人看得

懂的詩，不以嚴守格律、堆砌典故詞藻為能事；境界上，繪畫追求形似之上的神似，作詩有寄託、重意象；風格上，寫個人的經驗和情思，呈現小我的、微觀的情趣，在平凡中發現美，在平淡中見天真；態度上，慘澹經營，精勤不懈，這點從他詩畫的創作數量即可印證。也由於這些共通性，使得題畫詩在畫面上形成和諧而統一的整體，完滿了兩種藝術形式的結合。

三、齊白石題畫詩的特點

　　考察《齊白石全集》中繪畫圖版上的題詩，將自畫自題者，經整理刪去題畫詞、借題他人詩、重出者、文詞句意雷同者，共計 168 題 165 首題畫詩。依畫科歸納為九大類主題，按多寡排序為山水、花木、人物、水族、禽鳥、草蟲、果蔬、走獸與雜類。圖文對照後可以發現題詩能明確、延伸畫意，而畫能使詩情具體形象化、聲色兼得、形意同存，無論在內涵、形式、風格、位置經營等方面，兩者經恰當的結合後產生另一種獨特的創作形式，同時提高了藝術境界。體裁上，齊白石題畫詩古體、近體兼備，以七絕見長。使用韻部多元，以寬韻為多，古體詩的換韻所表現的聲情與詩意有關。詩中善用疊字表現樸拙之趣或加強情感，多處的對仗和融入前人詩句、典故，卻又顯得自然不過度，豐富題畫詩的內容，也表現齊白石意匠經營的巧思。語言風格大抵明白如話，有時閒淡，有時詼諧，有時運用俗話口語，天趣自然，表現情緒樂而不淫，哀而不傷。總體以一個普通人的姿態表達他別出心裁的思想或審美經驗。

　　回到齊白石自言「詩第一」的問題，筆者就這 165 首題畫詩，從詩歌的角度而論，的確存在有平仄失律、擅用口語方言自行通押而出韻、不避同字同句重出、詞采不很講究等的粗疏之處，詩的氣勢、格局、意義似乎也不夠深廣，在悠遠的詩歌歷史中，名家輩出，他的詩的確不是特別出色偉大，齊白石肯定也明白，卻為何仍執著的說「詩第一」？我認為如同他本人的自覺，承認自己不是無詩才，而是賣畫刻印

佔去多數時間。相比之下，在作詩上雖勤勉卻仍受限於條件，晚年更是難以再費心吟詠，力有未逮，不似在藝術上有「變法」的大開拓，是一大遺憾，這種無法得到「詩人」身分認同的矛盾和感嘆，當中應有其甘苦和補償心理。

再試從一位近代畫家的角度來看，齊白石出身貧窮的農家又處於中國新舊文化交替的環境，自不能再用傳統文人作古典詩的文化氛圍和標準看待其詩。再說他的詩正是跳脫了當時的八股作法，擯棄功名之心，不做附庸風雅之詩，他敢於與人不同，更不屑以詩作為抬高自己的手段，讓詩歌回歸到抒情言志的本質，因此不論直寫性情或借題發揮，皆呈現率真質樸、充滿生活氣息的本色，表現在題材、作法、遣詞用字上，能擺脫規矩（框架），同時讓作者回歸到「人」，甚至「生命」的平等，因此能拆除雅俗、高低的界線，自然的表現對世界萬物的熱情，展現的愛欲情思與價值觀也因此能得到更廣泛的共鳴。他的詩也許不夠工穩典雅富寄託，卻如同他認為自己的畫可以睥睨前人一樣，對詩的自信應是來自於背後的個體精神性和創造性，這也體現古典詩在現代的價值，具有承先啟後的意義。

惜現今畫家大多不能詩，題畫詩的創作式微，能詩善畫的齊白石足以成為後世文藝創作者的典範，也提供研究者許多靈感來源。然而筆者時間、經歷、學識的有限，本文尚有諸多不足之處：一、據王振德收錄在《齊白石全集》中的文章指出齊白石題畫詩有千餘首，而本文只對其中的百來首做研究，不能周全，期待未來在齊白石的題畫詩這部分有更系統完整的考究。二、與美學相關的分析多應用在齊白石的繪畫書法等藝術領域，應用在題畫詩的研究是有待發掘的方向。三、目前研究對齊白石繼承前人創作成果的來源豐富，較缺乏對後世影響的探討，或提供題畫詩在未來發展的可能性。當然齊白石留給我們的不僅於此，期待未來相關著作更豐，有更多寬廣深入的研究成果與我們共享。

參考文獻

一、古典文獻（依時代順序排列）

1. 〔唐〕杜甫：《杜詩鏡銓》，台北：華正書局，2003 年。

2. 〔清〕沈德潛：《詩說晬語》，台北：藝文印書館，1977 年。

二、現代專書（依姓氏筆畫排列）

1. 王易：《詞曲史》，北京：東方出版社，1996 年。

2. 王力：《漢語詩律學》，香港：中華書局，2003 年。

3. 王方宇、許芥昱合著：《看齊白石畫》，台北市：藝術圖書公司，1979 年。

4. 王明明主編：《北京畫院品讀經典系列・齊白石》，南寧：廣西美術出版社，2013 年。

5. 王進祥編：《中國美學史資料選編》，台北：漢京文化事業有限公司，1983 年。

6. 巴東主編：《人巧勝天：齊白石書畫展》，台北市：史博館，2011 年。

7. 李晉鑄、萬青力：《中國現代繪畫史：民初之部》，台北：石頭出版股份有限公司，2001 年。

8. 北京畫院：《自家造稿：北京畫院藏齊白石畫稿》，南寧：廣西美術出版社，2014 年。

9. 艾青：〈憶白石老人〉，收入於《艾青選集》，成都：四川文藝出版社，第 3 卷，1986 年。

10. 李海峰：《齊白石密碼》，北京：中國人民大學出版社，2013 年。

11. 李可染：《李可染畫論》，台北：丹青圖書有限公司，1985 年。

12. 李渝議，James cahill 著：《中國繪畫史》，台北：雄獅圖書股份有限公司，2009 年。

13. 李栖：《兩宋題畫詩論》，台北：台灣學生書局，1994 年。

14. 李栖：《題畫詩散論》，台北：華正書局，1993 年。

15. 李祥林編著：《中國書畫名家畫語圖解：齊白石》，北京：中國人民大學出版社，2003 年。

16. 宗白華：《美學與意境》，北京：人民出版社，1987 年。

17. 周積寅、史金城：《中國歷代題畫詩選注》，杭州：西泠印社，1998 年。

18. 邱燮友註譯：《新譯唐詩三百首》，台北：三民書局，1973 年。

19. 邱燮友、劉正浩：《新譯千家詩》，台北：三民書局，2008 年。

20. 《兩岸重彩畫學術研討會論文集》：台北：國立臺灣藝術大學，2009 年 3 月。

21. 胡適：《齊白石年譜》，台北：胡適紀念館，1972 年。

22. 胡佩衡、胡橐：《齊白石畫法與欣賞》，北京：人民美術出版社，1959 年。

23. 俞劍華編：《中國美術家人名辭典》，上海：上海美術人名出版社，1981 年。

24. 郎紹君、郭天民主編：《齊白石全集》，長沙市：湖南美術出版

社，1996 年。

25. 郎紹君：《齊白石研究》，北京：人民美術出版社，2014 年。

26. 徐改編著：《中國名畫家全集（2）：齊白石》，台北市：藝術家出版社，2001 年。

27. 徐復觀：《游心太玄》，北京：北京大學出版社，2009 年。

28. 馬明宸：《借山煮畫：齊白石的人生與藝術，南寧：廣西美術出版社，2013 年。

29. 郝懿行：《爾雅藝書》，台北：藝文印書館，1980 年。

30. 高永隆：〈礦物顏料與現代重彩〉，收入於《兩岸重彩畫學術研討會論文集》，台北：國立臺灣大學藝術大學，2009 年。

31. 張金鑑：《中國畫的題畫藝術》，福建：福建美術出版社，1987 年。

32. 張夢機、張子良選注：《唐宋詞選注》，台北：華正書局，1997 年。

33. 麻守中、張軍、黃紀華主編：《歷代題畫類詩鑑賞寶典》，長春：時代文藝出版社，1993 年。

34. 惲茹辛編著：《民國書畫家彙傳》，台北：台灣商務印書館，1986 年。

35. 楊新、班宗華等：《中國繪畫三千年》，北平：商務印書館，1999 年。

36. 陳傳席：《中國繪畫美學史》，北京：人民美術出版社，1998 年。

37. 葉桂桐：《中國詩律學》，台北：文津出版社，1998 年。

38. 齊白石：《齊白石詩集》，廣西：灕江出版社，2012 年。

39. 第三輯（湘潭：湖南省湘潭市委員會文史資料研究委員會），1984 年。

40. 齊白石著，朱天曙編選：《齊白石論藝》，上海：上海書畫出版社，2012 年。

41. 齊白石口述、張次溪筆錄：《白石老人自傳》，北京：人民美術出版社，1962 年。

42. 齊白石：《齊白石談藝錄》，長沙：湖南大學出版社，2009 年。

43. 齊璜：《白石老人自述》，台北：傳記文學出版社，1967 年。

44. 齊良遲主編：《齊白石文集》，北京：商務印書館，2010 年。

45. 齊佛來：《我的祖父白石老人》，西安：西北大學出版社，1988 年。

46. 劉金庫：《齊白石的尚真畫意》，北京：中國畫報出版社，2012 年。

47. 劉繼才：《趣談中國近代題畫詩》，瀋陽：遼寧人民出版社，2012 年。

48. 鄭文惠：《詩情畫意：明代題畫詩的詩畫對應內涵》，台北：東大圖書股份有限公司，1995 年。

49. 蔣勳：《齊白石：中國文人畫最後的奇葩》，台北：雄獅圖書出版社，1987 年。

50. 龍龔：《齊白石傳略》，北京：人名美術出版社，1959 年。

51. 戴麗珠：《蘇東坡詩畫合一之研究》，台北：文津出版社，2007 年。

52. 薛永年、杜娟：《中國繪畫斷代史——清代繪畫》，北京：人民美術出版社，2004 年。

53. 羅載光：《近體詩的理論和作法》，高雄：復文圖書出版社，1993 年。

三、學位論文（依出版順序排列）

1. 章蕙儀：《齊白石山水畫之研究》，台北：藝術研究所碩士論文，1980 年。

2. 崔峻豪：《齊白石篆刻藝術的研究》，台北：國立臺灣師範大學美術研究所碩士論文，1991 年。

3. 洪建宏：《齊白石以農村生活經驗為題材的繪畫之研究──以雛雞畫為例》，彰化：大葉大學造形藝術學系碩士在職專班碩士論文，2006 年。

4. 劉劍峰：《解讀齊白石文人山水畫的文人情懷》，湖南：湖南師範大學碩士論文，2007 年。

5. 林幼賢：《齊白石書法藝術之研究》，台北：華梵大學工業設計學系碩士班碩士論文，2008 年。

6. 杜佳穎：《齊白石書法藝術之線條探究》，台北：國立臺灣藝術大學書畫藝術學系碩士論文，2011 年。

7. 梁云贍：《齊白石繪畫題款書法研究》，高雄：高雄師範大學國文教學碩士班碩士論文，2012 年。

8. 劉安妮：《齊白石花鳥畫研究》，台北：國立臺灣師範大學藝術史研究所碩士論文，2016 年。

9. 毛知勤：《傳神寫照──齊白石人物畫美學內涵之研究》，台北：中國文化大學美術學系碩士論文，2016 年。

10. 韓小林：《現代題畫詩研究》，湖南：湖南理工學院碩士論文，2017 年。

四、期刊論文（依出版順序排列）

1. 鄭師騫講述、劉翔飛筆記：〈題畫詩與畫題詩〉，《中外文學》，1978 年 11 月。

2. 魏仲祐譯：〈題畫文學及其發展〉，《中國文化月刊》，1980 年 7 月，第九期。

3. 齊良憐：〈白石老人藝術生涯片段──追憶父親的教誨〉，收入於

《湘潭文史資料》第三輯，湘潭：湖南省湘潭市委員會文史資料研究委員會，1984 年。

4. 韓曉光、王茜：〈自有心胸甲天下──齊白石的題畫詩情感蘊涵淺析〉，《景德鎮高專學報》，2009 年 3 月，第 24 卷第 1 期。

5. 李松石：〈畫外乾坤大──齊白石題畫詩研究〉，《佳木斯職業學院學報》，2016 年，第五期。

6. 苗連貴：〈詩人齊白石〉，《福建文學》，2011 年。

7. 盛永年、洪孝俠：〈齊白石的詩比他的畫還好〉，《文化》，2018 年。

8. 牟建平：〈齊白石的「自作詩」與畫〉，《收藏》，2019 年。

9. 齊延齡：〈齊白石的詩題畫〉，《水墨丹青》，2015 年。

10. 王振德：〈劌心鉥肝，超妙自如──略談齊白石詩文題跋〉，《北方美術》，1997 年，總第 17、18 期。

11. 毛序竹：〈自主性靈：齊白石詩藝美學的核心觀念〉，《江漢論壇》，2017 年。

12. 夏中義：〈從《白石詩草》看齊白石「詩畫同源」──兼談藝術史的「百年公論」〉，《文藝研究》，2018 年，第 12 期。

13. 郎紹君：〈讀齊白石手稿──詩稿篇〉，《讀書》，2010 年。

14. 宋湘綺：〈人，即自然──齊白石詩詞美感探源〉，《詩人論析》，2012 年 7 月。

15. 王德彥：〈齊白石：題跋如其人〉，《中國書法》，2014 年 7 月，總 255 期。

16. 吳長江、黎克明：〈「看汝橫行到几時」──抗戰時期白石老人的畫和詩〉，《新文化史料》，1950 年。

17. 王振德：〈談齊白石全集詩文卷〉，《精品薈萃》，2014 年。

五、網站資料（依首字筆畫排列）

1. 中華百科全書：

   http://ap6.pccu.edu.tw/Encyclopedia/data.asp?id=9518

2. 唐詩大辭典修訂本：https://sou-yun.com/poemindex.aspx?dynasty=Tang&author=%E9%83%91%E8%99%94&lang=t

3. 御定歷代題畫詩類，卷二十七：https://zh.wikisource.org/zh-hant/

4. 蘇富比：http://www.sothebys.com/zh/auctions/ecatalogue/lot.1488.html/2015/chinese-paintings-hk0587

附錄　齊白石題畫詩圖文檢索

	1／2 梅花天竹白頭翁 笑煞錦鴛鴦， 浮沉浴大江。 不如枝上鳥， 頭白也成雙。		1／59 萬梅香雪（二首） 偶騎蝴蝶御風還， 初雪輕寒半掩關。 繞屋橫斜萬梅樹， 卻從清夢梅塵寰。 安得蒲團便是家， 凍梨無己鬢霜華。 墜身香雪春如海， 天女無須更散花。
	1／5 洞簫贈別圖 江上送君行， 依依淚欲傾。 碧簫千古恨， 紅豆一生情。 吹片明年約， 登樓何處聲。 章台春柳綠， 打不盡黃鶯。		1／60 當門賣酒 燕子飛飛落日斜， 春風不改野橋花。 十年壯麗將軍府， 獨樹當門賣酒家。
	1／52 紅線取盒圖 魏州迢迢隔烟霧， 千里無人御風去。 龍文匕首不平鳴， 銀光夜逼天何曙。 銅壺高揭野鐘悠， 一葉吟風下潞州。 我今欲覓知何處， 漳水月明空自流。		1／75 華山圖 看山須上最高樓， 勝地曾經且莫愁。 碑後火殘存五嶽， 樹名人識過青牛。 日晴合掌輸山色， 雲近黃河學水流。 歸臥南衡對圖畫， 刊文還笑夢中游。

	1／57 白雲紅樹 我亦人稱小鄭虔， 杏衫淪落感華顛。 山林安得太平老， 紅樹白雲相對眠。		1／80 工筆草蟲冊題記 從詩少小學雕蟲， 棄鑿揮毫學畫蟲。 莫道野蟲皆俗陋， 蟲入藤溪是雅君。 春蟲繞卉添春意， 夏日蟲鳴覺夏濃。 唧唧秋蟲知多少， 冬蟲藏在本草中。
	1／58 風林亭外 風林亭外夕陽斜， 老大逢君更可嗟。 記否兒時風雪裏， 同騎竹馬看梅花。		1／113 松山竹馬 墮馬揚鞭各把持， 也曾嬉戲少年時。 如今贏得人誇譽， 淪落長安老畫師。
	1／114 古樹歸鴉 八哥解語偏饒舌， 鸚鵡能言有是非。 省卻人間煩惱事， 斜陽古樹看鴉歸。		2／13 甘貧 韓子平生身是仇， 此心深羨老僧幽。 羊裘把釣人還識， 牛糞生香世不侔。 貧未十分書滿架， 家無三畝芋千頭。 兒孫識字如翁意， 不必高官慕鄈侯。
	1／115 石泉悟畫 古人粉本非真石， 十日工夫畫一泉。 如此十年心領略， 為君添隻米家船。		2／39 竹 尺紙三竿價十千， 街頭常掛一千年。 從今破筆全埋去， 竹下清風畫好眠。

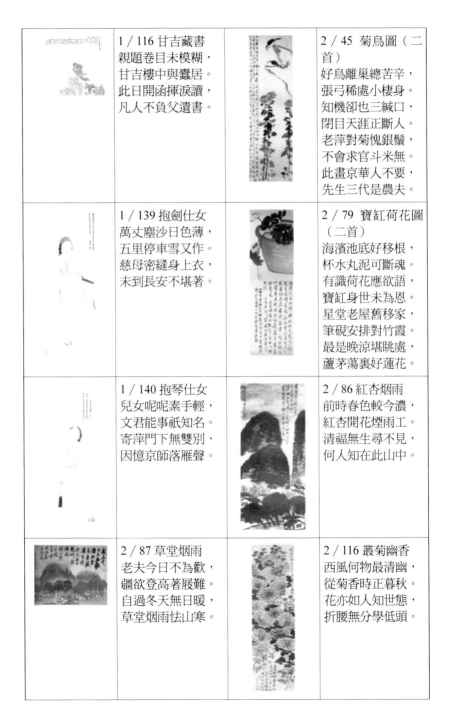

	1／116 甘吉藏書 親題卷目未模糊， 甘吉樓中與蠹居。 此日開函揮淚讀， 凡人不負父遺書。		2／45 菊鳥圖（二 首） 好鳥離巢總苦辛， 張弓稀處小棲身。 知機卻也三緘口， 閉目天涯正斷人。 老萍對菊愧銀鬚， 不會求官斗米無。 此畫京華人不要， 先生三代是農夫。
	1／139 抱劍仕女 萬丈塵沙日色薄， 五里停車雪又作。 慈母密縫身上衣， 未到長安不堪著。		2／79 寶缸荷花圖 （二首） 海濱池底好移根， 杯水丸泥可斷魂。 有識荷花應欲語， 寶缸身世未為恩。 星堂老屋舊移家， 筆硯安排對竹霞。 最是晚涼堪眺處， 蘆茅蕩裏好蓮花。
	1／140 抱琴仕女 兒女呢呢素手輕， 文君能事祇知名。 寄萍門下無雙別， 因憶京師落雁聲。		2／86 紅杏烟雨 前時春色較今濃， 紅杏開花煙雨工。 清福無生尋不見， 何人知在此山中。
	2／87 草堂烟雨 老夫今日不為歡， 疆欲登高著屐難。 自過冬天無日暖， 草堂烟雨怯山寒。		2／116 叢菊幽香 西風何物最清幽， 從菊香時正暮秋。 花亦如人知世態， 折腰無分學低頭。

	2／95 牡丹雙蝶圖 世間亂離事都非， 萬里家園歸復歸。 願化此身作蛺蝶， 有花開處一雙飛。	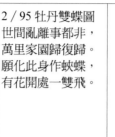	2／119 蟹草圖 多足乘湖何處投， 草泥鄉裏合鈎留。 秋風行出殘蒲界， 自信無腸一輩羞。
	2／97 鷹石圖 有禽有禽名為鷹， 出谷居高日有聲。 雀羽不吞雞肋棄， 飽之揚翼則飛騰。	 	2／121 不倒翁 烏紗白扇儼然官， 不倒原來泥半團。 將汝忽然來打破， 通身何處有心肝。
	2／98 葡萄蝗蟲 老夫自笑太痴頑， 獨立西風上鬢端。 食盡葡萄不歸去， 蟲聲斷續在藤間。	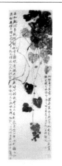	2／123 刺藤圖 不加鋤挖易成陰， 倒地垂藤便著根。 老子畫時心怕殺， 實無可食刺通身。
	2／101 入室松風 徐徐入室有清風， 誰謂詩人到老窮。 尤可誇張對朋友， 開門長見隔溪松。	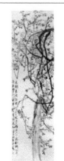	2／130 杏花 東鄰屋角酒旗風， 五十離君六十逢。 歡醉太平無再夢， 門前辜負杏花紅。

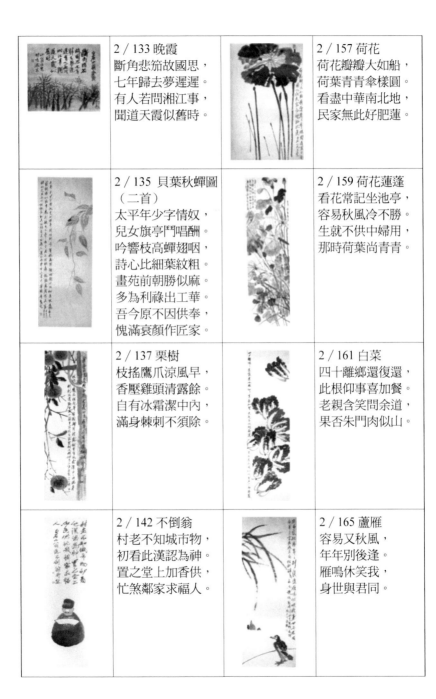

2／133 晚霞 斷角悲笳故國思， 七年歸去夢遲遲。 有人若問湘江事， 聞道天霞似舊時。	2／157 荷花 荷花瓣瓣大如船， 荷葉青青傘樣圓。 看盡中華南北地， 民家無此好肥蓮。
2／135 貝葉秋蟬圖 （二首） 太平年少字情奴， 兒女旗亭鬥唱酬。 吟響枝高蟬翅咽， 詩心比細葉紋粗。 畫苑前朝勝似麻。 多為利祿出工華。 吾今原不因供奉， 愧滿衰顏作匠家。	2／159 荷花蓮蓬 看花常記坐池亭， 容易秋風冷不勝。 生就不供中婦用， 那時荷葉尚青青。
2／137 栗樹 枝搖鷹爪涼風早， 香壓雞頭清露餘。 自有冰霜潔中內， 滿身棘刺不須除。	2／161 白菜 四十離鄉還復還， 此根仰事喜加餐。 老親含笑問余道， 果否朱門肉似山。
2／142 不倒翁 村老不知城市物， 初看此漢認為神。 置之堂上加香供， 忙煞鄰家求福人。	2／165 蘆雁 容易又秋風， 年年別後逢。 雁鳴休笑我， 身世與君同。

	2／153 水草游蝦 色色蝦蟲美惡兼， 好生天意亦堪憐。 青蝦安得盈河海， 化盡飛蝗喜見天。		2／167 風竹山雞 啄餘無事亦能啼， 竹裏清風且息栖。 天也祇教隨汝懶， 司晨盡意有栖雞。
	2／184 桂林山 逢人恥聽說荊關， 宗派誇能卻汗顏。 自有心胸甲天下， 老夫看熟桂林山。		2／241 松樹青山 天之長，地之久。 松之年，山之壽。
	2／191 菊花螃蟹 （二首） 有蟹不瘦， 有酒盈卮。 君若不飲， 黃花過時。 重陽時節雨潺潺， 三五花疏院不寬。 老欲學陶籬下種， 種花容易折腰難。	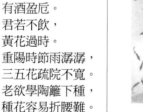	2／252 其奈魚何 草野之狸， 雲天之鵝。 水邊雛雞， 其奈魚何。
	2／232 向日葵 茅檐矮矮長葵齊， 雨打風搖損葉稀。 乾旱猶思晴暢好， 傾心應向日東西。		2／256 老少年 著苗原不類蓬根， 喜得能贏不老身。 曾見夭桃開頃刻， 又逢芍藥謝殘春。 半天紅雨魂無著， 滿地香泥夢有痕。 經過東風全寂寞， 艷嬌消瘦幾黃昏。

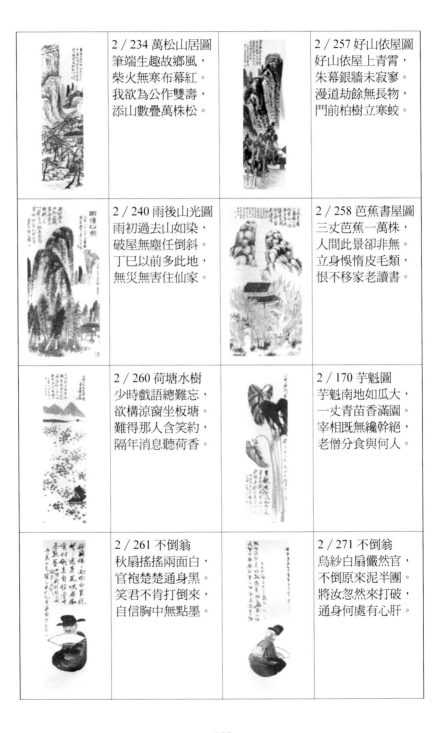

2 / 234 萬松山居圖 筆端生趣故鄉風， 柴火無寒布幕紅。 我欲為公作雙壽， 添山數疊萬株松。	2 / 257 好山依屋圖 好山依屋上青霄， 朱幕銀牆未寂寥。 漫道劫餘無長物， 門前柏樹立寒蛟。
2 / 240 雨後山光圖 雨初過去山如染， 破屋無塵任倒斜。 丁巳以前多此地， 無災無害住仙家。	2 / 258 芭蕉書屋圖 三丈芭蕉一萬株， 人間此景卻非無。 立身愧惰皮毛類， 恨不移家老讀書。
2 / 260 荷塘水樹 少時戲語總難忘， 欲構涼窗坐板塘。 難得那人含笑約， 隔年消息聽荷香。	2 / 170 芋魁圖 芋魁南地如瓜大， 一丈青苗香滿園。 宰相既無纓幹絕， 老僧分食與何人。
2 / 261 不倒翁 秋扇搖搖兩面白， 官袍楚楚通身黑。 笑君不肯打倒來， 自信胸中無點墨。	2 / 271 不倒翁 烏紗白扇儼然官， 不倒原來泥半團。 將汝忽然來打破， 通身何處有心肝。

	2／263 魚龍不見蝦蟹多 魚龍不見， 蝦蟹偏多。 草沒泥渾奈汝何。		2／272 晴波揚帆 一日晴波山萬重， 柳條難繫故人篷。 勸君莫到無邊岸， 也恐回頭是此風。
	2／266 西城三怪圖 （二首） 閉戶孤藏老病身， 那堪身外更逢君。 捫心何有稀奇想， 恐見西山冷笑人。 幻緣塵夢總笑疊， 夢裡阿長醒雪庵。 不以拈花作模樣， 果然能與佛同龕。		2／284 拈花佛 不為貪愛走天涯， 損道嗔癡悔出家。 今識虛空身即佛， 半加趺坐笑拈花。
	2／268 松山畫屋圖 戶外清陰長綠苔， 名花嬌媚不須栽。 山頭山腳蒼松樹， 任汝風吹四面來。		2／285 佛 無我如來座， 休同彌勒龕。 解尋寂寥境， 到眼即雲曇。
	2／287 山茶花 亞枝疊葉勝天工， 幾點硃砂花便紅。 不獨萍公老多事， 猶逢貪畫石安翁。		2／302 鐵拐李 應悔離屍久未還， 神仙埋沒卻非難。 何曾慧眼逢人世， 不作尋常餓殍看。

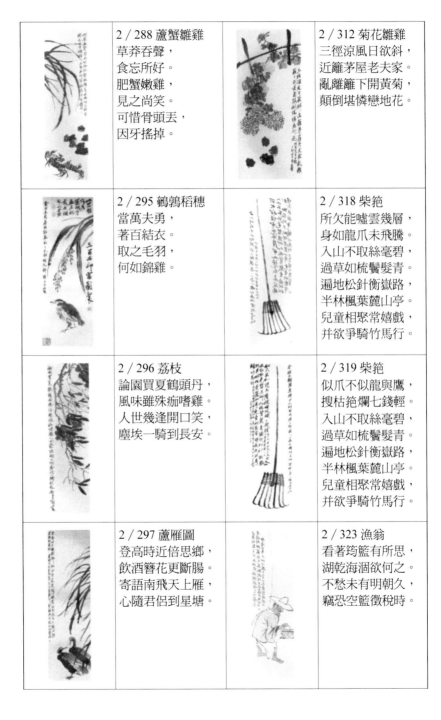

2／288 蘆蟹雛雞
草莽吞聲，
食忘所好。
肥蟹嫩雞，
見之尚笑。
可惜骨頭丟，
因牙搖掉。

2／312 菊花雛雞
三徑涼風日欲斜，
近籬茅屋老夫家。
亂離籬下開黃菊，
顛倒堪憐戀地花。

2／295 鶴鶉稻穗
當萬夫勇，
著百結衣。
取之毛羽，
何如錦雞。

2／318 柴笆
所欠能噓雲幾層，
身如龍爪未飛騰。
入山不取絲毫碧，
過草如梳鬢髮青。
遍地松針衡嶽路，
半林楓葉麓山亭。
兒童相聚常嬉戲，
并欲爭騎竹馬行。

2／296 荔枝
論園買夏鶴頭丹，
風味雖殊痂嗜雞。
人世幾逢開口笑，
塵埃一騎到長安。

2／319 柴笆
似爪不似龍與鷹，
搜枯笆爛七錢輕。
入山不取絲毫碧，
過草如梳鬢髮青。
遍地松針衡嶽路，
半林楓葉麓山亭。
兒童相聚常嬉戲，
并欲爭騎竹馬行。

2／297 蘆雁圖
登高時近倍思鄉，
飲酒簪花更斷腸。
寄語南飛天上雁，
心隨君侶到星塘。

2／323 漁翁
看著筠籃有所思，
湖乾海涸欲何之。
不愁未有明朝久，
竊恐空籃徵稅時。

	3／1 得財圖 豺狼滿地， 何處爬尋。 四圍野霧， 一簍雲陰。 春來無木葉， 冬過少松針。 明日敷炊心足矣， 朋儕猶道最貪淫。		3／26 藤蘿蜜蜂 半畝荒園久未耕， 只因天日失陰晴。 旁人猶道山家好， 屋角垂香發紫藤。
	3／6 山水 好山行過屢回頭， 戊巳連年憶粵游。 亦是故人經過地， 萬杉深處著高樓。		3／31 香滿筠籃 丹砂點上溪藤紙， 香滿筠籃清露滋。 果類自當推第一， 世間猶有昔人知。
	3／15 仙鶴 欲洗雙翎下澗邊， 卻嫌菱刺污香泉。 沙鷗浦雁應驚訝， 一舉扶搖直上天。		3／39 愁過窄道圖 何處安閑著醉翁， 愁過窄道樹陰濃。 畫山易酒無人要， 隔岸徒看望子風。
	3／18 酒蟹圖 有酒有蟹， 偷醉何妨， 老年不暇為誰忙。		3／44 卻飲圖 一吞面先赤， 與酒從無癖。 既已皺眉拒， 殷勤勸何益。 我欲笑先生， 意佳殊可惜。 此君并有有家憂， 舉杯消愁愁更愁。

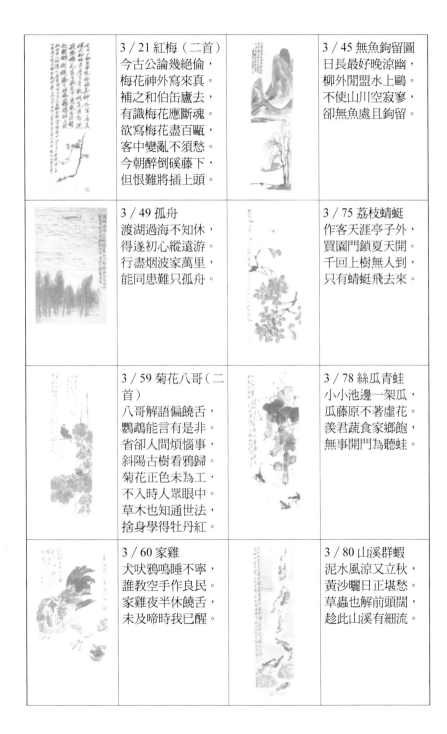

	3／21 紅梅（二首） 今古公論幾絕倫， 梅花神外寫來真。 補之和伯缶廬去， 有識梅花應斷魂。 欲寫梅花盡百甌， 客中變亂不須愁。 今朝醉倒磎藤下， 但恨難將插上頭。		3／45 無魚鉤留圖 日長最好晚涼幽， 柳外閒盟水上鷗。 不使山川空寂寥， 卻無魚處且鉤留。
	3／49 孤舟 渡湖過海不知休， 得遂初心縱遠游。 行盡烟波家萬里， 能同患難只孤舟。		3／75 荔枝蜻蜓 作客天涯亭子外， 買園門鎖夏天開。 千回上樹無人到， 只有蜻蜓飛去來。
	3／59 菊花八哥（二首） 八哥解語偏饒舌， 鸚鵡能言有是非。 省卻人間煩惱事， 斜陽古樹看鴉歸。 菊花正色未為工， 不入時人眾眼中。 草木也知通世法， 捨身學得牡丹紅。		3／78 絲瓜青蛙 小小池邊一架瓜， 瓜藤原不著虛花。 羨君蔬食家鄉飽， 無事開門為聽蛙。
	3／60 家雞 犬吠鴉鳴睡不寧， 誰教空手作良民。 家雞夜半休饒舌， 未及啼時我已醒。		3／80 山溪群蝦 泥水風涼又立秋， 黃沙曬日正堪愁。 草蟲也解前頭闊， 趁此山溪有細流。

	3／61 籬菊圖 踏花跪爪不時來， 荒棄名園只蔓苔。 黃菊猶如籬外好， 著苗穿過者邊開。		3／84 螃蟹 多足乘潮何處投， 草泥鄉裏合鈎留。 秋風行出殘蒲界， 自信無腸一輩羞。
	3／72 紫藤蜜蜂 西風昨夜到園亭， 落葉階前一尺深。 且喜天風能反覆， 又吹春色上衰藤。		3／86 魚樂圖 臨水觀魚樂， 魚來水作紋。 蓮塘晴弄影， 蒲浦雨無聲。
	3／90 紫藤 一筆垂藤百尺長， 濃陰合處日無光。 與君掛在高堂上， 好聽漫天紫雪香。		3／144 紫藤雙蜂 少年不識重歸期， 愁絕於今變亂時。 老屋後山夢飛去， 紫藤花下路高低。
	3／99 紫藤 西風昨夜到園亭， 落葉階前一尺深。 且喜天風能反覆， 又吹春色上衰藤。		3／154 陽羨垂釣 桂林時候不相侔， 自打衣包備小游。 一日扁舟過陽羨， 南風輕葛北風裘。

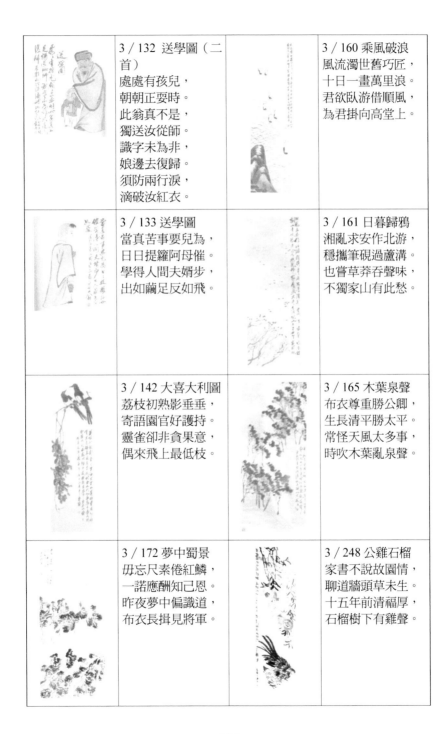

	3／132 送學圖（二首） 處處有孩兒， 朝朝正要時。 此翁真不是， 獨送汝從師。 識字未為非， 娘邊去復歸。 須防兩行淚， 滴破汝紅衣。		3／160 乘風破浪 風流濁世舊巧匠， 十日一畫萬里浪。 君欲臥游借順風， 為君掛向高堂上。
	3／133 送學圖 當真苦事要兒為， 日日提籮阿母催。 學得人間夫婿步， 出如繭足反如飛。		3／161 日暮歸鴉 湘亂求安作北游， 穩攜筆硯過蘆溝。 也嘗草莽吞聲味， 不獨家山有此愁。
	3／142 大喜大利圖 荔枝初熟影垂垂， 寄語園官好護持。 靈雀卻非貪果意， 偶來飛上最低枝。		3／165 木葉泉聲 布衣尊重勝公卿， 生長清平勝太平。 常怪天風太多事， 時吹木葉亂泉聲。
	3／172 夢中蜀景 毋忘尺素倦紅鱗， 一諾應酬知己恩。 昨夜夢中偏識道， 布衣長揖見將軍。		3／248 公雞石榴 家書不說故園情， 聊道牆頭草未生。 十五年前清福厚， 石榴樹下有雞聲。

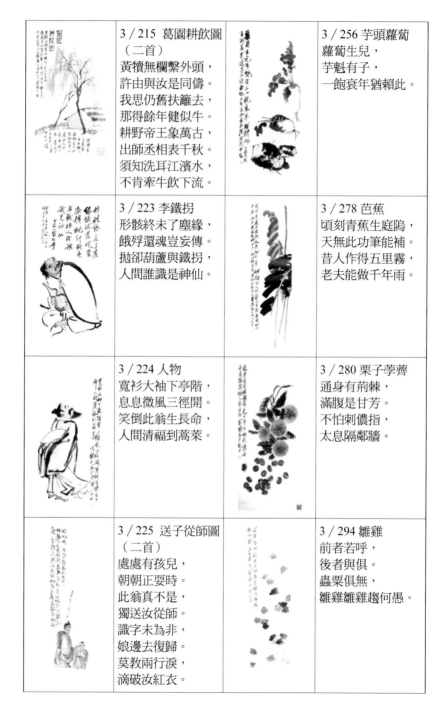

3／215 葛園耕飲圖（二首） 黃犢無欄繫外頭， 許由與汝是同儔。 我思仍舊扶籬去， 那得餘年健似牛。 耕野帝王象萬古， 出師丞相表千秋。 須知洗耳江濱水， 不肯牽牛飲下流。	3／256 芋頭蘿蔔 蘿蔔生兒， 芋魁有子， 一飽衰年猶賴此。
3／223 李鐵拐 形骸終未了塵緣， 餓殍還魂豈妄傳。 拋卻葫蘆與鐵拐， 人間誰識是神仙。	3／278 芭蕉 頃刻青蕉生庭隅， 天無此功筆能補。 昔人作得五里霧， 老夫能做千年雨。
3／224 人物 寬衫大袖下亭階， 息息微風三徑開。 笑倒此翁生長命， 人間清福到蒿萊。	3／280 栗子荸薺 通身有荊棘， 滿腹是甘芳。 不怕刺儂指， 太息隔鄰牆。
3／225 送子從師圖（二首） 處處有孩兒， 朝朝正耍時。 此翁真不是， 獨送汝從師。 識字未為非， 娘邊去復歸。 莫教兩行淚， 滴破汝紅衣。	3／294 雛雞 前者若呼， 後者與俱。 蟲粟俱無， 雛雞雛雞趨何愚。

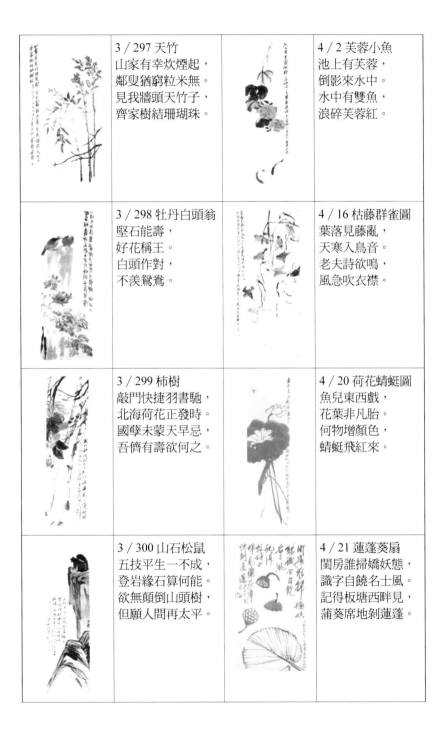

3 / 297 天竹 山家有幸炊煙起， 鄰叟猶窮粒米無。 見我牆頭天竹子， 齊家樹結珊瑚珠。	4 / 2 芙蓉小魚 池上有芙蓉， 倒影來水中。 水中有雙魚， 浪碎芙蓉紅。
3 / 298 牡丹白頭翁 堅石能壽， 好花稱王。 白頭作對， 不羨鴛鴦。	4 / 16 枯藤群雀圖 葉落見藤亂， 天寒入鳥音。 老夫詩欲鳴， 風急吹衣襟。
3 / 299 柿樹 敲門快捷羽書馳， 北海荷花正發時。 國孽未蒙天早忌， 吾儕有壽欲何之。	4 / 20 荷花蜻蜓圖 魚兒東西戲， 花葉非凡胎。 何物增顏色， 蜻蜓飛紅來。
3 / 300 山石松鼠 五技平生一不成， 登岩緣石算何能。 欲無顛倒山頭樹， 但願人間再太平。	4 / 21 蓮蓬葵扇 閨房誰掃嬌妖態， 識字自饒名士風。 記得板塘西畔見， 蒲葵席地剝蓮蓬。

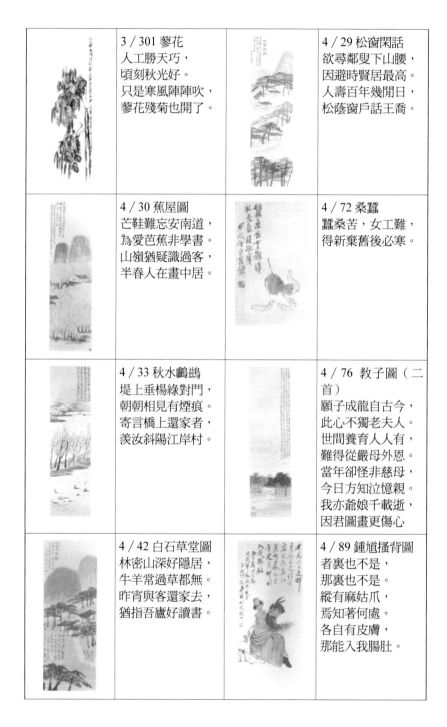

3／301 蓼花 人工勝天巧， 頃刻秋光好。 只是寒風陣陣吹， 蓼花殘菊也開了。	4／29 松窗閑話 欲尋鄰叟下山腰， 因避時賢居最高。 人壽百年幾閒日， 松蔭窗戶話王喬。
4／30 蕉屋圖 芒鞋難忘安南道， 為愛芭蕉非學書。 山嶺猶疑識過客， 半春人在畫中居。	4／72 桑蠶 蠶桑苦，女工難， 得新棄舊後必寒。
4／33 秋水鷫鷞 堤上垂楊綠對門， 朝朝相見有煙痕。 寄言橋上還家者， 羨汝斜陽江岸村。	4／76 教子圖（二首） 願子成龍自古今， 此心不獨老夫人。 世間養育人人有， 難得從嚴母外恩。 當年卻怪非慈母， 今日方知泣憶親。 我亦爺娘千載逝， 因君圖畫更傷心
4／42 白石草堂圖 林密山深好隱居， 牛羊常過草都無。 昨宵與客還家去， 猶指吾廬好讀書。	4／89 鍾馗搔背圖 者裏也不是， 那裏也不是。 縱有麻姑爪， 焉知著何處。 各自有皮膚， 那能入我腸肚。

4／44 仙人洞圖 老著安閒想， 泥堂洞裏天。 水源人不到， 雞犬亦神仙。	4／103 松鼠花生圖 （二首） 生不願為上柱國， 死猶不願作閻羅。 閻羅點鬼心常忍， 柱國憂民事更多。 但願百年無病苦， 不教一息有愁魔。 悠悠乘化聊歸盡， 蟲背鼠肝皆太和。 購得益州十樣箋， 表將心願答青天。 好花常令朝朝艷， 明月何妨夜夜圓。 大地有泉皆化酒， 長林無樹不搖錢。 畫成卻待凌風奏， 鬼怨神愁夜悄然。
4／50 山水鸕鶿 江上青山樹萬株， 樹山深處老夫居。 年來水淺鸕鶿眾， 盤裡加餐那有魚。	4／107 秋海棠 碧苔朱草小亭幽， 曾見紅衫憶昔遊。 隔得欄杆紅萬字， 相思飛上玉階秋。
4／120 魚樂圖 為君骨肉暫收帆， 三日鄉村問社壇。 難得夫君情意甚， 攜樽同上草堆寒。	鐵拐李鐵拐李 形骸終未脫塵緣， 餓殍還魂豈妄傳。 拋卻葫蘆與鐵拐， 人間誰信是神仙。

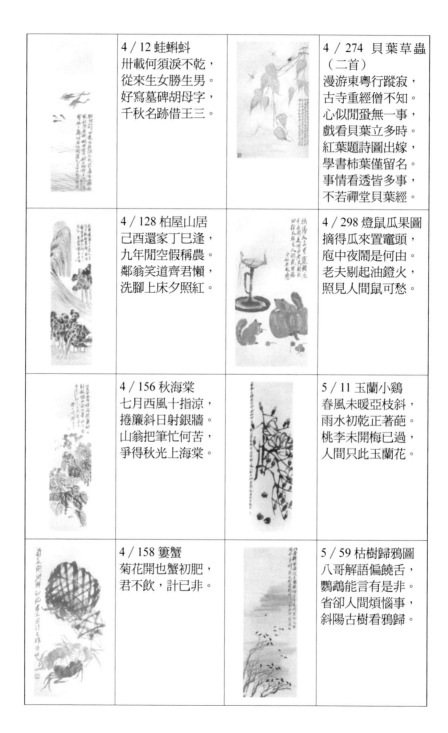

	4／12 蛙蝌蚪 卅載何須淚不乾， 從來生女勝生男。 好寫墓碑胡母字， 千秋名跡借王三。		4／274 貝葉草蟲 　　　（二首） 漫游東粵行蹤寂， 古寺重經僧不知。 心似閒蛩無一事， 戲看貝葉立多時。 紅葉題詩圖出嫁， 學書柿葉僅留名。 事情看透皆多事， 不若禪堂貝葉經。
	4／128 柏屋山居 己酉還家丁巳逢， 九年閒空假稱農。 鄰翁笑道齊君懶， 洗腳上床夕照紅。		4／298 燈鼠瓜果圖 摘得瓜來置竈頭， 庖中夜鬧是何由。 老夫剔起油鐙火， 照見人間鼠可愁。
	4／156 秋海棠 七月西風十指涼， 捲簾斜日射銀牆。 山翁把筆忙何苦， 爭得秋光上海棠。		5／11 玉蘭小雞 春風未暖亞枝斜， 雨水初乾正著葩。 桃李未開梅已過， 人間只此玉蘭花。
	4／158 簍蟹 菊花開也蟹初肥， 君不飲，計已非。		5／59 枯樹歸鴉圖 八哥解語偏饒舌， 鸚鵡能言有是非。 省卻人間煩惱事， 斜陽古樹看鴉歸。

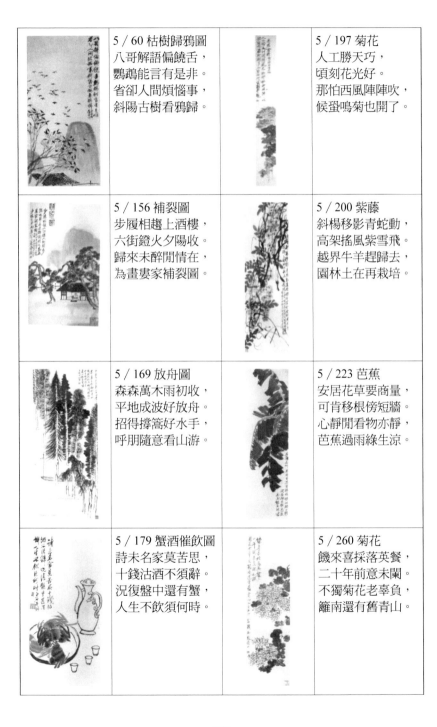

	5／60 枯樹歸鴉圖 八哥解語偏饒舌， 鸚鵡能言有是非。 省卻人間煩惱事， 斜陽古樹看鴉歸。		5／197 菊花 人工勝天巧， 頃刻花光好。 那怕西風陣陣吹， 候蛩鳴菊也開了。
	5／156 補裂圖 步履相趨上酒樓， 六街鐙火夕陽收。 歸來未醉閒情在， 為畫婆家補裂圖。		5／200 紫藤 斜楊移影青蛇動， 高架搖風紫雪飛。 越界牛羊趕歸去， 園林土在再栽培。
	5／169 放舟圖 森森萬木雨初收， 平地成波好放舟。 招得撐篙好水手， 呼朋隨意看山游。		5／223 芭蕉 安居花草要商量， 可肯移根傍短牆。 心靜閒看物亦靜， 芭蕉過雨綠生涼。
	5／179 蟹酒催飲圖 詩未名家莫苦思， 十錢沽酒不須辭。 況復盤中還有蟹， 人生不飲須何時。		5／260 菊花 饑來喜採落英餐， 二十年前意未闌。 不獨菊花老辜負， 籬南還有舊青山。

	5／196 雨後 安居花草要商量， 可肯移根傍短牆。 心靜閒看物亦靜， 芭蕉過雨綠生涼。		5／262 螃蟹 肥蟹肥蟹， 風味宜酒。 山客編蒲， 何以不走。
	5／272 白菜 諸侯賓客四十載， 菜肚羊蹄嗜各書。 不是強誇根有味， 須知此老是農夫。		6／51 燈蟹 室中藜杖老何之， 八五華年歸計遲。 強作京華風雅客， 夜深持蟹詠新詩。
	5／286 劉海戲蟾 笑口常開粲貝齒， 鬖髿短髮任風吹。 浮雲散盡青天闊， 正是神光出現時。		6／198 鐵拐李 形骸終未了塵緣， 餓殍還魂豈妄傳。 拋卻葫蘆與鐵拐， 人間誰信是神仙。
	6／11 筠籃新笋 筠籃沾露挑新笋， 爐火和烟煮苦茶。 肯共主人風味薄， 諸君小住看梨花。		6／201 畢卓盜酒 宰相歸田， 囊底無錢。 寧肯作賊， 不肯傷廉。

	6／34 盜瓮圖 宰相歸田， 囊底無錢。 寧肯為盜， 不肯傷廉。		6／290 蘭花 綺窗玉案憶黃昏， 燒燭為予印爪痕。 隨意一揮空粉本， 迴風亂拂沒雲根。 罷看舞劍忙提筆， 恥共簪花笑倚門。 壓倒三千門下士， 起予憐汝有私恩
	6／3 畢卓盜酒 宰相歸田， 囊底無錢。 寧肯為盜， 不肯傷廉。		7／1 古樹歸鴉圖 八哥解語偏饒舌， 鸚鵡能言有是非。 省卻人間煩惱事， 斜陽古樹數鴉歸。
	7／2 山水鸙鶿 亂塗幾筆樹， 遠望似有理。 鸙鶿人不識， 老翁且自喜。		7／202 墨蘭 紗窗玉案憶黃昏， 燒燭為予印爪痕。 隨意一揮空粉本， 迴風亂拂沒雲根。 罷看舞劍忙提筆， 恥共簪花笑倚門。 壓倒三千門下士， 起予憐汝有私恩。
	7／25 螃蟹 處處草泥鄉， 行到何方好。 去年見君多， 今年見君少。		7／258 鴉歸殘照晚 鴉歸殘照晚， 落落大江寒。 茅屋出高士， 板橋生遠山。

	7／126 雨耕圖（二首） 逢人恥聽說荊關， 宗派誇能卻汗顏。 自有心胸甲天下， 老夫看慣桂林山。 為松扶杖過前灘， 二月春風雪已殘。 我是昔人葉公子， 水邊常怯作龍看。		7／231 松帆圖 有色青松無恙風， 自羅山水在胸中。 鬼神所使非工力， 他日何人識此翁。
	7／128 牧牛圖 祖母聞鈴心始歡， 也曾總角牧牛還。 兒孫照樣耕春雨， 老對犁鋤汗滿顏。		7／191 不倒翁 能供兒戲此翁乖， 打倒休扶快起來。 頭上齊眉紗帽黑， 雖無肝膽有官階。